Eine Domina wird häuslich; der Entenbraten wird zum Tatwerkzeug; Familienbande werden wörtlich genommen; und über allem rieselt der Schnee, der so manche Leiche verbirgt …

Weihnachten, das Fest der Liebe – wie viele Erwartungen werden da wach! Sechzehn Autorinnen haben sich dem Thema gestellt, das insbesondere Frauen reichlich Konfliktstoff bietet, und ihrer Phantasie freien Lauf gelassen. Das Ergebnis ist eine brisante Mischung aus bitterbösen, komischen, maliziös-ironischen, dramatischen und spannenden Geschichten – kleine Krimis zum Fest von Helga Anderle, Sabine Deitmer, Sarah Dunant, Christine Grän, Uta-Maria Heim, Christa Hein, Hedwig Kellner, Edith Kneifl, Janet LaPierre, Milena Moser, Ingrid Noll, Uta Rotermund, Anne Sievers, Carlene Thompson, Gabriele Wolff und Gisa Margarete Zigan.

Die Herausgeberin Gabriele Wolff (Pseudonym), 1955 in Düsseldorf geboren, seit 1994 Oberstaatsanwältin in Neuruppin. Mit ihrer Krimiserie um die Kölner Staatsanwältin Beate Fuchs wurde sie bekannt. Für ihre Erzählung ›Unter Palmen so grün‹ wurde Gabriele Wolff für den Glauser-Preis 2001 nominiert (siehe auch Seite 203).

Lieferbare Titel im Fischer Taschenbuch Verlag:

›Kleine Morde in Köln. Drei Romane: Kölscher Kaviar, Himmel und Erde, Armer Ritter‹ (Bd. 14839), ›Himmel und Erde‹ (Bd. 11394), ›Armer Ritter‹ (Bd. 12069), ›Rote Grütze‹ (Bd. 12530), ›Der falsche Mann‹ (Bd. 14669).

Unsere Adresse im Internet: www.fischerverlage.de

STILL UND STARR RUHT DER SEE

Kleine Krimis zum Fest

Herausgegeben von
Gabriele Wolff

Fischer Taschenbuch Verlag

3. Auflage: November 2003

Veröffentlicht im Fischer Taschenbuch Verlag,
einem Unternehmen der
S. Fischer Verlag GmbH,
Frankfurt am Main, November 2002

Alle Geschichten dieses Bandes wurden hier erstmals
in Buchform veröffentlicht
Sarah Dunant, ›Schlaf, Jesulein zart‹
Deutsch von Sabine Roth
Originaltitel: ›Comfort and Joy‹ © Sarah Dunant 1994
Abdruck mit freundlicher Genehmigung der Agentur
Aitken, Stone & Wylie Ltd, London
Janet LaPierre, ›*Luminarias* sind so schön weihnachtlich‹
Deutsch von Cornelia Krutz-Arnold
Originaltitel: ›*Luminarias* Make It Christmas-y‹
© Janet LaPierre 1994
Abdruck mit freundlicher Genehmigung der
Liepman AG, Zürich
Carlene Thompson, ›Salzsäule‹
Deutsch von Cornelia Krutz-Arnold
Originaltitel: ›Pillar of Salt‹ © Carlene Thompson 1994
Abdruck mit freundlicher Genehmigung der Agenturen
Sobel, Weber Ass., Inc., New York, und
Liepmann AG, Zürich
(Autorinnenverzeichnis siehe Seite 199)
Gesamtherstellung: Clausen & Bosse, Leck
Printed in Germany
ISBN 3-596-15739-0

INHALT

Helga Anderle

LEKTION GELERNT

So, jetzt machen wir schön brav den Mund auf«, sagt die Schwester und hebt meinen Kopf. Dann würgt sie mir drei Tabletten rein, hält mir ein Glas Wasser an die Lippen und paßt auf wie ein Haftelmacher, daß ich schlucke. Die Tabletten sollen mich ruhigstellen; man befürchtet nämlich, ich könnte mir etwas antun. Nicht, daß ich keinen Grund dafür hätte, nach allem, was geschehen ist: Ich bin eine Mörderin...

»Junge Frau dreht durch: Blutiges Gemetzel unterm Tannenbaum.« »Entmenschte Furie rottet halbe Familie aus.« Bestimmt haben Sie's gelesen, stand ja in allen Zeitungen. Mit der Furie bin ich gemeint.

Mein Psychologe sagt, ich sei ein interessanter Fall, er will sogar eine Arbeit über mich schreiben. Ehrlich gesagt, mag ich ihn nicht besonders. Kalte, wäßrige Fischaugen, schütteres Haar, oben schmal, unten breit, X-Beine, eine ranzige Ausdünstung und dazu noch eine feuchte Aussprache. Am allermeisten stört mich, daß er dauernd an seinen Händen herumzupft und kratzt, die fleischigen Handrücken sind voller blutiger Schrammen. »Sie müssen kooperieren, Frau Weinprecht, sonst kann ich Ihnen nicht helfen«, sagt er immer, wenn ich meinen Kopf zur Wand drehe, damit ich dieses widerliche Gekratze nicht mitansehen muß.

Ich weiß ja selbst nicht, wie es dazu kommen konnte, wo ich doch von Natur aus ein friedliebender Mensch bin, der Gewalt verabscheut. Sternzeichen Jungfrau, mit einem stark ausgeprägten Bedürfnis nach Harmonie. Das Glück meiner Familie geht mir über alles. Lieber schlucke ich meinen Ärger und Frust hinunter, als einen offenen Streit anzufangen. Aber das ist doch normal, das tun Millionen anderer Frauen doch auch, oder?

Eigentlich hatte ich keinen Grund, mich zu beklagen. Ich hatte alles, was ich mir immer gewünscht hatte: einen netten Mann, ein süßes Kind, geordnete Verhältnisse. Na ja, Emil war mitunter ein bißchen schwierig und die Kleine anstrengender, als ich mir je vorgestellt habe, und da waren auch noch die Hypothek auf das Haus und die Raten für den neuen Wagen – aber sonst war alles bestens. Emils Mutter meinte zwar, daß uns ein zweites Gehalt nicht schaden könnte, aber dazu hätte ich erst einmal einen Job haben müssen, und die sind heutzutage gar nicht leicht zu finden. Und außerdem – wie sollte ich das alles schaffen, Kind, Haushalt und Beruf, wo ich doch schon jetzt nicht zu Rande kam?

Der Dezember hatte es überhaupt in sich. Geschenke besorgen, ohne das Konto zu überziehen, das Haus in Schuß bringen, Karten schreiben und weiß Gott was noch alles. Aber was erzähl ich Ihnen denn da, Sie wissen ja selbst, daß die meiste Arbeit an uns Frauen hängenbleibt. Deswegen kriegt man doch keinen Koller, andere Frauen schaffen das mit links, nicht wahr?

Ich war jedenfalls schon am Vormittag des Vierundzwanzigsten fix und fertig und hatte das heulende Elend, weil noch soviel zu tun war und ich auch nicht wußte, wo mir der Kopf stand. Rikki, meine vierjährige Tochter, wieselte durchs Wohnzimmer und nervte noch mehr als sonst. Sie ist ein hyperaktives Kind, das ständig in Bewegung ist und einem Löcher in den Bauch fragt. Unermüdlich plappernd hüpfte sie von einem Fenster zum andern, weil sie sehen wollte, wie das Christkind draußen vorbeifliegt – es war kaum auszuhalten. Emil schmückte den Christbaum, wenigstens eine Arbeit, die er mir abnahm. Er hatte sich ein selten häßliches Exemplar einer Tanne andrehen lassen, der schon beim Auspacken die Hälfte der Nadeln abfiel. Wäre ich mit so einem Baumkrüppel angekommen, Emil hätte ihn auf der Stelle zerhackt oder zum Fenster hinausgepfeffert. Meinerseits Kritik zu äußern, war nicht angebracht. Wie's aussah, würde ich, nachdem er fertig war, noch einmal staubsaugen müssen.

Wenn es eine Krankheit, genannt Weihnachtssyndrom, gäbe, dann habe ich sie. Rasende Kopfschmerzen, Übelkeit, Depressionen, das Gefühl totaler Erschöpfung und noch einen Haufen anderer Symptome. Dagegen helfen keine Tabletten, da muß man einfach durch: Zähne zusammenbeißen, weitermachen, was soll's, im Grunde ist es ja bald vorbei. Man will ja schließlich kein Spielverderber sein und seinen Lieben die Stimmung vermiesen. Während ich den Staubsauger über den Teppich schob, quälte mich der Gedanke, in der Hektik womöglich etwas vergessen zu haben. Emil, der Hellseher, wußte prompt, was: »Sag, wo sind denn die Vanillekipferl, du wirst sie doch nicht vergessen haben? Das bißchen Backen schaffst du doch schnell noch, Mama zuliebe, du weißt eh, daß es bei ihr nicht ohne geht.«

Natürlich weiß ich's, Weihnachten ohne Vanillekipferl wäre für die liebe Mama wie Ostern ohne Eier, und deshalb schlucke ich die aufsteigende Galle wieder runter, ziehe das Kind an, schlüpfe in den Mantel und rase zum Supermarkt. Im Laden stechender Tannenduft. Ein Kinderchor und Peter Alexander singen ›Leise rieselt der Schnee‹. Von leise keine Spur. Die Musik kommt dröhnend laut aus hinterhältig plazierten Lautsprechern. Schweißgebadet, der lammgefütterte Mantel ist viel zu heiß für das Treibhausklima im Laden, schiebe ich meine Kleine im Einkaufswagen durch das Gedränge. »Sau, Mami, Nikolo!« kräht sie begeistert, während wir durch ein Spalier von Weihnachtsmännern fahren. Im linken Regal die aus Schokolade, im rechten die aus Wachs und Kunststoff. Alle mit ein und demselben lüsternen Grinsen, wie Kinderschänder. Soll sie ruhig glauben, daß es Nikolos sind, kennen Sie sich vielleicht aus, wer wer ist beim Personal der Weihnachtsmythen?

Einmal ist das Christkind ein Baby. Gottes Sohn in der Krippe muß ja wohl ein Junge sein. Aber wieso kommt das Christkind dann auch in Gestalt eines blondgelockten Mädchens daher? Ein Fall von Geschlechtsumwandlung? Und wer, bitte, ist der Weihnachtsmann? Der Opa der beiden? Und wenn wir schon beim Fragen sind: Wer von den dreien bringt nun eigentlich die Geschenke? Das Neugeborene, das vorpubertäre Mädchen oder der Weihnachtsmann? Und welche Rolle spielen die Heerscharen der Engel, die alle aussehen wie aufgedonnerte Barbiepuppen? Mir ist das an sich herzlich egal, aber Rikki, die Nervensäge, will immer alles genau wissen. Wir biegen um die Ecke und landen in der Kosmetikabteilung. Hier dominiert Moschus über Tanne. Mir ist zum Kotzen. Wieso bin ich in letzter Zeit nur so empfindlich gegen Lärm und Gerüche? Heilige Maria Mutter Gottes, laß mich ja nicht schwanger sein... Das Backzeug war doch früher immer hier, wo zum Kuckuck haben sie es jetzt bloß hingeräumt? Vorsicht, langsam! Rikki ist in ihrem Gitterkäfig aufgestanden und grabscht nach Gummibärchen. »Heute nicht!« sage ich streng, steuere rasch vorbei und donnere frontal in einen anderen Einkaufswagen hinein. »Können'S net aufpassen, san'S blind oder was!« Ich murmle eine Entschuldigung. Rikki ist bei dem Zusammenstoß umgefallen und plärrt. Zieht sich an den Gitterstäben hoch, kommt zu mir, will ei, ei. »Na hallo, wo samma denn! Lassn des Kind mit de Schuach im

Wagerl herumrennen, wo der Nächste seine Sachen hinlegt... sehr hygienisch! Möcht net wissen, wie's bei Ihna daham zuageht.« Der keppelnden Alten fällt beinah das Gebiß heraus vor Empörung. »Frau böse, Frau simpft«, konstatiert mein kleiner Engel, und dann kommt das heute mindestens schon vierzigste Warum. Auf die Schnelle fällt mir nichts ein, das letzte Packerl Vanillezucker vor dem Zugriff anderer Interessenten zu ergattern, ist mir wichtiger.

Selbstgemachte Vanillekipferl für Madame, ma bellemère. Gekaufte tun's nicht. Die stauben einem ja bei den Ohren raus, behauptet sie. Wenn sie so scharf drauf ist, warum zum Teufel backt sie sich die verdammten Dinger nicht selbst? Zeit genug hätte sie ja als Pensionistin. Das hätten Sie sehen müssen, wie Madame sich aufgeplustert hat, als ich es wagte, ihr das vorzuschlagen. »Das ist ja die Höhe! Ein freches Mundwerk, das ja, aber bei der Arbeit habt ihr jungen Frauen zwei Linke! Dauernd seid ihr nur am Jammern, wie gestreßt und überfordert ihr seid. Ich war schließlich auch Mutter und Hausfrau, bei mir war immer alles tipptopp, und trotzdem hab ich jedes Jahr meine eigenen Vanillekipferl gebacken. Ein Traum, frag ruhig Emil, die sind einem auch noch nach Wochen auf der Zunge zergangen.«

Ich will ja nicht pauschal urteilen, vielleicht sind andere Schwiegermütter ganz nett, meine ist eine Pest. Eine bösartige, alte Hexe, die alles besser weiß und immer das letzte Wort haben muß. Für mich hat sie noch nie ein freundliches Wort gehabt, und so sehr ich mich auch bemühe, ich kann ihr einfach nichts recht machen. So faul, wie sie ist, bezweifle ich übrigens sehr, daß sie ihren Haushalt wirklich so souverän geschupft hat, wie sie immer behauptet. Aber ich hüte mich, das laut auszusprechen, will ja keinen Streit provozieren, hätte sowieso nichts dabei zu gewinnen, denn Emil hält immer zu ihr.

Sei's, wie's sei, bei den Weihnachtsvorbereitungen kann ich von meiner lieben Schwiegermutter keine Hilfe erwarten. Sie kommt zwar schon Stunden vor der Bescherung, aber nur, um herumzunörgeln und zu kommandieren. Nicht einmal das Kind nimmt sie mir ab. »Ach, weißt du, meine Liebe«, süßelt sie, »in meinem Alter braucht man seine Ruhe. Die Kleine ist ja ein recht niedliches Ding, aber ihre Lebhaftigkeit und die ständige Fragerei geht mir fürchterlich auf die Nerven... Das verstehst du doch, oder?«
Na klar, das versteht sich doch von selbst, daß ich das verstehe. Ich bin das Verständnis in Person, sage zu allem ja und amen, was bleibt mir denn anderes übrig? Trotzdem war ich wie von den Socken, als mich Emil eine Woche vor Weihnachten davon in Kenntnis setzte, daß er seine Ex, ihren neuen Mann und die beiden Bengel, die aus seiner ersten Ehe stammen, ausgerechnet am Heiligabend zu uns eingeladen hat. Das war der Gipfel, eine unerhörte Zumutung! Ohne mich vorher zu fragen, einfach so mir nichts, dir nichts über meinen Kopf hinweg. Was war ihm da nur eingefallen? Freilich muß man gewisse Rücksichten nehmen, wenn man einen geschiedenen Mann heiratet, aber deswegen braucht man doch nicht bei jeder Gelegenheit seine Exfamilie auf dem Hals zu haben, oder wie sehen Sie das? Emil blieb stur. »Jetzt mach doch nicht so ein Theater! Weihnachten ist schließlich ein Familienfest, das wirst du wohl noch verkraften, wenn wir einmal im Jahr gemeinsam feiern. Eigentlich war es ja Mutters Idee, du wirst ihr doch nicht die Freude verderben wollen?«
Am liebsten hätte ich alles liegen- und stehenlassen und wäre abgehauen. Zu meiner Mutter. Die sitzt zu Weihnachten gemütlich im Liegestuhl auf Mallorca, schert sich um nichts und genießt das Leben. Ich find's toll und vergönn's ihr, auch wenn ich sie – gerade jetzt – liebend gerne

hier hätte. Mami ist nämlich nicht auf den Mund gefallen, mit ihrer scharfen Zunge würde sie meiner Schwiegermutter ordentlich Paroli bieten. Nicht alles hinunterschlucken, wie ich dumme Gans. Wenn sie hier wäre, hätte sie sich längst eine Schürze umgebunden und die blöden Vanillekipferl gebacken oder sich sonstwie nützlich gemacht. Nie würde Mami so wie meine liebe Schwiegermutter im bequemsten Sessel versinken und erst daraus hervorkriechen, wenn das Essen auf dem Tisch steht. Kaltes Büffet kommt für sie nicht in Frage. Nein, zu Weihnachten muß groß aufgetischt werden. So wie es seit Generationen Tradition war bei den Weinprechts. Als Vorspeise Forelle in Aspik, danach gefüllter Truthahn mit Erdäpfel-Vogerl-Salat und als Dessert eine Weihnachtstorte. Zum Ausklang des Abends Champagner und Vanillekipferl. Wie in einem Luxushotel, nur daß es dort jede Menge Personal gibt und ich alles allein machen muß.

Punkt fünf – für mich viel zu früh – trudeln die Gäste ein. Lilly, die Ex, im kleinen Schwarzen unterm Nerz, perfekt geschminkt, eine Wolke von »Obsession« verströmend. Norbert, ihr Neuer, im dunklen Anzug mit silbergrauer Krawatte, jedes Haupthaar sorgfältig an seinen Platz geföhnt. Die Buben geschniegelt und gestriegelt, in adretten dunkelblauen Samtblazern. Eine Familie wie aus einem Sparkassen-Werbespot. Natürlich entgeht mir nicht, wie Lilly bei meinem Anblick die Nase rümpft. Ich sehe wirklich alles andere als präsentabel aus. In meinen Haaren klebt Teig, meine Finger triefen vor Fett, und der Jogger, den ich anhabe, könnte aus einer Altkleider-Sammlung stammen. Lilly und Emil tauschen Küßchen, Mund zu Mund, wie mir scheint, ein bißchen zu innig für geschiedene Leute. Die Schwiegermutter sieht es wohlwollend mit an und umarmt die Buben und Lilly mit übertrie-

bener Herzlichkeit. Das tut sie nur, um mir zu zeigen, daß ihr Lilly als Schwiegertochter weitaus genehmer war und ich ihr nicht das Wasser reichen kann. Emil spielt den perfekten Gastgeber, räumt die Mäntel weg, führt die Gäste ins Wohnzimmer, fragt, was zu trinken gewünscht wird, und ruft es mir in die Küche nach. Eine Viertelstunde später kommt er nachfragen, wo zum Teufel die Drinks bleiben. Als ob ich sonst nichts zu tun hätte! Nach einer Weile erscheint Lilly in der Tür, wirft einen tadelnden Blick auf das Chaos, spitzt die Lippen und flötet: »Ach, du meine Güte, wie's hier aussieht! Du solltest dir doch unseretwegen keine Umstände machen.« Bevor ich dazu komme, ihr etwas an den Kopf zu werfen, verzieht sie sich. Dumme Kuh, denkt wohl, mir macht es Spaß, den Küchentrampel zu spielen! Der würde nicht im Traum einfallen, mir zu helfen, aber mit Emil flirten, das schon. Die glaubt wohl, ich habe keine Augen im Kopf. Was will sie überhaupt von ihm, hat sich doch in der zweiten Ehe erheblich verbessert. Norbert, ihr Neuer, ist Anwalt, Topverdiener.
Mit einer dicken Schicht Vanillezucker lassen sich die leicht angebrannten Kipferl gerade noch retten. Danach rase ich ins Eßzimmer und beginne, den Tisch zu decken. Einer der Buben gerät mir in die Quere, ein Weißweinglas, echt Kristall, geht dabei zu Bruch. Vom Lärm aufgescheucht, kommt Emil angelatscht und schaut sich das Malheur an. »Kannst du nicht aufpassen, die schönen, teuren Gläser!« Kein Wort des Mitleids für mich und meinen zerschnittenen Finger. Statt dessen läßt er seinen Adlerblick über den Tisch schweifen und entdeckt prompt, daß ich die Dessertgabeln verkehrt herum aufgelegt habe. Laut schnaubend korrigiert er meinen Fauxpas und fragt ganz nebenbei: »Denkst du nicht, daß es langsam Zeit wird, dich umzuziehen?«
Ich erkenne mich in meinem Spiegelbild kaum wieder. Soll

diese Frau, die aussieht wie eine Kreuzung zwischen Juana la Loca und Iwan dem Schrecklichen, etwa ich sein? Vor Selbstmitleid kommen mir die Tränen. Als ob es so einfach wäre, bei dem tierischen Streß hübsch auszusehen und eine festliche Stimmung hervorzuzaubern. Vielleicht hätte ich die Ratschläge aus der ›Brigitte‹ befolgen sollen, wie man dem Weihnachtsstreß entgeht: Überlegen Sie, welche Aufgaben Sie an andere Familienmitglieder abschieben können! Nehmen Sie sich Zeit für sich selbst, legen Sie sich zwischendurch aufs Ohr und verzichten Sie auf Perfektion! Lassen Sie los, geben Sie sich hin an das Sein, aus dem wieder neue Kraft erwächst. Seien Sie heiter und gelassen, dann wird sich der innere Friede wie von selbst einstellen. Tolle Tips! Wer diesen Schwachsinn verzapfte, hatte keine Ahnung.
Jetzt im nachhinein erinnere ich mich genau, wann mir bewußt wurde, daß sich eine Katastrophe anbahnte. Es war am frühen Nachmittag, als ich den Truthahn füllen mußte. Normalerweise bin ich keine Zimperliese im Umgang mit toten Tieren, hab einmal sogar schon eine halbverdaute Sardine aus einem Tintenfisch herausgeholt, ohne mich zu übergeben. Aber diesmal wurde mir schon beim Anblick des nackten, bleichen Riesenviehs speiübel. Es sah widerlich und obszön aus, fast wie eine Babyleiche. Würgend preßte ich die Füllung nach und nach durch das klaffende Loch in den Bauch. Beim Zusammennähen der schlitzigen, zähen Haut schüttelte es mich vor Ekel. Zum Glück schaffte ich es noch ins Bad, bevor ich kotzte.
Vom Rest des Abends habe ich nicht mehr viel mitbekommen. Nur daß wir gemeinsam ›Stille Nacht‹ sangen und danach die Geschenke auspackten. Von Emil bekam ich einen lilafarbenen Schlafrock aus Frotteesamt und lammgefütterte Hausschuhe. Von meiner Schwiegermutter ein handgeschriebenes Kochbuch mit fünf verschiedenen Me-

nues für Weihnachten. Ich hielt mich tapfer, heuchelte Freude und war froh, kaum beachtet zu werden, weil sich alles um die Kinder drehte.
Danach versammelten wir uns im Eßzimmer. Das heißt, nur noch die Erwachsenen, die Kinder hatten sich bereits mit Naschereien den Magen verdorben und keinen Hunger mehr. Emil hatte ihnen erlaubt, zum Spielen in den Hobbykeller zu gehen. Zu dem Zeitpunkt waren meine Kopfschmerzen bereits so arg, daß ich nur noch auf Notaggregat lief, gerade daß ich es noch schaffte, den ersten Gang aufzutragen. Emil ging es um so besser. Seine Show, als er den Truthahn hereinbrachte, wurde mit heftigem Applaus belohnt. Derart angespornt, machte er eifrig mit seiner Bocuse-Nummer weiter. Zog sich das Sakko aus, krempelte die Ärmel auf und setzte zu einem Tusch an: TaTaTaTa. Alle sangen mit. Jeder Ton echote schmerzhaft in meinen Ohren wider, Schweißperlen standen auf meiner Stirn, und ich bekam kaum noch Luft. Es schien keinen zu kümmern.
Plötzlich war es still. Alles sah gespannt auf Emil, der mit der Linken weit ausholte und die zweizinkige Gabel wie ein Matador in den Bauch des Truthahns bohrte. Die Runde jubelte Olé, Olé, und Emil bedankte sich mit einer eleganten Verbeugung. Ein neuer Tusch, dann senkte er die Rechte mit dem Messer zum Todesstoß. In dem Moment, als die Messerspitze die Haut ritzte, stoppte er. Mir stockte der Atem. Während er unverwandt auf den Braten starrte, verhärtete sich seine Miene, und das Haar in seinem Nakken richtete sich zu empörten Büscheln auf. »Das Ding ist nicht durch«, verkündete er mit bebender Stimme.
Was danach passiert ist, weiß ich nicht mehr, ich hatte mich nicht mehr unter Kontrolle. Ich muß wohl aufgesprungen sein, ihm das Messer aus der Hand gerissen und ihn und seine Mutter damit attackiert haben, bevor mich

Lilly und Norbert überwältigen konnten. Aber da war es für die Opfer schon zu spät. Sie lagen bereits in ihrem Blut, und bis die Rettung kam, hatten sie ihren letzten Atemzug getan.

Seit diesem schrecklichen Ereignis ist ein Jahr vergangen. Die Pillen und die Therapie haben mir sehr geholfen. Anfangs ist es mir zwar echt schwergefallen, auf Polster einzuschlagen und mir vorzustellen, es wären Emil und seine Mutter, aber weil der Doktor darauf bestand, tat ich ihm den Gefallen. Ihm zuliebe habe ich auch begonnen zu töpfern und zu malen, obwohl mir nicht klar ist, wozu das gut sein soll. Der Doktor ist sehr stolz auf mich und lobt meine Erzeugnisse, als ob sie Gott weiß was für Kunstwerke wären. Sie waren jedenfalls der Verkaufsschlager beim Weihnachtsbasar, und mein Psychologe strahlte vor Freude. Bevor er ging, nahm er mich beiseite und legte mir vertraulich seine zerkratzte Hand auf die Schulter: »Frau Weinprecht, als meine bravste Patientin haben Sie sich eine Belohnung verdient. Wie würde Ihnen das gefallen, wenn ich Sie am Heiligen Abend zu mir nach Hause mitnähme? Würde Ihnen bestimmt guttun, einmal hier rauszukommen und das Fest in einem netten, familiären Rahmen zu feiern, meinen Sie nicht?« Ich zuckte die Achseln, mir war es egal. Aber dann überlegte ich, daß ihm womöglich etwas daran lag, mich seinen Freunden vorzuführen – Seht her, was ich aus dieser wilden Furie in einem Jahr gemacht habe –, und so sagte ich zu.
Wie erwartet, stellte er mich seinen Freunden als Paradepatientin vor, und ich spielte mit, lächelte harmlos und schüttelte jedem, ganz zivilisiert, die Hand. Dann kam der Schock. »Und das ist Herta, meine Frau!« Vor mir stand ein unscheinbares weibliches Wesen mit zerzaustem Haar, eine schmuddelige Schürze über dem ausgebeulten

Jogger, Schweiß und Küchendünste ausströmend. In den Augen ein gehetzter Ausdruck, eine Frau am Rande des Wahnsinns, kurz vor dem Zusammenbruch. Ich erkannte mich schlagartig in ihr wieder. Sie reichte mir eine schlappe Hand, an der Teig klebte, und sagte mit einem gequälten Lächeln: »Wie schön, daß Sie gekommen sind. Entschuldigen Sie mich bitte, ich muß jetzt weitermachen, hab noch so viel zu tun!« Und schon war sie weg.

Leute kamen auf mich zu, jemand drückte mir ein Glas in die Hand, ich lächelte mechanisch und redete belangloses Zeug. Mit meinen Gedanken war ich bei der Frau in der Küche. Ob ich ihr meine Hilfe anbieten sollte? Verstohlen schlich ich mich davon. Die Küche sah aus wie nach einem Erdbeben. Schränke und Laden standen offen, überall waren schmutzige Töpfe und angekohlte Pfannen, aus dem Backrohr quollen Rauchschwaden, und aus einer aufgeplatzten Papiertüte rieselte Mehl auf den Fußboden. Der Truthahn, der schon längst im Rohr hätte sein müssen, wenn in einer Stunde gegessen werden sollte, lag halb aufgetaut in einer Blutlache im Spülbecken. Inmitten des Chaos die von Weinkrämpfen geschüttelte Frau des Psychologen. Im gleichen Stadium totaler Auflösung wie ich vor einem Jahr.

Gut möglich, daß nichts weiter passiert wäre, wenn nicht just in dem Augenblick der Doktor hereingekommen wäre. Beim Anblick der Bescherung wechselte seine Gesichtsfarbe in Sekundenschnelle von Kalkweiß auf Zornrot. »Das darf doch nicht wahr sein, wie's hier aussieht! Du willst mich wohl mit Absicht vor meinen Gästen blamieren! Das verzeih ich dir nie, daß du mir das antust, du Schlampe!« brüllte er, außer sich vor Wut. Herta duckte sich und hob die Arme vors Gesicht, als fürchte sie, geschlagen zu werden. Sie werden sich denken können, was in mir vorging, als ich diese Szene mitansehen mußte.

Das Tranchiermesser lag griffbereit und ging butterweich und ohne Widerstand zwischen seinen Rippen hindurch, während mich seine wäßrigen Fischaugen ungläubig anglotzten.
Der Doktor konnte auf seine Paradepatientin wirklich stolz sein. Ich hatte endlich kapiert, wie wichtig es ist, daß man seine negativen Gefühle akzeptiert und zu ihnen steht. Nicht umsonst hatte er mir ein ganzes Jahr lang eingehämmert, daß ich meine Wut und meinen Haß nicht schlucken, sondern unbedingt rauslassen sollte.

Sabine Deitmer

WEIHNACHTEN ... FIND ICH GUT

Also angenommen, mich würd einer fragen. Auf der Straße oder so. Die stehen ja an jeder Ecke und stürzen sich auf dich. Also angenommen, die stürzen sich auf mich. Und halten mir so'n Sprechding vors Maul. Ich wüßte schon, was ich denen sagen würde.
›Weihnachten‹. Das muß natürlich so richtig cool kommen wie bei dem Typen aus der Werbung. Der, dem die Weiber die Klamotten vom Leib reißen. Cool wie 'ne Sechs-Sterne-Gefrierbox guckt der geradeaus, egal, wie die an ihm rumfummeln. Und genauso cool spuckt er den Namen des Stinkewassers aus, wegen dem sie ihm an die Wäsche gehen. Original so wie der würd ich mir das abquetschen. ›Weihnachten ... find ich gut.‹ Toll wär, die hätten 'ne Kamera dabei. Das wär megamäßig geil. Ich und mein Diabologrinsen. Wir beide ganz groß. In irgendeiner Kauf- und Freßgasse mit 'ner grünen Girlande und Glühlämpchen im Hintergrund. Ich mit einer Hand lässig am Ohrring zupfend und ganz cool: ›Weihnachten. Find ich total gut.‹
Und dann meine Alte auf dem Sofa mit ihrem Neuen. Die müßte mich sehen in der Glotze. Der würden vor Überraschung die falschen Zähne aus dem Gesicht fallen. Mittenrein in die rote Matsche, die sie zu dem toten Vogel gekocht hat. Das war das einzige, worauf man sich bei ihr verlassen konnte. Egal, wie sie gebechert hat, für ihre Ente ist sie auf allen vieren zum Markt gekrochen.
Früher ist mir das Kotzen gekommen, wenn ich auf den Teller geguckt habe mit den abgedrehten Entenflügeln in

der Tunke. Heute ist nur noch der Geruch da, der in der Hütte stand. Wenn der mich erwischt, muß ich schlucken. Richtig Schmacht krieg ich da. Ich zwing mich dann, daran zu denken, wie der rote Schmier aussah, wenn er kalt wurde. Wie das Fett weiß zwischen den roten Kohlfäden stand. Dann geht's wieder.
'n Weile her, seit ich das letzte Mal Ententeile mit 'nem angesägten Streichholz aus den Zahnlücken gepokelt habe. Mit achtzehn hab ich die Biege gemacht und bin weg. Ich weiß noch genau, was ich da dachte: Freiwillig läßt du dich hier nicht mehr sehen.
Aber wie dann die ersten Nikoläuse in den Drahtkörben vor den Kassen standen, hab ich wieder an meine Alte gedacht. Dabei hab ich so was nie gekriegt von ihr. Ich wollte an den Schocko-Oschis vorbeigucken. Meinen Krempel aus dem Wagen aufs Band packen, ohne mich um die Kameraden zu kümmern. Ohne meine Alte in den Kopf zu kriegen. Es hat nicht geklappt. Muß an dem Blinkepapier liegen. Oder an der Farbe. So was von rot. Wie rote Kerzen und Kugeln und Bänder in Tannengestrüpp. Ein verdammtes verdötschtes Weihnachtsrot.
Und dann hab ich immer öfter an sie gedacht. Nicht, weil ich wollte, sondern weil überall diese roten Läuse herumstanden. Zwischen Würsten und Schinkenstücken, Goldketten und Stiefeln. Nenn mir einen Laden, der sie nicht in der Auslage hat. Ich die sehen und peng, schon wieder hatte ich meine Alte im Kopf. Und nicht nur dann. Wenn die Leute auf dem Weihnachtsmarkt Glühwein gesoffen haben. Logo, beim Saufen denk ich zuerst an sie. Aber auch bei ganz anderen Sachen. So Kitschmusik, die aus den Lautsprechern im Supermarkt dudelt. Oder dem Dröhnen von Kirchenglocken und ähnlichem Scheiß.
Sechs Wochen Weihnachtsberieselung haben mich weichgekocht. Ich bin sogar auf dem Markt stehengeblieben und

habe verträumt die an den Pfoten baumelnden Vögel angeguckt. Da hab ich mir gesagt, was soll's, läßt dich halt mal blicken bei ihr. Sogar ein Geschenk hab ich besorgt für sie. Genauso 'ne Parfümflasche wie die, von der sie mir immer vorgeschwärmt hat. Mit schwarzweißer Binde vorm Bauch. Nummer fünf oder so ähnlich. Das hatte die Frau von dem Doktor, bei der sie geputzt hat. Wie ich den Preis gehört habe, bin ich erst mal rückwärts aus dem Laden wieder raus. Der Kleinen mit der schwarzen Perücke fielen fast die Augen aus. Drei Tage lang hab ich überlegt. Dann hab ich mir einen Ruck gegeben und die Knete abgedrückt. Saufen hin, saufen her. Sie ist deine Mutter, habe ich mir gesagt. Am Vierundzwanzigsten hab ich mich frisch gewaschen und gestriegelt in die Telefonzelle gedrückt. Wie sie sich dann gemeldet hat am anderen Ende, mußte ich mir erst mal einen abhusten, ehe ich was sagen konnte. Nüchtern hat sie 'ne Klasse Stimme, meine Alte. Ein bißchen rauchig. Aber total gut.
Vielleicht hätte ich sie 'n paar Stunden später anklingeln sollen. Wenn sie die ersten Schnäpse weggekippt hätte und ihre Stimme vom Alk angeweicht war. Vielleicht wär dann alles anders gekommen. Auf jeden Fall, wie ich gefragt habe, ob ich nicht vorbeikommen könnte, hat sie nein gesagt. Einfach so. Knallhart. Mit ihrer trockensten Stimme. Der, die meint, was sie sagt. Ich hab nicht locker gelassen. Wenn ich mir was vorgenommen hab, dann zieh ich das durch. Wozu hatte ich das Parfüm gekauft und alles. Da hat sie aufgedreht. Mit so was von Stimme. Hoch und spitz und schrill. Wie ein Eiszapfen, der sich einem in den Kopf bohrt. Und dann hat sie den Hörer aufgeknallt.
Ich stand in der Telefonzelle und kam mir ziemlich bescheuert vor. Mit dem roten Parfümpäckchen samt Goldschleife, das ich auf dem Telefonbuch abgelegt hatte. Zwischen Kra- wie Kranich und Kri- wie Kriegeler.

Auf dem Weihnachtsmarkt bauten sie die ersten Buden ab. Der Mann vom Fischstand setzte einen Eimer Wasser auf eine blaue Flamme. Zwei Mädels scheuerten Blechtabletts in einer Lauge, auf der weiße Blasen schwammen. Männer mit Plastiktüten hasteten in Richtung Straßenbahn. Ich stellte mich vor einen Gulli, riß das rote Papier von der Packung und schraubte die Parfümflasche auf. Es blubberte kurz, dann schoß das Zeug heraus. Ein Scheißgeruch.
Ich knallte die Flasche auf den Boden. Glasstücke flogen auseinander. Ein Straßenköter lief zum Gulli und schnupperte. Ich trat nach ihm. Das blöde Vieh flüchtete quer durch den Glashaufen, jaulte auf und humpelte mit angezogener Hinterpfote davon. Das Jaulen tat mir irgendwie gut.
Keine Ahnung, was ich danach so gemacht habe. Ich weiß nur noch, daß ich besser drauf war, als endlich die Baumgerüste an der Straße lagen. Kahle braune Äste mit ein paar trockenen Restnadeln hier und da. Wie ich die sah, ging's mir wieder gut. Vergiß den ganzen Müll, hab ich mir gesagt. Streich deine Alte endgültig aus dem Programm.
Hat auch geklappt soweit. Nicht gleich auf Anhieb, ist ja klar. Sag mir ein Ding, was von Anfang an klappt. Selbst 'ne Karre mit 'nem Stern kommt mit einem Pfund Papier vom Band. Worauf du alles achten mußt die ersten tausend Kilos, damit's astrein läuft.
Ich hatte keine Betriebsanleitung. Und der erste Nikolaus haute wieder voll rein. Einsam zwischen zwei Uhren stand er auf blauem Samt rum und glotzte mich an. Mitte Oktober war ich darauf einfach nicht gefaßt. Sofort hab ich an meine Alte gedacht. Als Sekundenflash ging mir die Nummer mit dem Rotkohl durch den Kopf. Ich hatte richtig Schmacht. Aber dann hab ich an die Scherben vor dem

Gulli gedacht. An den grauen Köter mit dem Glaskeil im Huf. Das hat's gebracht. In dem Jahr hätt ich sie sowieso nicht angerufen. Niemals. Selbst wenn sie darum gewinselt hätte. Die Klitsche, in der ich malocht habe, hatte dichtgemacht. Und ich stand da ohne Job. Null Knete und 'ne Vermieterin, die mit dem Rausschmiß winkt. Ich hätte gar nicht die Kohle gehabt, ihr was zu kaufen. Und ohne was zu kaufen, wär ich nicht zu ihr. Nie.

Um nicht aus meinem Zimmer zu fliegen, hab ich vier Wochen lang als Weihnachtsmann gejobbt. Vor dem Eingang von Hertie hab ich zusammen mit zwei anderen Typen Geschenke an die Kleinen verteilt. Ausgerechnet. Ich in so einem dämlichen roten Fummel. Wenn's noch Schmerzensgeld geregnet hätte. Aber die Bezahlung war wie Sau, und dann haben sie uns noch jeden Abend auf Teufel komm raus gefilzt. Als ob der Plastikscheiß, den wir in den Säcken hatten, sich zu klauen lohnt. Spielzeugknarren, kleine Panzer und ähnlicher Mist. Wie ich da bei Hertie vor der Tür Dienst schob, hab ich sie dann gesehen, meine Alte. Mit ihrem Neuen. Er hatte so einen dicken Mantel aus schwerer Wolle an. Was richtig Warmes. Sie sah aus wie immer um halb fünf nachmittags. Die Augen wäßrig und die Wangen rot von dem, was sie getankt hatte. Sie hat mich nicht erkannt. Dazu war sie schon zu abgedreht. Auch ohne den roten Frack und das weiße Gekräusel im Gesicht hätte sie das nicht gerafft.

In dem Moment hab ich mir geschworen, daß ich sie nie mehr anrufe. Nicht, wenn ich 'ne Mille im Lotto gewinne, und nicht, wenn ich krepier. Zu Weihnachten schon gar nicht. Einen toten Vogel mit zermatschtem Rotkohl kann ich mir immer noch selbst besorgen. Dazu brauche ich niemanden. Meine Alte am allerwenigsten.

Heiligabend bin ich Punkt zwölf – bis dahin war ich noch voll weihnachtsmannmäßig im Einsatz – über den Markt

gefegt. Mit wehendem roten Mantel den toten Vögeln entgegen. Bestimmt wär alles anders gekommen, wenn ich noch einen erwischt hätte. Aber Vögel gab's nicht. Nur noch 'n paar tote Hopser. Nicht mein Ding.
War 'n ziemlicher Absturz für mich. Ich landete in der Kneipe am Bahnhof. Zusammen mit 'ner Horde von Pennern saß ich am Tresen und löffelte meine Erbsensuppe.
»BBBBBBildstörung«, laberte mich ein Berber quer von der Seite an und zeigte mit dem Löffel auf die Glotze über dem einarmigen Banditen. Die Glotze war schon okay. Über die Scheibe rieselten weiße Watteflöckchen. Die Störung war bei ihm im System.
»Nächstes Jahr«, schwor ich mir und meinem Nachbarn in die Hand. »Nächstes Jahr sitze ich an einem Tisch mit einem weißen Tischtuch.«
»Fischzug, Kumpel. Wat'n für 'n Fischzug?«
Der Mann neben mir sah mich mit glasigen Augen an.
»Tisch, Kumpel, Tisch«, klärte ich ihn auf. »Wenn du noch weißt, was das ist. Mit einem weißen Tischtuch, und auf dem Teller liegt ein abgestürzter Vogel und ein Riesenklatsch Kohl.«
Als diesmal die Gerippe der abgewrackten Bäume auf der Straße lagen, sagte ich mir, Junge, sorg vor. Das nächste Weihnachten kommt bestimmt.
Ich konnte kaum erwarten, daß die ersten Weihnachtsmänner in den Schaufenstern aufmarschierten. So begeistert war ich von meinem Plan.
Ich würde an einem ordentlichen Tisch sitzen, mit einer ordentlichen weißen Decke, und es würde nicht nach Erbsensuppe stinken oder kaltem Zigarettenrauch, sondern nach einem nett gebratenen Vogel und Rotkohl und allem Drum und Dran.
Die Weiber, die sich vor dem Stand mit den gehängten Vögeln drängten, kannten nichts. Quetschten sich aneinan-

der vorbei, rammten der Nachbarin die Tasche in die Kniekehle und sahen nichts außer dem Braten aller Braten, ihren Weihnachtsvogel. Mit Feuer in den Augen taxierten sie Vogelpfoten und Schenkel. Sie sahen aus, als ging ihnen dabei einer ab.
Ich sah auf Dutzende von Weiberrücken. Waden jeden Kalibers, feine Schuhe und übelste Gurken. Welche sollte ich nehmen? War eine Dicke besser als eine Dünne? Eine Alte erfahrener als eine Junge? Ja, ja, entschied ich in beiden Fällen. Eine Dicke frißt gern, und eine Alte hatte genug Zeit zum Üben. Die Chancen, einen ordentlichen Happen auf die Gabel zu kriegen, standen bei einer dicken Alten am besten.
Sie hatte kurze graue Haare und zeigte mit runden Wurstfingern auf ein bleiches Tier mit Gänsehaut. Der Mantelrücken war hellbraun, die Absätze der Schuhe schief abgelaufen. Ich heftete mich unauffällig an ihre Fersen. Sie kaufte den halben Markt leer. Rotkohl, Kartoffeln, Ananas, Orangen, Butter, Käse, Brot. Mit überquellenden Einkaufstaschen drängte sie sich in die volle Straßenbahn. Wir fuhren durch die halbe Stadt. Ich sah unauffällig an ihr vorbei. Sie sah zufrieden auf die prallen Einkaufstaschen zu ihren Füßen. Neben dem Fenster hing ein Schild mit schwarzer Schrift. »Sind Sie einsam? Haben Sie Probleme? Wir sind immer für Sie da. Auch an den Festtagen.«
Irgendwelche Idioten mußten da anrufen. Sonst hing das Teil ja nicht da. Ist ja nicht gratis, so was. Als ob die Kirchenheinis einem helfen könnten. Helfen kannst du nur dir selbst. Ein Spruch von meiner Alten. Wo sie recht hat, hat sie recht.
Graulöckchen sammelte ihre Tüten vom Boden. Ich stieg an der gleichen Haltestelle aus wie sie und folgte ihr über die Straße. Sie verschwand in einem kleinen Haus, vor dem ein großer grüner Busch stand.

Ich fuhr mit der Straßenbahn in die Stadt zurück, trieb mich noch auf dem Weihnachtsmarkt rum und sah zu, wie die Holzbuden auseinandergenommen wurden. Zwei Männer in Blaumännern knallten Metallstangen auf einen Anhänger. Die Kirchenglocken bimmelten los. Bald ging der ganze Zirkus voll ab. Zeit, mein Deo zu erneuern und für frische Unterhosen zu sorgen. Weihnachten ist schließlich nur einmal im Jahr.

Als es dunkel war, stand ich vor ihrer Tür. In dem Busch vorm Haus war 'ne Lichterkette an. Sahen gut aus, die Glimmies. Ich drückte auf den Klingelknopf.

Die Tür ging auf. Eine Duftwolke segelte zu mir. Rotkohl. Das Wasser lief mir im Mund zusammen. Sie sah aus, wie die Frau, die im Fernsehen Kaffee ausschenkt. Original. Mit einer blendendweißen Schürze vor dem Bauch.

Ich schluckte. Auf los geht's los. Legte mein Weihnachtsmannlächeln auf und zog die Kordel von meinem roten Frack fest. Eine Erinnerung an den beschissenen Job vor einem Jahr.

»Ich habe keinen Weihnachtsmann bestellt.«

Sie drückte die Tür zu. Soweit es ging. Bis zu der Stelle, wo die Tür auf meinen Stiefel traf.

»Ich weiß«, säuselte ich milde durch meine Wattebärte und rammte mein Knie gegen die Tür. »Bei Ihnen riecht es so gut.«

Sie wich zurück.

Warum nicht gleich so. Jetzt war ich drin.

»Was wollen Sie?«

»Ich möchte bei Ihnen essen.«

Mit dem Fuß stieß ich die Haustür hinter mir zu.

»Wenn Sie nicht sofort gehen...« Ihre Stimme war hoch und schrill. Fast so wie die von meiner Alten am Telefon. »...rufe ich die Polizei.«

Sie griff den Telefonhörer vom Tisch. Das hätte sie besser

nicht getan. Wenn mich etwas nervt, dann sind es diese dämlichen Quatschteile. Besonders zu dieser Jahreszeit. Mit einem Griff riß ich die Schnur aus der Wand. Es knackte. Die Kabelenden hingen aus der Dose. Das Beste, was man mit diesen Scheißteilen machen kann.
»Ente mit Rotkohl. Stimmt's?« Ich reckte meinen Riechkolben in die Luft. »Warum laden Sie mich nicht zum Essen ein?«
Sie sah mich an. Mit roten Backen. Mein Besuch hatte sie auf Touren gebracht.
»Ich habe Schmuck. Warten Sie. Ich hole ihn.«
»Keine Panik«, beruhigte ich sie. »Ich will nur bei Ihnen spachteln.«
Sie sah auf die geschlossene Tür in meinem Rücken. Auf die Telefonschnur neben der Wand.
»Ich bin noch nicht mit dem Kochen fertig.«
»Es ist doch Ente?« bohrte ich nach. Hinterher hatte sie die Ente eingefroren, und ich handelte mir Rotkohl mit wer weiß was für 'nem Begleitviech ein.
»Weihnachten gibt es bei mir immer Ente«, verkündete sie stolz. »Es ist eine freilaufende. Direkt vom Bauernhof...«
»Jetzt ja nicht mehr. Oder? Jetzt ist sie tot. Mausetot.«
Sie sah mich geschockt an.
Dann drehte sie sich um und stieß eine Tür auf. Ich folgte ihr. Ohne zu fragen, ließ ich mich auf einem der Stühle nieder. Vorkriegsmodell. Bequem und gut.
Sie nahm eine Gabel in die Hand und hob den Deckel von einem großen blauen Topf. Ihre grauen Fransen versanken im Dampf. Meine Nasenflügel blähten sich. Das war Ente. Ente pur. Sie setzte den Deckel wieder auf. Ihr Kopf drehte sich zu mir.
»Gleich ist sie gut.«
»Wie wär's damit?« Ich stellte zwei Flaschen Rotwein auf

den Tisch. Kein Sonderangebot. Erstklassige Ware. Man muß was investieren. Von nichts kommt nichts.
Sie drückte mir so ein altmodisches Schraubteil in die Hand und stellte zwei Gläser auf den Tisch. Mit netten dünnen Füßchen und geschliffenem Bauch oben drauf.
»Wo ist der Rest der Familie?« erkundigte ich mich.
Sie zupfte an einer weißen Rüsche.
»Die Kinder kommen gleich.«
So wie sie das sagte, wußte ich, daß sie log.
»Schön.« Ich goß die Gläser voll. »Ich mag Familien. Auf Ihr Wohl.«
Das hatte ich von meiner Alten. Bei der Familie, wo sie geputzt hat, haben die ihr das beigebracht. Und sie hat's mir beigebracht. Kommt gut.
Weißschürze stieß ihr Glas gegen meins. Es schepperte, wie es sich gehört.
Mit dem Glas in der Hand wanderte ich ein bißchen herum. Auf einem Bord stand ein Mann in Uniform und lächelte. Ein schwarzes Band lief neben ihm den Rahmen hoch. Daneben stand ein Paar unter Palmen. Manche laufen ganz schön weit, um Land zwischen sich und ihre Alten zu bringen.
»Wir essen drüben.« Sie klapperte mit den Tellern und ging zur Tür. Ich schnappte mit meiner freien Hand die Rotweinflasche und folgte ihr.
Dafür, daß ihre Kinder sich am anderen Ende der Welt in der Sonne aalten, hatte sie sich ganz schön ins Zeug gelegt. Sogar einen Weihnachtsbaum hatte sie rangeschleppt und mit silbernen Spaghettis und rosa Kugeln drapiert. Ich ließ mich in den Lehnstuhl fallen und verfolgte, was sich unter den gelben Lampenschirmchen tat.
Es ist komisch. Da träumst du dein Leben lang von einem Tisch, genauso einem, wie dem, um den Weißschürze herumwuselte. Einem Tisch mit einem weißen Tuch und or-

dentlichen Schüsseln, die alle zusammenpassen und die gleichen Blümchen haben. Und einer Tischdecke, in die keine Zigarettenstummel schwarz ausgefranste Löcher gebrannt haben. Und dann ist alles da. Alles, wovon du immer geträumt hast. Und es ist kein bißchen so, wie du gedacht hast. Es ist nichts als ein Tisch. In einem Zimmer, das du in deinem Leben noch nicht gesehen hast. Das ist alles.

Ich hätte was dafür gegeben, wenn wenigstens ein kleines Loch in die Decke gebrannt gewesen wär. Wie in unserer Weihnachtsdecke. Gut, so viele gestopfte Löcher wie bei uns hätten's nicht zu sein brauchen. Aber ein einziges kleines. Das hätte sich gut gemacht. Ich hätt's ja reinbrennen können. Warum nicht. Aber irgendwie hatte ich dazu keinen Bock. Es ist einfach nicht dasselbe.

Auf einmal war ich wütend und sauer und alles. Ich preßte das Weinglas in meiner Hand zusammen. Das verdammte Glas war so fest. Es knackte noch nicht mal. Ich zielte auf eines der hellen Schirmchen über dem Tisch. Volltreffer. Das Glas fiel auf den Tisch. Der rote Saft lief um die dampfenden Kartoffeln herum in Richtung Tischkante. Es machte klick. Das Scheißding ging einfach nicht kaputt.

Jetzt wollte ich es wissen. Das Glas schraubstockmäßig zwischen beiden Händen drückte ich zu. Na also. Es knackte. Ich ließ los. Die Splitter fielen auf das weiße Tuch. Bis auf einen. Der steckte in meiner linken Hand. Neben ihm sammelte sich rot mein Blut.

Weißschürze wieselte mit dem Bratentopf zur Tür herein. Sie stellte ihn auf der Anrichte ab und meterte zum Tisch. Entsetzt hielt sie sich eine Hand vors Maul und stöhnte laut. Dann ließ sie ein »O Gottogottogott« ab und machte auf dem Absatz kehrt.

Mir gönnte sie keinen Blick. Ich zog den Splitter aus der Hand. Der Spalt füllte sich rot. Sie kam mit einem blauen

Paket in der Hand zurück, stürzte an mir vorbei und kippte ein Pfund Salz auf den Tisch.
Ich hätte verbluten können. Das hätte die nicht mitgekriegt. Das interessierte sie einen Dreck.
Da schnappte ich mir den Bratentopf, nahm den Deckel ab. Siedend heißer Wasserdampf blies mir ins Gesicht. Ich fluchte laut. Sie hörte nichts, schrubbte weiter über dem Tisch. Alles, was sie interessierte, waren die verdammten Flecken auf dem Tisch. In einem Schwung kippte ich ihr den Vogel samt Saft ins Genick. Sie schrie auf. Der Vogel haute ihr in den Nacken, sie haute auf den Tisch. Die Sauce tropfte auf die weiße Decke. Die Frau rutschte Richtung Boden, hielt sich am Tischtuch fest. Es klirrte und schepperte. Dann lag sie da, das bekleckerte Tischtuch über, das zerdepperte Geschirr neben sich.
Das war's ja dann wohl. Ich verabschiedete mich.
Mit diesem Scheiß Weihnachten hab ich einfach kein Glück.

Sarah Dunant
SCHLAF, JESULEIN ZART

Das dunkle Fleisch ist das beste; wenn man hineinbeißt, quillt der Saft heraus, mit diesem vollen, lebendigen Fleischgeschmack, und es ist so mürbe, daß es sich wie von selbst vom Knochen löst in sauberen, zarten Streifen.

Schon seit dem Morgengrauen träume ich von dem Truthahn. Ich rieche fast schon seinen Bratenduft, obwohl ich genau weiß, daß er noch auf dem Küchentisch liegt, feist und bleich wie ein Teigklumpen. Gar kein so großer Unterschied zu einem gewissen anderen Jemand. Die übrige Straße ist längst auf. Ich kann die Kinder von nebenan im Garten hören, wie sie sich mit dem Kriegsspielzeug vom Gabentisch die Bäuche aufschlitzen. Hier drinnen dagegen – ich hätte über Nacht sterben können, ohne daß es irgendwem aufgefallen wäre.

Wenigstens hätte ich dann ein bißchen Ruhe und Frieden gehabt. Wieder so eine unheilige Nacht im Hause Ramsey: Geplärr von der ersten bis zur letzten Sekunde. Mein Gott, die Frau kann einem schon leid tun. Hopfen und Malz ist bei der verloren. Wenn das nicht schleunigst anders wird, gehen wir bald alle auf dem Zahnfleisch.

Mein Problem ist, daß ich mich noch zu gut daran erinnere, wie es früher war, als am Weihnachtsmorgen die Sprungfedern doppelt so lange ächzten wie sonst und sie verschmust und verschämt nach unten kamen und sich fast überschlugen vor Nettigkeit mit Frühstück und Geplauder und Geschenken. Sex – dagegen bist du machtlos. Na ja, man sieht ja, was dabei herauskommt.

Ich genehmigte mir ein Stück Weihnachtsschinken und machte mich dann an meine Morgentoilette. Darin bin ich nach wie vor pingelig – Morgenwäsche muß sein. In meinem Alter läßt man sich zu leicht gehen. Sicher, so proper wie früher bin ich nicht mehr, aber zumindest habe ich kein Fett angesetzt. Eher im Gegenteil: Das Alter dörrt mich aus. Ich bin dürr geworden – man kann es nicht anders sagen –, und die Haare fallen mir aus. Aber meine Haltung ist tadellos, und meine Augen sind immer noch scharf genug, um zu sehen, was um mich herum vorgeht. Und um zu wissen, wessen Schuld es ist.

Ah ja. Seine Majestät erwacht. *Rumms*, ist sie aus dem Bett, um an seine Seite zu eilen. Und jetzt das Geturtel und Geschnäble und »Ja-wer-ist-denn-da«-Gegurre. Ich könnte schwören, wenn man die Ohren spitzt, dann hört man direkt, wie seine Lungen sich füllen für den ersten Schreianfall des Tages. »Viel schöner und holder, als Engelein sind…« Ein beschauliches Weihnachten, das ist auch so ein Wunschtraum von mir.

»Geht das schon wieder los.« Ich bin nicht die einzige. Armer Martin. Ich glaube, er vermißt die Zeiten der ächzenden Sprungfedern mehr als sie. Und schon kommt er die Treppe herunter, zerknautscht, noch halb im Schlaf, die Bürde der Vaterschaft schwer auf seinen Schultern. Es ist noch gar nicht so lange her, da sah er regelrecht gut aus.

»Morgen, Joy. Fröhliche Weihnachten. Hast du gar nicht mitgekriegt, was wir hier heute nacht für einen Zirkus hatten? Zeit fürs Frühstück, was?«

Das schätze ich so an Martin. Streß hin oder her, er wahrt zumindest immer den Anschein der Höflichkeit.

»Ach, Martin, und paß auf die Milch auf! Nicht zu heiß, hörst du?« Sie hat neuerdings eine Stimme wie ein Martinshorn. Sorry, Martin. »Und schieb vielleicht schon mal den Truthahn in den Ofen. Er braucht mindestens vier

Stunden. Ach, und schau, ob es im Wohnzimmer warm genug ist, wenn er dann runterkommt.«
Er knurrte etwas nach oben und schlurfte in Richtung Küche. Ich gab ihm einen Augenblick, damit er sich wieder fangen konnte, und folgte ihm dann. Er machte mir ein zweites Frühstück. Ich weiß, daß er bemerkt hat, wie dünn ich geworden bin, er hat es neulich sogar einmal erwähnt, aber dann wollten sie und der Gebenedeite Engerling wieder irgend etwas von ihm, und schon war ich völlig vergessen. So wie jetzt auch.
»O Gott, Martin, hol schnell einen Lappen. Er läuft über.«
Er hetzte wieder zur Tür hinaus. Ein Hundeleben, was, Martin, dachte ich, während ich ihm nachsah.
Ich machte es mir nebenan auf dem Wohnzimmersofa bequem, an dieser köstlichen Stelle, wo die Heizung von hinten die Kissen anwärmt. Wenigstens einer in diesem Hause war für die Festlichkeiten bereit. Die heilige Familie stieg erst eine halbe Stunde später hernieder. Unsere liebe Frau war ein Bild des Jammers – alter Pullover und Jeans, Haare in alle Himmelsrichtungen, die Haut ganz käsig vom Schlafmangel. Jesus Ramsey dagegen sah aus wie das blühende Leben, so fett, daß er dem Platzen nahe schien, bis obenhin vollgestopft mit Milch, Liebe und Aufmerksamkeit. Sobald er mich erblickte, fing er an, mit den Armen zu wedeln und zu gurgeln und zu sabbern. Er weiß schon, wen er noch zu bezirzen hat. Schlauer kleiner Gangster.
Sie pfropfte ihn in seine Kinderwippe, schön weit weg von mir, und los ging's mit dem Geschenkeauspacken. Es war, wie könnte es anders sein, alles für ihn. Ich schaute zu, wie sie eine nicht enden wollende Parade von Plüschtieren auswickelte, auf daß Seine Majestät sie gutheiße. »Ach, guck mal, was Mrs. Morris dir geschenkt hat. Einen Eisbär. Ist der nicht drollig?« Es ist eine Tragödie, dachte ich. Sie

war einmal eine intelligente Frau, ein Mensch mit Witz und Stil und einem eigenen Kopf. Wie viele Abende, wenn Martin weg war, haben wir hier nicht in ruhiger Zweisamkeit zusammengesessen. Damals mochte sie meine Gesellschaft. Redete gern mit mir. Sie hat mir sogar manchmal ziemlich persönliche Dinge erzählt, über sich, über ihre Beziehung zu Martin. Na ja, sie wußte natürlich auch, daß sie sich auf meine Diskretion verlassen konnte.
Damals wurde ich geschätzt. Das hier war mein Zuhause genauso wie ihres. Gut, manche hätten es vielleicht problematisch gefunden, ein Haus zu erben, in dem ich zum Inventar gehörte. Aber für Martins Mutter gab es da gar keine Diskussion. Sie hatte mir neun Jahre zuvor eine Bleibe zugesichert, und sie würde nicht zulassen, daß sie mich so einfach an die Luft setzten. Wie sie im Sterben noch zu Martin sagte – es war eine Frage des Prinzips in einer Zeit der Raffgier. Wohlgemerkt, ich glaube, sie hatte es auch im Gefühl, daß wir genau richtig sein würden füreinander. Und es stimmte. Wir waren es.
Aber jetzt nicht mehr. Jetzt bin ich alt und abhängig, und sie ist die Sklavin ihres Hormonhaushalts. Jetzt gilt meine Gesellschaft nichts mehr, und ich bin nur noch eine Last. Es gibt allen Ernstes Tage, wo nicht einmal mehr eine warme Mahlzeit für mich herausspringt, wo er auswärts ißt und ich mich mit einem Dosenessen behelfen muß. Wer hätte gedacht, daß es so weit kommen würde?
»Joy.«
»Ach, laß sie doch schlafen, das arme Ding.« Komisch. Ich hatte gar nicht gemerkt, daß ich die Augen zugemacht hatte. Martin streckte mir etwas hin. »Fröhliche Weihnachten, Joy. Von uns allen.«
»Ach komm, Liebling, mach's ihr doch auf.« Aber ihre Stimme klang weniger liebevoll als entnervt dabei. Er nahm das Papier ab, und wir alle heuchelten Überra-

schung: eine billige Decke mit Schottenmuster und ein Säckchen Duftkräuter. Ich sollte wahrscheinlich dankbar sein, daß sie überhaupt an mich gedacht hatten. Ich brachte die Nase vorsichtig an das Säckchen. Gott, habe ich diesen Geruch geliebt, als ich noch jünger war, gar nicht genug kriegen konnte ich davon. Jetzt kommt er mir nur noch schal und fade vor. Manchmal denke ich, mit dem Altwerden ist es wie mit einer Farbe, die zu lange an der Sonne gelegen hat; alles Leuchtende, alle Spannkraft wird aus einem herausgebleicht. Manchmal denke ich, ich ertrage es nicht. Ich sah zu ihnen auf. Aber sie achteten schon nicht mehr auf mich, versunken in die Anbetung des Großen Engerlings, der mit einem Weihnachtsaufkleber an seinem Strampelanzug einen wonnigen Anblick bot. So wie er dem Leben entgegenkrabbelte, schleppte ich mich dem Tod entgegen. Ich stand auf und verließ das Zimmer. Ich bin mir nicht sicher, ob sie es überhaupt merkten.

Der Schlaf – das ist eine der großen Segnungen des Alters: eine warme Decke, die sich über dich legt, all die Wehwehchen und Schmerzen auslöscht, den Enttäuschungen den Stachel nimmt. In meinen Träumen sind immer alle fröhlich und essen gut. In meinen Träumen werde ich geliebt und umsorgt. In meinen Träumen gibt es nie ein Baby.

Dunkles Fleisch und der Geruch des Bratensafts in der Reine. Diesmal war es Wirklichkeit, der Duft kam aus der Küche angeschlängelt, kroch unter meiner Tür durch, kitzelte mich wach. Draußen wurde es schon wieder dämmrig. Ich mußte Stunden geschlafen haben.

Die Küchentür war angelehnt. Durch den Spalt hörte ich Besteckklappern, Gläserklimpern, Lachen. Ich drückte sie lautlos auf und sah hinein. Die beiden saßen mit dem Rükken zu mir, Seine Majestät ihnen gegenüber schlafend in seinem Stuhl, bis zum Platzen abgefüllt mit Truthahnpampe und Milch. Mein Blick fiel auf eine leere Fla-

sche gleich neben Martins Glas. Und dann sah ich ihn, in der Mitte des Tisches, das Messer im Rücken, beide Beine schon weg. Sie hatten ohne mich angefangen.
Ich fühlte etwas wild und heiß in mir aufschießen, Wut, kurzgeschlossen mit Hunger. Und Scham. Und etwas anderem. Einem jähen, scharfen Druck auf die Blase. Dergleichen überfällt mich neuerdings aus heiterem Himmel, heftig, ohne daß ich mehr Herr darüber bin. Wenn ich schnell machte, konnte ich es unter Umständen noch schaffen. Wie demütigend, dachte ich. Wie der Anfang, so das Ende. Ich sah den Großen Engerling an, dessen ganzes Leben, wenn er nicht gerade brüllte, darin bestand, irgendwelches Zeug am einen Ende hineingestopft zu bekommen und es am anderen wieder auszustoßen. Und wie sie ihn dafür liebten: »Ja, was haben wir denn da Feines? Ja, so ein braver Junge!« Aber nicht mich. Trotz all meiner strikten Reinlichkeit, trotz all meines Verständnisses, trotz meiner Klaglosigkeit. Ich und meine Bedürfnisse wurden ignoriert, vergessen. Nun, das ließ sich ändern.
Ich spürte einen kurzen, teuflischen Triumph, als die warme Flüssigkeit mein Bein hinabrann, auf den Boden, wo sie als kleines Bächlein über die leicht abschüssigen Fliesen auf den Tisch zulief. Genau in diesem Moment schaute sie von ihrem Teller hoch und sah mich. Mich und meinen Urin. Und in dem Blick, der zwischen uns gewechselt wurde, war all das bisher Ungesagte mit einemmal nicht mehr ungesagt.
»Das gibt's doch nicht.« Sie sprang auf, stieß dabei polternd ihren Stuhl um. »Verdammt – Martin, sie pinkelt uns auf den Boden.«
Ihr Geschrei schreckte den Großen Engerling auf, der gellend seine Empörung kundtat. Martin hob den Kopf. Ich wandte meinen ab. Seine Stimme erreichte mich ein biß-

chen verzögert, dick vom Alkohol. »Großer Gott, Joy, geht's dir nicht gut, altes…«

»Und ob's ihr gutgeht, verdammt noch mal«, fuhr sie ihn an. »Schau dir doch ihr Gesicht an. Das war kein Unfall. Sie weiß genau, was sie tut.« Sprach's und brach in Tränen aus. Armer Martin. Jetzt ereilte es die ganze Familie auf einmal.

Seinet- wie auch meinetwegen drehte ich mich um und ging hinaus, so würdevoll, wie mir nur möglich war. Und im Gehen hörte ich sie zwischen den Schluchzern ein paar hochbrisante Worte hervorstoßen. »Martin, ich weiß ja, daß du das nicht hören willst, aber du mußt den Tatsachen doch ins Auge sehen, sie ist einfach…«

Aber ich wollte es lieber auch nicht hören.

Nachdem ich mich gesäubert hatte, saß ich eine Weile in der Dämmerung und sah den Spatzen zu, die Steilangriffe auf die Meisenringe an der Wäscheleine flogen. In der Küche war es jetzt still. Es spielte keine Rolle. Ich wußte, was sie gesagt hatte. Sie wollte mich weghaben. Sie wollte kurzen Prozeß mit mir machen, so wie sie es mit der alten Martha ein paar Häuser weiter gemacht hatten, als die in die Jahre gekommen war. Den einen Tag hatte ich sie noch gesehen, wie sie sich friedlich hinten im Garten sonnte, und am nächsten dann, schwupp, war sie weg.

Die Tür öffnete sich. Ich rührte mich nicht. Ich hörte Martin hereinkommen und sich in den Sessel gleich bei mir setzen.

»Da«, sagte er. »Du hattest ja dein Weihnachtsessen noch gar nicht.«

Er hatte es in der Mikrowelle aufgewärmt. So etwas riecht man. Ich hielt den Blick aufs Fenster gerichtet. Das Schweigen zwischen uns verlor langsam an Spannung. Er seufzte. »Weißt du, Joy«, sagte er, fast mehr zu sich selbst, »ich versteh selbst nicht ganz, was los ist. Bei uns geht's

zur Zeit zu wie im Irrenhaus. Sie ist so ... na ja, das mit dem Baby ist wirklich nicht so leicht für sie. So etwas passiert anscheinend ziemlich vielen Frauen. Postnatale Depression nennt sich das. Ich weiß nicht, was ich tun soll.«
Ich schon. Aber wie üblich behielt ich es für mich. Nach einer Weile stand er auf.
»Wie auch immer. Ich hab ihn jetzt ins Bett gebracht, und ihr habe ich ein paar Schlaftabletten gegeben. Vielleicht brauchen wir alle nur ein bißchen Schlaf. Laß dir den Truthahn schmecken.«
Ein paar Bissen brachte ich hinunter, und dann muß ich auch geschlafen haben, denn meine Erinnerung setzt erst wieder mit der Stimme Seiner Majestät ein, die die Gläubigen zu einer kleinen Nachtwache herbeizitierte. So wie es sich anhörte, spurten die Gläubigen diesmal allerdings nicht so recht. Ich fragte mich, wie viele Schlaftabletten er ihr wohl verabreicht hatte. Ich wartete ein bißchen ab, dann stand ich auf und schlich zum Fuß der Treppe. Das Licht im Wohnzimmer brannte. Martin lag auf dem Sofa ausgestreckt, das Flackern des Bildschirms im Hintergrund, neben sich noch eine weitere leere Flasche. Soviel also zum Thema Vaterinstinkt.
Ich stieg die Stufen hinauf. Das Brüllen klang jetzt weniger außer sich – vielleicht bekam sogar er seine Stimme irgendwann satt. Er lag in seinem Bettchen, hübsch sauber eingerahmt von Stützkissen. Sein Gesicht war runzlig und rot vom Plärren. Ich ging hinein und setzte mich auf den niedrigen Stuhl neben ihm. Er hörte fast augenblicklich mit dem Weinen auf. Ich nickte ihm zu. »Ga.« Er streckte die Hand nach mir aus. Ich hielt ganz still. Er zog an meinem Ohr. Ich zuckte nicht mit der Wimper. Er gurgelte. Ich saß reglos da und sah ihn an, wie er mich ansah. Nach einer Weile ließ er los, machte die Augen zu und schlief wieder ein.

Ich schaute auf ihn herab. Wie viele Jahre hatte ich noch vor mir? Drei? Vier? Ich richtete den Blick in die Zukunft. Selbst wenn sie doch wieder zur Vernunft kam und mich bleiben ließ, was blühte mir dann? Ein kleiner Haustyrann von einem Jungen, herumkrabbelnd und -stampfend, schubsend und zerrend, ohne Respekt vor Alter oder Erfahrung. Nein, für uns beide war in diesem Haus kein Platz. Ich dachte an das Versprechen, das seine Großmutter mir damals gegeben hatte. Eine Frage des Prinzips in einer Zeit der Raffgier? Es würde sich zeigen. Im Schein des Nachtlämpchens sah seine pralle Feistheit geradezu einladend aus. Mein Zimmer war sicher schon kalt – die Zentralheizung hatte sich längst abgestellt, und die karierte Schottendecke bot keinen Schutz gegen die Nacht. Nun, warum nicht, dachte ich. Wenn sich schon niemand anderes um mich sorgt, dann ist es nur recht und billig, daß ich für mich selbst sorge.
Was ich auch tat.

Als es zu dämmern begann, stand ich auf. Das Bett war jetzt nicht mehr so warm. Ich beschloß, einen kleinen Weihnachtsspaziergang zu machen, um die alten Knochen in Schuß zu halten. Es war kalt, aber nicht unangenehm. Ich kam durch den Garten zurück. Die Spatzen waren wieder an den Meisenringen zugange, aber mein Anblick ließ sie in einer dichten Wolke gen Himmel stieben. Ich spürte ein befriedigtes kleines Prickeln in der Brust.
Drinnen war alles erfüllt von ihrem Schluchzen. Doch, ich muß schon sagen, es konnte einem zu Herzen gehen. Ich setzte mich auf den Stuhl im Flur und wartete. Nach einer Weile kam ein großer, dunkelhaariger Mann aus dem Wohnzimmer. Zu meiner Genugtuung bemerkte er mich sofort.

»Na du«, sagte er. »Du bist wohl Joy. Wir suchen schon alle nach dir.«
Er zupfte ein paar weiße Haare von der Armlehne und betrachtete sie sorgfältig. »Was ist passiert, altes Mädchen?« fragte er behutsam. »Ist dir die Konkurrenz zuviel geworden?« Und er streckte die Hand aus und kitzelte mich unterm Kinn.
Gut, ich mag alt sein, und die Haare gehen mir aus, aber das heißt noch lange nicht, daß ich mir alles bieten lasse. Ich ließ die Pfote vorschießen und kratzte ihn.

Aus dem Englischen
von Sabine Roth

Gabriele Wolff
O TANNENBAUM

Kaum hatte sie die Wohnungstür aufgeschlossen, war er aus, der Traum von einem friedlichen Zuhause mit leiser Jazzmusik, hochgelegten Beinen und bei geschlossenen Augen herbeigeträumter Strandidylle: Kater Pascha zerfetzte gerade genüßlich die Tapete, Staubhäufchen im Flur und das Dröhnen einer Bohrmaschine kündeten von Udos Versuchen, sich als Axt im Haus zu betätigen, und dann schnarrte auch noch das Telefon.
Cordula ließ die Plastiktüte mit dem Tiefkühlputer fallen, setzte die Tasche mit den Christbaumkugeln ab, schrie Pascha an, der verächtlich die Schnurrbarthaare zittern ließ, knallte die Wohnungstür zu und rannte zum Telefon.
»Sieffert«, sagte sie atemlos.
»Kind, was ist denn los? Daß du auch immer so hektisch sein mußt, denk nur an Vater, der war auch immer so, und was ist aus ihm geworden?«
Mutter. Auch das noch. Cordula hielt den Mund. Nach neununddreißig Jahren töchterlicher Erfahrung wußte sie, wann Mutter ihre Fragen am liebsten selbst beantwortete.
»Nichts, überhaupt nichts ist aus ihm geworden. Wer befördert denn schon so einen, der ein Magengeschwür nach dem nächsten bekommt, ich kann dich wirklich nur warnen! Na ja, jetzt hat er ja endlich Ruhe gefunden...«
In die Pause hinein, in der Mutter sicherlich selbstzufrieden lächelte und Cordula an Papas Beerdigung dachte, drang der Lärm der Bohrmaschine.
»Was ist denn bei dir los? Hast du Handwerker im Haus?«

»Nein, Mutter, das ist Udo«, erklärte sie geduldig und sprach jetzt ganz ruhig. Nicht schon wieder Predigten über die Hektik eines Singlelebens heraufbeschwören, davon hatte Cordula wirklich die Nase voll. »Er bringt Regale im Flur an, du weißt schon, die wollte ich schon immer haben…«

»Aber Coco, Regale, da staubt doch alles ein, glaub es mir. Und Udo kann so was? Also ich hatte eigentlich den Eindruck, daß er eher unpraktisch veranlagt ist. Seid ihr immer noch zusammen? Wie schön für euch…«

Die letzten Sätze klangen so, als ob Mutter überrascht sei, ehrlich überrascht, daß es ein Mann mit Coco länger als drei Wochen aushielt. Cordula atmete tief durch. Bloß keinen Streit anfangen so kurz vor Weihnachten, das hätte gerade noch gefehlt.

»Doch, wir sind noch zusammen«, sagte sie und bemühte sich, das Wort »noch« nicht zu sehr zu betonen. »Und nur weil er beim letzten Mal die Kaffeekanne umgekippt hat, muß Udo nicht gleich unpraktisch veranlagt sein.« Warum geriet sie immer und sofort in die Defensive, wenn sie mit Mutter telefonierte? Sie mußte sich anhören wie ein patziges kleines Mädchen. Sie kontrollierte ihre Stimmlage und fuhr in jenem Ton fort, den sie so erfolgreich hysterischen Kunden gegenüber anzuschlagen pflegte. »Hör mal, Mutter, ich bin gerade nach Hause gekommen, ich muß noch aufräumen und alles, warum rufst du eigentlich an?« Kaum hatte sie die Frage ausgesprochen, wurde ihr schlagartig klar, was Mutter mit dem Anruf bezweckte. Heiligabend. Und Mutter allein und einsam. Cordula wappnete sich gegen den Strom weinerlichen Selbstmitleides, in dem sie unweigerlich, wie jedes Jahr seit Papas Tod, ertrinken würde. Und richtig, es kam, wie es kommen mußte. Cordula schloß die Augen und zwang sich zur Ruhe. Mutters Worte strömten vorbei, eine endlose Klage.

Manche Worte klangen wie in Fettdruck, »besten Jahre geopfert«, »alte Frau«, »ein wenig Dankbarkeit«...
»Am zweiten Tag kannst du gerne vorbeikommen, Mutter. Aber Heiligabend wollen Udo und ich allein verbringen, und am ersten Weihnachtstag besuchen wir Freunde, das ist schon lange geplant. Du kannst doch zu Tante Christa gehen, und was ist mit deiner Bridgerunde? Habt ihr dieses Jahr kein Kaffeetrinken?« Cordula spürte Udos Hände auf ihren Schultern und straffte sich.
»Mein eigen Fleisch und Blut«, jammerte Mutter. »Das hat man nun davon in seinen alten Tagen, wofür hat man überhaupt Kinder in die Welt gesetzt...« Ein tiefer Seufzer, eine kurze Pause, und dann klang ihre Stimme verändert, so, als ob sie sich entschlossen hätte, eine völlig neue Taktik auszuprobieren. »Ich verstehe schon. Feiert ihr man schön, ich gönne es euch. Ist ja das Fest der Liebe, da stört man nur. Ich falle dir nicht mehr zur Last, da brauchst du dir keine Sorgen zu machen. Ich komme bestimmt zurecht. Kind, wir sehen uns dann am zweiten Weihnachtstag. Soll ich den Stollen mitbringen, den du immer so gern ißt?«
Cordula haßte Stollen, aber Mutters neue Taktik hatte sie so verwirrt, daß sie sich sagen hörte, wie sehr sie sich auf Mutters Besuch und den Stollen freue.
Verwirrt legte sie auf.
Was hatte das zu bedeuten? Dieses allzu plötzliche Nachgeben, dieser entsagungsvolle Verzicht auf alte Forderungen... ob Mutter etwa...
Udo beendete ihre Überlegungen, indem er Cordula in die Arme nahm und sie herzhaft küßte.
»Deine Mutter, nicht?« fragte er danach. »Ich dachte schon, du wirst schwach, aber das hast du gut hingekriegt...« Cordula lächelte gequält. Sie ahnte, daß sie irgendwann dafür würde bezahlen müssen. Aber im Mo-

ment war Udo wichtiger. Und wenn er noch so unpraktisch war. Sie nahm sich vor, kein Wort über die garantiert vergeblich gebohrten Löcher zu verlieren, über den Dreck, den er gemacht hatte, oder das Steckdosendrama in der letzten Woche, als Udo einen Schlag bekommen und behauptet hatte, es liege an den alten Leitungen. Dabei hatte er selbst die Drähte falsch angeschlossen, aber was sollten da Vorwürfe? Udo liebte sie, das war das Wichtigste! Sie küßten sich, nun etwas leidenschaftlicher, bis Udo sie lachend darauf aufmerksam machte, daß Pascha in die Tüte mit dem Tiefkühlputer gekrochen war und dort raschelnde Bewegung eine Katastrophe befürchten ließ.
Später saßen sie in der Küche, es war alles aufgeräumt, das Essen, gemeinsam zubereitet, hatte wunderbar geschmeckt – jedenfalls war es eine friedliche, harmonische Mahlzeit gewesen –, und der Alltag mitsamt Einkaufsstreß und dem üblichen Weihnachtsdrama mit Mutter war vergessen. Cordula trank noch einen Schluck von dem kühlen Rosé und zuckte nicht mit der Wimper, als Udo erklärte, daß das mit dem Regal leider nicht ganz geklappt habe. Aber diese Altbauwände, mal bröckelig, mal hart wie Beton, da müsse er erst die Hilti von einem Kumpel organisieren, anders ginge das nicht...
Cordula wechselte das Thema.
»Kommst du mit auf die Weihnachtsfeier? Ach bitte! Ohne dich halte ich das nicht durch, dieser besoffene Abteilungsleiter klopft jedes Jahr die gleichen blöden Sprüche, wenn ich da solo aufkreuze. Und überhaupt, dann lernst du endlich mal all die Leute kennen, von denen ich dir immer erzähle...« Cordula sah ihn durchdringend an. Der Blick, mit dem sie Papa immer weichgekriegt hatte. Udo reagierte prompt.
»Also wenn du meinst, daß ich nicht störe – aber ich kenne doch keinen Menschen da außer dir...«

»Na, und Siggi? Die hast du doch schon mal gesehen, und am ersten Weihnachtstag sind wir bei ihr eingeladen, da kennst du glatt schon zwei Leute aus unserem Betrieb!«
Udo gab auf. Er murmelte zwar noch etwas davon, daß Siggi *ihre* Freundin sei und nicht seine, aber es war nur ein Rückzugsgefecht. Ihrem schmollenden »Aber ohne dich macht die ganze Sache überhaupt keinen Spaß!« konnte er nichts mehr entgegensetzen.
Der Tag hatte ein Happy-End, auch wenn Udo sich im Bett nur an sie kuschelte und sofort einschlief. Cordulas Träume entschädigten sie wie immer für die kleinen Schönheitsfehler des Lebens.

Der Puter brutzelte im Backofen und nahm langsam eine appetitlich-braune Farbe an. Die Vorspeise war schon fertig, Blattspinat mit Speckstückchen, Schafskäse und einer perfekt geratenen Vinaigrette. Cordula nippte an ihrem Aperitif. Mutter hatte sich nicht mehr gemeldet, Gott sei Dank. Eigentlich sollte sie jetzt selbst anrufen, ein versöhnliches Gespräch mit einem munter klingenden »Fröhliche Weihnachten« und einem herzlichen Dank für die fünfhundert Mark, die zusammen mit einer gräßlich kitschigen Karte eingetroffen waren. Beim Aufklappen dudelte sie »Stille Nacht«, blecherne Mißtöne, scheppernder Hohn auf die früher andächtig gesungene Melodie. Langsam stand Cordula auf, ging zum Telefon und wählte Mutters Nummer. Wieder spürte sie Udos Hände auf ihren Schultern. Mutter meldete sich nicht. War wohl doch zu Tante Christa gegangen. Wer nicht will, der hat schon, einer von Mutters Lieblingssprüchen. Oder: dann nicht, liebe Tante, heiratst den Onkel. Wieso sie dauernd an Mutter denken mußte?
Cordula ging wieder in die Küche. Der Puter war ein formloser brauner Klecks hinter Glas. Das mußte von den Trä-

nen kommen, die sich schon wieder in ihren Augen formten. Sie griff nach dem Cocktailglas und kippte den Inhalt in einem Schluck hinunter. Wenn sie so weitermachte, war sie schon vor dem Hors-d'œuvre blau. Aber das war jetzt auch egal. Sie konnte eigentlich sofort zum Cognac übergehen. Der Puter für Pascha und der Cognac für sie. Für sie ganz allein. Sollten doch Siggi und Udo machen, was sie wollten. Weihnachten allein war gar nicht so schlecht. Diese Ruhe! Keiner, der einem irgendwelche Vorschriften machte. Kein Mensch mit Glückserwartungen, die einem wie Mühlsteine um den Hals hingen und in die Tiefe rissen. Keiner, der sich über einen zähen Puter beschwerte oder verkniffene Freude über ein unpassendes Geschenk heuchelte. Und keiner, der ihr den Cognac wegnahm. Cordula nahm einen Schluck aus der Flasche, ging zum Herd, öffnete die Klappe und nahm den Bräter heraus. Schwungvoll kippte sie den Vogel auf den frisch gescheuerten Kachelboden. Den Weihnachtsputz hätte sie sich sparen können, wenn sie das vorher gewußt hätte. Diese verdammte Betriebsfeier... Der Abteilungsleiter mit seinem tiefen Blick in ihr Dekolleté und Udo mit seinem tiefsinnigen Gelaber über Gott und die Welt. Und Siggi. *Ihre* Freundin. Ihre Ex-Freundin. So ein kleines graues Mäuschen, das den Mund kaum aufkriegte, aber unter Udos Gestammel aufblühte wie... was soll's, vorbei ist vorbei. Pascha näherte sich vorsichtig der fetten Beute, schreckte aber noch zurück. Mit langgestrecktem Hals sog er den köstlichen Duft ein. Er würde geduldig warten, bis der Braten abgekühlt war. Der würde sich nicht den Mund verbrennen oder das Herz oder sämtliche Hoffnungen...

Cordula nahm die Cognacflasche mit ins Wohnzimmer und schaltete den Fernseher ein. Würg, ein Kinderchor. Lauter kleine Engelchen mit Strahleblick. Die Fernbedienung zauberte nichts von dem herbei, was Cordula jetzt

brauchte. Sie konnte jetzt weder eine Lovestory vertragen noch einen Abenteuerfilm mit kernigen Mannsbildern. Alles Illusion. Echte Kerle gab es sowieso nicht, allenfalls welche, die so aussahen. Und dann doch vor jedem Mäuschen, wenn es nur anbetend genug lauschte, in die Knie gingen. Nur Schrott in der Glotze.
Als Cordula eine Jazzplatte auflegte, schellte es.
Udo! Cordula schwankte zur Wohnungstür und drückte auf den Türöffner. Udo mußte ein ziemlich schlechtes Gewissen haben, so langsam stapfte er die Treppe hoch. Wenn es nach ihr ginge, sollte er ruhig angekrochen kommen. Auf allen vieren am besten. Und dann...
Sie riß die Tür auf.
In Augenhöhe baumelten Christbaumkugeln, Lametta funkelte auf plastikgrünen Tannennadeln, und eine elektrische Lichterkette tanzte wild umher. Dann ließ Mutter das künstliche Monstrum sinken und strahlte Cordula an. Sie hatte vergessen, wie klein und zierlich Mutter war. Sie reichte ihr nicht mal bis zur Schulter. Man konnte sie umpusten. Zerbrechlich, ja, das war sie, und sie sah bei weitem nicht so fit aus wie ihre Telefonstimme immer vorgaukelte. Cordula kicherte.
»Also, Kind, frohes Fest. Läßt du mich nicht rein? Ich dachte, ich schaue mal kurz bei euch vorbei, weil, Tante Christa ist nun auch nicht mehr die Jüngste, sie liegt schon im Bett, und ich bleibe bestimmt nicht lange...« Schon war sie im Flur, unter dem Gewicht des künstlichen Tannenbaums schwankend. Natürlich ging sie zuerst in die Küche – »Mmmh, das riecht aber gut bei euch« –, bis dann der kleine erstickte Schrei ihr fortwährendes Geplapper beendete. Cordula kicherte noch immer. Sie stellte sich die Szene vor. Pascha, den Puter attackierend, der Bräter mitsamt dem Bratenfett auf dem Kachelboden, Mutters offenstehender Mund. Sie ging zurück in das Wohnzimmer und

nahm noch einen Schluck. Eigentlich sollte sie jetzt das Pornovideo reinschieben, das ein früherer Verehrer ihr vermacht hatte, nur um Mutter noch mehr zu schocken. Dieses Weihnachtsfest würde sie nie vergessen...
Mutter rüttelte an ihrer Schulter.
»Coco, Kleines, was ist denn los? Hast du Krach mit Udo? Das tut mir aber leid, ihr habt doch so gut zueinander gepaßt. Aber nimm's nicht so schwer, auf jeden Pott gibt's einen Deckel, warte nur ab. Bist ja noch jung...«
»Hör doch auf, ich bin bald vierzig, mit Kindern is bald nix mehr, aber vielleich isses besser so«, lallte Cordula. Mutter schien den Einwurf überhört zu haben.
»Kind, irgend etwas machst du falsch. Es ist noch nicht zu spät, also vielleicht kannst du noch was ändern, wenn du mich fragst...«
»Tu ich ja gar nich«, ihre Zunge war schwer. Langsam stand Cordula auf. »Willze auch was trinken?«
»Also, wenn du mich fragst, du bist zu besitzergreifend. Das mögen Männer nicht. Immer weißt du alles besser, immer machst du die Pläne, Männer laufen weg vor so was. Ich habe es kommen sehen, schon damals, als der arme Kerl den Kaffee verschüttet und du ihn gleich fertiggemacht hast. So kann man Menschen nicht behandeln, aber du hörst mir ja nie zu...«
Cordulas Kopf dröhnte. Sie sollte aufhören! Sofort! Noch ein Wort, und es gab ein Unglück. Noch so ein Spruch wie »Ich habe dir schon tausendmal gesagt«, dann...
»Ich habe dir schon tausendmal gesagt, du erdrückst die Männer. Dräng dich bloß nicht so auf, du mußt die Leine immer hübsch locker lassen, du wirst auch nicht schöner mit der Zeit. Als schöne Frau kannst du dir auch mal eine Laune erlauben, aber so... Was hast du eben...? Ja, ein kleines Glas Wein, das könnte nicht schaden, in unserer Situation. Zwei einsame Frauen...«

Sie sollte den Mund halten. Unsere Situation, lachhaft. Als wenn sie und Mutter... In ihrem Kopf drehte sich alles. Was wollte Mutter jetzt schon wieder? Den Plastiktannenbaum aufstellen? Die Lichterkette anschließen? Als wenn es darauf noch ankäme... War sowieso alles egal. Cordula zeigte ihr die Steckdose und wankte in die Küche.
Als sie den Wein entkorkte, mußte sie grinsen. Mutter würde Udo nicht mehr in Schutz nehmen. Und alle Schuld auf sie abwälzen. Nicht mehr, wenn sie die Lichterkette angeschlossen hatte. Udo war einfach zu unpraktisch. Mutters Schrei und der Kurzschluß, fast gleichzeitig. Cordula stand in der dunklen Küche, draußen ein bleigrauer Schneehimmel, und es war ganz still. Nur das Splittern von Knochen und dann und wann das Geräusch, wenn scharfe Zähne in Fleisch einschlagen und Stück um Stück herausreißen.
»Frohes Fest, Pascha«, murmelte Cordula.

Janet LaPierre
LUMINARIAS SIND SO SCHÖN WEIHNACHTLICH

Lucy Magnusson betrachtete ihr karges kleines Kaminfeuer, beschloß, einmal leichtsinnig zu sein, und legte ein weiteres Holzscheit auf. Hinter ihr lag ein schwerer Tag. Sie hatte die Kaninchenkäfige in eine trockene Ecke des Schuppens gezerrt und geschoben. Sie war in Regen und Wind aufs Scheunendach hinaufgeklettert, um dort noch ein Stück Plastikfolie festzunageln. Sie hatte mit Nick die Hühner zusammengetrieben, und dabei waren sie beide klatschnaß geworden. Ein schönes, warmes Feuer zu ihrem Tee und ihrem Buch hatte sie sich verdient.

Ihr Hund, eine Mischung aus Collie und Labrador, klappte ein Auge auf, als sie an ihm vorbeiging, hob aber nicht den Kopf. Nick war alt, genau wie sie, und er hatte ohnehin keine große Neigung zu unnützer Bewegung. Er würde lang ausgestreckt vor dem Kamin liegenbleiben, bis die Wärme des Feuers ihm das struppige, schwarzweiße Fell getrocknet hatte und seinen müden Knochen Linderung verschuf.

Wie Lucy sich eingestand, war auch sie selbst im letzten Jahr etwas langsamer geworden, und der Winter hatte sie mit Regen und Kälte unversehens überrumpelt. Der Stapel gehacktes Feuerholz war noch längst nicht groß genug, und die undichte Stelle auf dem Scheunendach hätte sie neu decken müssen. Schlechte Planung, keine Frage. Im Geiste hörte sie die Maxime ihres Vaters: Mädchen, wenn die Muskeln nachlassen, muß man den Kopf einsetzen.

Nachdem sie sich vergewissert hatte, daß von dem frischen Scheit keine Funken mehr sprühten, rückte sie den Ofenschirm so, daß die Hitze auf ihren gepolsterten Eichensessel gelenkt wurde. Sie hätte auch gern Musik gehört, hatte aber keine Lust, aufzustehen und unten am Plattenspieler herumzufummeln, und seit ungefähr Anfang Dezember sendeten sie im Radio nur noch schnulzige Weihnachtsmusik. Oscar Magnusson war im Leben wie im Sterben ein aufrechter Agnostiker gewesen, und in dieser Hinsicht, wie bei den meisten anderen Dingen des Lebens auch, hielt Lucy unverbrüchlich an den Traditionen ihres Vaters fest.

Ein Sender strahlte schon die ganze Woche Charles Dikkens' ›Weihnachtserzählung‹ in Fortsetzungen aus. Lucy schlug ihre zerfledderte Ausgabe von ›Bleakhaus‹ auf und dachte dabei, daß Mr. Dickens, so bewunderungswürdig er auch war, doch seine Schwächen hatte. Sie hätte diesem elenden Cratchit-Clan keine Unterkunft gewährt, schon gar nicht diesem abscheulichen Tiny Tim.

Die Teekanne war leer, und das Kaminfeuer bestand nur noch aus einem Haufen Glut unter einer Reihe kleiner Flammen; Lucy war in den Roman vertieft, der zu ihren Lieblingsbüchern gehörte. Ein völlig unerwartetes Geräusch, das Dröhnen eines Motors, veranlaßte sie und Nick, aufmerksam lauschend den Kopf zu heben, und brachte sie dann beide auf die Beine.

Lucy Magnusson, einundachtzig Jahre alt, lebte allein auf über vierzig Acres mit Gestrüpp, ausgelaugten Weiden und Mischwäldern aus Apfelbäumen und Eichen – das war alles, was von der nordkalifornischen Schafsranch ihres Vaters übriggeblieben war. Ihr Häuschen und die kleine Scheune standen auf einem sehr hohen Steilhang über dem Pacific Coast Highway, ein Stück vom Rand des Abgrunds entfernt. Von der Straße unten waren sie nicht zu sehen, und die Auffahrt hier herauf war gefährlich steil

und zudem mit einem großen ›Betreten verboten‹-Schild versehen.
Jetzt hörte sie ein weiteres Geräusch, das noch unwahrscheinlicher war. »Okay, Junge. Komm mit«, sagte Lucy, packte ihren Hund am Halsband und ging langsam auf die Haustür zu. Das Klopfen wurde wiederholt, und Lucy rief: »Warten Sie's ab, verdammt noch mal. Wir kommen ja schon.«
Sie konnte sich nicht mehr daran erinnern, wann jemand zuletzt bei ihr geklopft hatte. Das war schon Jahre her – fünf, zehn. Länger.
Durch die Glasscheiben, die von der Wärme im Haus beschlagen waren, konnte Lucy nur eine einzelne Gestalt ausmachen. »Ach, Scheiße«, brummte sie Nick zu, dessen Nackenhaare unter ihrer Hand steif in die Höhe ragten. Sie holte tief Luft, stellte sich breitbeinig hin und riß die Tür auf.
»Sie befinden sich unbefugt auf Privatgelände. Gehen Sie!« sagte sie mit einer Stimme, die unnatürlich laut klang. Lucy war nicht daran gewöhnt, mit jemand anderem als sich selbst zu sprechen und ab und zu mit Nick.
Auf der Veranda stand eine Frau. Sie hatte die Kapuze ihres Regenmantels nach hinten geschoben, und Regentropfen umgaben ihre blonden, lockigen Haare wie einen Heiligenschein. Angesichts der weit aufgerissenen porzellanblauen Augen und des rosa bemalten Mundes, der offen stehenblieb, sah Lucy plötzlich vor sich, was für ein Bild sie bieten mußte: ein flacher, knochiger Körper, bekleidet mit einer Männerhose aus Wollstoff und einem weiten Flanellhemd; weiße Haarsträhnen, die sich aus dem langen Zopf gelöst hatten und zottelig in das runzlige wutentbrannte Gesicht hingen.
Die Frau, eigentlich noch ein Mädchen, faßte sich, zuerst zwinkerte sie und lächelte dann. »Hallo, Miss Magnusson?

Lucy Magnusson? Ich bin Darlene Flaherty. Mann, ist das kalt hier draußen. Kann ich reinkommen?«

Sie huschte an Lucy vorbei, die nicht schnell genug nach ihr greifen konnte, und lief durch das Zimmer zum Kamin. Dort streckte sie die Hände aus und seufzte behaglich. Nick nieste, und Lucy sog schnuppernd die ungewohnten Gerüche ein – ein moschusartiges Parfüm, Pfefferminz, etwas Durchdringendes wie Haarspray, ein Hauch von Benzin.

»Was wollen Sie?« fragte Lucy und machte die Tür zu.

»Sie zu einer Weihnachtsfeier holen«, zwitscherte Darlene.

Lucy, von der bloßen Vorstellung sprachlos, starrte sie nur an, und Darlene, die offenbar annahm, daß sie nicht gut hörte, sprach jetzt lauter.

»Ich bin Mitglied der BJG – der baptistischen Jugendgruppe – der Faith Baptist-Kirche. Wir veranstalten zu Weihnachten eine Feier für Senioren. Bis dahin sind es nur noch vier Tage«, fügte sie hinzu.

»Nein«, sagte Lucy.

»Wissen Sie, wir holen am ersten Weihnachtsfeiertag die Alten... die Senioren mittags in den Gemeindesaal. Dort gibt es einen Weihnachtsbaum und Geschenke und danach noch ein schönes Abendessen mit Truthahnbraten. Und Musik – jemand wird Klavier spielen, damit wir Weihnachtslieder singen können.«

»Punsch?« fragte Lucy; ihr war eins der wenigen Dinge eingefallen, die ihr an Weihnachten sympathisch waren. Auf Darlenes verständnisloses Gesicht hin sagte sie ungeduldig: »Glühwein. Heißer, gewürzter Wein.«

»Ach du meine Güte, nein!« sagte Darlene bestimmt. »Wir sind Baptisten. Wir rühren keinen Alkohol an.«

»Und *ich* rühre keine Religion an«, teilte Lucy mit.

»Hä?«

»Ich bin Agnostikerin. Ich glaube nicht an die Göttlichkeit von Jesus. Oder von sonst jemandem«, setzte sie hinzu.
»Ach, Sie sind genau wie Kevin«, sagte Darlene mit einem Kichern. »Das ist mein Freund. Aber ich arbeite an ihm.«
»Fein. Gehen Sie jetzt«, sagte Lucy.
»Lucy, das kann ich nicht machen.« Inzwischen hatte sich Darlene aufgewärmt und sah entspannt und fröhlich aus. »Sie sind meine Aufgabe, verstehen Sie. Für den Herrn. Und auch für Pastor Jellinck. Wow, das ist ein richtig hübsches kleines Haus«, sagte sie mit Sehnsucht in der Stimme.
»Kommen Sie raus hier!« sagte Lucy, als Darlene um die Ecke in die Küche schlenderte. »Lassen Sie das!«
Das Mädchen kicherte wieder und machte die Kühlschranktür zu, hob dann den Deckel der Tiefkühltruhe und lugte hinein.
»Ich schau nur nach, was ich Ihnen mitbringen kann. Lucy, ich möchte Ihre Freundin sein.«
»Ich brauche keine Freunde.« Lucys Stimme klang heiser, und Nick, der sich an ihren Oberschenkel drückte, winselte. »Gehen Sie nach Hause. Weg mit Ihnen. Wie sind Sie überhaupt hier heraufgekommen?« fragte sie plötzlich. »Die Auffahrt ist mit einer Kette versperrt.«
»Ach ja, tut mir leid.« Darlene zog den Kopf ein und griff in die Tasche ihres Regenmantels. »Kevin hätte bei diesem Regen langsamer fahren müssen, aber das tut er nie, und die rostige alte Kette war nur schwer zu erkennen. Und da ist es passiert: Er hat sie mit dem Motorrad gerammt und wurde unheimlich sauer; er liebt seine Maschine. Also hat er – äh, dieses Ding, wie so ein großer Klammerhefter? –, Kev ist echt stark, und er hat es aus dem Pfosten gerissen.«
Während Lucy nach dem rostigen, verdrehten Stück Eisen

griff, erklangen schwere Schritte auf der Veranda. Die Tür wurde aufgerissen, und herein kam ein großer, breiter junger Mann mit Lederjacke und tückischem Gesichtsausdruck.

»Bist du langsam soweit?« wollte er von Darlene wissen.

»Hallo, Schatz. Lucy Magnusson, das ist Kevin James. Er ist in Port Silva aufgewachsen, so wie ich, aber er war länger fort.«

Lucy musterte den zweiten Eindringling. Gestützt auf Erinnerungen aus ihrem früheren, der Welt zugewandten Leben, hegte Lucy den Verdacht, daß Kevins »Fortsein« möglicherweise mit einer Gefängniszelle zu tun hatte. Sie bohrte ihre Finger fester in Nicks Nackenfell, und er jaulte überrascht auf. Mit einem nervösen Blick auf den Hund stimmte Darlene zu, daß es Zeit zum Aufbruch war. »Aber wir kommen morgen wieder.«

»Lassen Sie's«, sagte Lucy, machte die Tür zu und schloß ab.

In der Nacht schlief Lucy schlecht, geplagt von dem Gefühl, daß man ihrer Welt, ja sogar der Luft in ihrem Haus, Gewalt angetan und sie besudelt hatte. Am nächsten Morgen zog sie Anglerstiefel und Regenmantel an und machte sich, den Wanderstock mit der Metallspitze in der Hand, bei immer noch strömendem Regen auf den fast eine halbe Meile langen Weg zur Straße hinunter. Dort fand sie die verrostete Eisenkette im Morast vor. Die Betonpfosten standen schief, wie Betrunkene einander zugeneigt; der rechte Pfosten wies ein gezacktes Loch auf und gab den Blick frei auf sein Inneres, das bei der ersten Berührung zerbröckelte. Es war offensichtlich, daß sie neue Pfosten brauchte.

Die Auffahrt, aus dem Fels und Lehm des Berghangs gehauen, war nicht nur steil, sondern auch uneben, und der

Rückweg bergauf war schwer. Kurz vor dem Gipfel, wo das Land in einem Bogen nach Osten verlief, entschwand der Highway unter dem ausladenden Hang ihrem Blick, und nur der Ozean mit den weißen Schaumkronen war noch zu sehen. Der Rand des Steilhangs wurde von einem Geländer markiert, das Oscar vor vielen jahren zusammengebaut hatte: zwei einsachtzig Meter lange Planken von fünf mal zwanzig Zentimetern, weiß gestrichen und an Holzpfosten genagelt.

Lucy blieb einen Augenblick stehen, um sich auszuruhen und die regenverhangene, menschenleere Aussicht zu genießen. Dabei lehnte sie sich an das Geländer, das sich auch nicht mehr sehr stabil anfühlte. Alles wurde alt und verbraucht, vor allem sie selbst.

Während sie die Kaninchen und die Hühner fütterte, die wenigen Eier einsammelte und hastig frühstückte, dachte Lucy darüber nach, wie sie sich am besten verteidigen und die Eindringlinge in die Flucht schlagen konnte. Sie konnte ihren Lastwagen besteigen und eine ihrer seltenen Fahrten unternehmen, um neue Pfosten für die Auffahrt zu kaufen, vielleicht sogar ein Tor. Aber möglicherweise kamen die beiden wieder, wenn sie fort war.

Lucy stand am Küchenfenster, trank Kaffee und zitterte vor Erregung, und dann dröhnte ihr wieder das Motorrad in die Ohren.

Sie ging nicht an die Tür, aber nachdem das Klopfen aufgehört hatte, erklangen Schritte rings ums Haus. Dann sah sie eine Gestalt auf die hintere Veranda kommen und durch ein Fenster lugen. Ihr blieb keine andere Wahl, als hinauszugehen und sie wieder fortzuschicken.

Ganz kurz nur trauerte sie dem Telefon nach, das sie sich vor Jahren hatte legen lassen, während Oscars letzter Krankheit, und nach seinem Tod wieder abgeschafft hatte. Aber wen hätte sie anrufen können? »Lucy Magnusson, diese verrückte alte Einsiedlerin« – sie war überzeugt davon, daß die Leute in der Stadt sie so nannten, wenn sie überhaupt daran dachten, sie irgendwie zu benennen –, hatte schon seit Jahren mit niemandem mehr als ein halbes Dutzend Wörter gewechselt. Ihr fiel kein einziger Mensch ein, der verstehen würde, daß sie sich vergewaltigt fühlte. Und sie fühlte sich nicht in der Lage, es zu erklären.

»Still«, sagte sie zu Nick, der sich heiser bellte. Als das Klopfen wieder begann, ging sie zur Tür und machte sie gerade so weit auf, daß ihr Gesicht zu sehen war. »Geht weg, ihr Vandalen. Laßt mich in Ruhe.«

Darlene stemmte ihr Gewicht gegen die Tür, schob sich ins Haus und faßte Lucy bei den Händen. »Keine Vandalen; wir sind's doch nur. Ich habe Ihnen ja gesagt, daß wir wiederkommen, und ich habe Ihnen etwas mitgebracht.«

Hinter der lächelnden kleinen Darlene stand der große, finstere Kevin, der von einer Aura aus Tabak und Schweiß, Benzin und Öl umgeben war – letzteres kam von seinen riesigen schwarzen Lederstiefeln. Am Morgen hatte Lucy die Abdrücke dieser Stiefel auf dem staubigen Fußboden ihrer Scheune gesehen. Dieser Schnüffler!

»Was haben Sie in meiner Scheune gemacht?« fragte sie.

»Mich untergestellt, während ich auf sie gewartet habe«, sagte er schulterzuckend und nickte zu Darlene hinüber. »Eine schöne alte Scheune, gut gebaut. Wenn Sie das Dach reparieren lassen, können Sie darin wohnen.«

»Ich *wohne* in meinem Haus«, fauchte Lucy. »In meiner Scheune halte ich Tiere – und arbeite dort.«

Er schüttelte sich die nassen schwarzen Haare aus dem Gesicht und grinste. »Sie benutzen den Vorschlaghammer? Ein kleines, altes Ding wie Sie?«

»Du bist jetzt still, Kevin. Such dir eine Beschäftigung.«

Darlene nahm ihm zwei Tüten aus den Armen und machte die Tür hinter ihm zu. »Hier, Lucy, ich habe Ihnen…«
»Für Sie bin ich ›Miss Magnusson‹!« sagte Lucy und wich vor den Tüten und deren Inhalt zurück, worum es sich dabei auch immer handeln mochte. »Ich brauche nichts.«
»Ich wollte Ihnen einen Baum besorgen, aber dann habe ich beschlossen, nur den Schmuck mitzubringen, für die kleine, junge Fichte an Ihrer Veranda.«
»Nein!« Lucy packte die dargebotene Papiertüte und warf sie beiseite. »Ich habe Ihnen doch gesagt: kein Weihnachten.«
»Ach, Lucy, das ist aber ein Jammer. Die Glaskugeln sind bestimmt alle kaputt.« Darlene kniete sich hin und lugte in ihre Tüte. »Schauen Sie her, da ist etwas, was Ihnen gefallen könnte. Eine rote Samtschnur mit Glöckchen. Die hänge ich an Ihre Tür.«
Und ich nehme sie wieder ab, sobald ihr weg seid, schwor Lucy sich stumm.
»Dann habe ich Ihnen noch frischen Fisch mitgebracht«, fuhr Darlene fort und ging in die Küche. »Und ein Pfund frischgemahlenen Kaffee, ein paar Melonen und Orangen. Und Bier; das Bier ist für Kev, aber wenn Sie wollen, können Sie etwas davon haben.«
»Ich brauche kein…«
»Und Brot und frische Teilchen von der Bäckerei Johansen.«
Lucy klappte den Mund zu und legte die Hände auf den Rücken. Mit dem großen Garten, den Hühnern und Kaninchen und einer gelegentlichen Fahrt in die Stadt, um ihre Tiefkühltruhe aufzufüllen, war sie ganz gut versorgt und kochte gerade so viel, wie erforderlich war. Aber im Backen war sie schlecht. Ihr lief tatsächlich das Wasser

im Mund zusammen, als Darlene obstgefüllte Gebäckstücke, Eclairs und klebrige, mit Pekannüssen gespickte Zuckerbrötchen aufbaute.
Lucy schlang das Gebäck in sich hinein und trank Kaffee und sah kläglich zu, wie Darlene wie ein neugieriger Terrier im Haus herumschoß. Mit leuchtenden Augen kam das Mädchen zurück und sagte seufzend: »So ein schönes kleines Haus! Offene Deckenbalken, Kamin im Wohnzimmer und dann noch das große Schlafzimmer! Wenn Kev und ich so ein Haus hätten, könnten wir heiraten. Oooh, schauen Sie nur die alten Bilder da. Ist dieser große Typ mit dem weißen Bart Ihr Vater? Der sieht ja richtig ehrwürdig aus!«
»Ja.« Und bis zu sechs Monaten vor seinem Tod im Alter von einundneunzig Jahren hätte sich Oscar Magnusson dieser Eindringlinge noch so entledigt, wie ein Schafsrancher sich wildernder Hunde zu entledigen pflegt. Lucy putzte sich die klebrigen Finger an der Hose ab und haderte zum tausendstenmal mit dem Schicksal, das sie klein und eine Frau hatte werden lassen.
Erst sehr viel später kam Kevin herein und verpestete die Luft mit seiner Größe und Energie und seinen Gerüchen. Und mit seinen bösen Absichten; Lucy konnte sie spüren. Er fläzte sich in ihren Sessel vor ihrem Kamin und trank Bier, während Darlene auf ihn einredete.
»Ja, ja, es ist schön hier«, sagte er schließlich. »Zwei Schlafzimmer und dann noch der Speicher über dem Kamin. Der Platz würde auch für drei Leute dicke reichen. Meinen Sie nicht?« fragte er Lucy und grinste dabei.
Er streckte sich, stand dann langsam auf. »Übrigens, ich habe einen Haufen Holz gehackt. So ein hübsches Haus, das wollen Sie doch warm halten. Komm jetzt, Darl. Es wird Zeit, daß wir uns auf die Socken machen.«
»Bis morgen«, sagte Darlene. »Ich glaube, ich werde Ihr

Bad und die Küche mal ordentlich scheuern. Und denken Sie daran – nur noch drei Tage bis zu unserer Feier!«
»Ordentlich scheuern« – das schaffte sie neuerdings nur noch allzu selten. Lucy erwog diese Verlockung und schob sie dann widerstrebend beiseite. »Lassen Sie nur. Kommen Sie nicht mehr her. Ich gehe auf keine Feier.«
Zusammen mit Nick trieb sie das Pärchen zur Tür hinaus und schloß ab.
Als das Geräusch des Motorrads verklungen war, sank Lucy auf einen Stuhl und barg ihr Gesicht an Nicks zottiger Schulter.
Diese Leute wollten ihr Leben bis zur Unkenntlichkeit umkrempeln, und sie wußte nicht, wie sie die beiden davon abhalten konnte. Alle ihre Waffen, ihre beiden Gewehre und die Schrotflinte, waren groß und schwer; sie konnte sie nicht im Handumdrehen benutzen, würde eine Art Hinterhalt arrangieren müssen. Und dann die Leichen. Jeder Rancher wußte, was für ein Problem es war, sich große, tote, nicht eßbare Tiere vom Hals zu schaffen.
»Vielleicht«, sagte sie zum Hund, »machen sie ja nur Spaß. Vielleicht lassen sie mich in Ruhe, wenn ich zu der Feier gehe.«

Am nächsten Morgen versteckte sich Lucy auf ihrem Speicher und machte nicht auf, aber sie kamen einfach herein. Wie Lucy feststellte, als sie zornig die Treppe herunterkam, hatten sie einen Schlüssel. Zu ihrem Haus.
»Den hab ich in der Scheune gefunden«, sagte Kevin, und Lucy wußte, daß er log. »Wenn Sie jetzt mal hinfallen oder so und Hilfe brauchen, können wir hereinkommen, ohne einzubrechen. Es stimmt nun mal, daß es für eine alte Dame wie Sie sehr viel besser wäre, wenn jemand hier bei Ihnen wohnen würde.«
Vor Wut und Entsetzen verschlug es Lucy die Sprache,

aber Darlene merkte nichts davon, oder es war ihr egal. »Wissen Sie, was ich mir überlegt habe, Lucy? Wenn Sie keinen Baum schmücken wollen, können wir ein paar *Luminarias* aufstellen. Das ist richtig weihnachtlich; das machen die Leute in Mexiko so. Man stellt geweihte Kerzen in kleinen, braunen Papiertüten, die unten mit Sand gefüllt sind, am Bürgersteig auf oder reiht sie an der Auffahrt entlang. Ich glaube, sie sollen dem Christkind den Weg beleuchten.«

Lucy wollte weder dem Christkind noch sonst jemandem den Weg beleuchten. »Papier und Kerzen, im Regen. So ein Unfug.«

»Aber sehen Sie doch«, sagte Darlene ernsthaft, »wir haben die moderne Version. Braune Plastiktüten mit winzig kleinen elektrischen Lämpchen darin. Wir legen eine Verlängerungsschnur von der Scheune herüber und stellen die Lichter an die Innenseite der Auffahrt, hier oben, kurz vor dem Gipfel. Das wird so schön aussehen, so weihnachtlich.«

Kevin verzog sich in die Scheune – zum Arbeiten, wie er sagte. Als er an Lucy vorbeiging, zog er an ihrem Zopf; ein vermeintlich spielerisches Zupfen, das weh tat.

»So, Sie kommen mit mir, Lucy«, sagte Darlene, »und helfen mir, die *Luminarias* aufzustellen. Danach mache ich für Sie und Kev was zum Mittagessen.«

Den restlichen Tag schmollte Lucy und ärgerte sich, während Darlene scheuerte und bewunderte und plauderte und Kevin, wie es schien, am Scheunendach arbeitete. Wenigstens etwas Gutes an der Sache, dachte Lucy still für sich. Dabei schmiedete sie wie wild Pläne und verwarf sie wieder. Sie hatte ihren Lastwagen, sie konnte losfahren und die beiden anzeigen wegen... was?

Erst um drei kam Kevin von der Scheune herein und verkündete, daß er aufbruchbereit war.

»Lucy, morgen ist Heiligabend!« sagte Darlene. »Sind Sie nicht froh, daß wir die *Luminarias* aufgestellt haben? Morgen komme ich und bringe Ihnen etwas Hübsches, was Sie zur Feier anziehen können.«
Lucy wollte nachgeben, brachte es aber nicht fertig. Statt dessen schüttelte sie den Kopf und wandte ihnen den Rükken zu.
»Lucy«, fing Darlene in schmeichelndem Tonfall an, aber Kevin unterbrach sie.
»Hören Sie, alte Dame, Sie sollten Darlene und mir dankbar sein. Nach der ganzen Arbeit, die sie geleistet hat, steht es Darl zu, Sie auf der Feier vorzuführen. Wenn Sie nicht hingehen, werden die Leute glauben, daß Sie wirklich nur eine verrückte alte Dame sind, um die sich die Behörden kümmern müssen, der Staat oder sonst jemand. Statt Ihrer Freunde.«
Nick hatte sich verzogen, um seinerseits zu schmollen. Jetzt ging Lucy zur Tür und pfiff ihn herbei – nicht als Schutz, denn er war kein mutiger Hund, sondern als etwas Vertrautes. Als er aus dem Wald kam, mit hängendem Kopf und Schwanz, ging sie ihm entgegen, fuhr mit den Händen in sein feuchtes Fell und zog ihn zu sich heran. Mit ihm an der Seite drehte sie sich schweigend um, stellte sich den Eindringlingen entgegen.
»Ich sag Ihnen was«, sagte Kevin mit einem Schulterzukken, bei dem er die Handflächen nach oben drehte. »Ich fliege dort, wo ich zur Miete wohne, sowieso bald raus. Heute abend komme ich hier rauf und bleibe – in der Scheune. Dann sind Sie sehr viel sicherer als mit diesem nutzlosen Köter.«
»Ach, Kev, das ist wirklich eine gute Idee«, sagte Darlene.
Kevin ignorierte sie, hielt den Blick auf Lucy gerichtet. »Übrigens, es sieht ganz danach aus, daß Ihr alter Lastwa-

gen ein paar Nägel aufgelesen hat. Den Platten reparier ich Ihnen noch rechtzeitig vor der Feier; ich kann ja keine zwei herausgeputzten Frauen hinten auf der Harley herumkutschieren. Danach leih ich mir den Laster aus und bring meinen Kram hier herauf.«

»Gute Idee«, wiederholte Darlene. »Bis morgen, Lucy. Viel Spaß mit den *Luminarias*.«

Als die Dunkelheit hereinbrach, wurde der Regen, der immer mal wieder eingesetzt und wieder aufgehört hatte, zu einem beständigen Guß, und der Wind wurde stärker, bis er heulte wie... wie eine verängstigte Frau, dachte Lucy. Sie wartete bis zur völligen Finsternis und zog dann die Stiefel und den Regenmantel an; als Nick aufstand und winselte, winkte sie ihn zurück. »Ich hab zu tun, alter Junge. Es hat keinen Sinn, daß du naß wirst.«

Sie blieb lange draußen.

Kurz vor Mitternacht richtete sich eine hellwache Lucy in ihrem Kaminsessel auf, lauschte angestrengt in den Wind hinaus und nickte, als sie das Fauchen des großen Motorrads hörte. Soweit sie bemerkt hatte, drosselte Kevin nie das Tempo, nicht bei Regen, schlechten Straßenverhältnissen oder sonst was.

Auch Nick nahm das Geräusch wahr und reagierte mit einem Winseln und einem leisen Knurren, was ungewöhnlich für ihn war. Gemeinsam saßen sie da, bewegungslos, mit gespitzten Ohren, und hörten das Geräusch verschwinden, als wäre es plötzlich abgeschnitten worden. Jetzt waren nur noch der Regen da und der heulende Wind.

»Du bleibst da, braver Junge«, sagte Lucy, als sie wieder ihre Regensachen anzog. Sie setzte die Kapuze ihres Regenmantels auf, packte ihren Stock und stapfte in die Nacht hinaus.

Die *Luminarias*, immer noch mit der Verlängerungsschnur verbunden, leuchteten durch ihre nachgemachten Papiertüten, selbst die beiden, die jetzt über dem Abgrund baumelten. Behutsam zog Lucy sie hoch, wischte Lehmspuren von ihren glatten Plastikhüllen und befand, daß sie gut aussahen. Dann, immer zwei auf einmal und mit äußerster Sorgfalt, holte sie die zwölf kleinen Tüten mit ihren ein Meter langen Verbindungskabeln vom äußersten Rand der Auffahrt weg und stellte sie wieder in den inneren Bogen, wo Darlene sie ursprünglich aufgereiht hatte.
Die Hälfte war geschafft. Sie holte eine Taschenlampe aus der Manteltasche und ortete kurz darauf die Teile des alten weißen Geländers, das sie zuvor losgerissen und ins Gebüsch gezerrt hatte. Sie brachte die Teile zum Rand der Auffahrt und warf sie den Abgrund hinunter, so weit hinaus, wie sie nur konnte. Gestern war ihr aufgefallen, daß ein Brett einen blauen Kratzer hatte, ein Indiz dafür, daß Kevins Motorrad daran entlanggescharrt war. Wenn man das Motorrad fand, konnte man das überprüfen.
Wahrscheinlich aber würde man das Motorrad gar nicht finden. So wie Kevin die Maschine immer aufdrehte, war er dem leuchtenden Pfad der *Luminarias* vermutlich in vollem Tempo über den Rand des Abgrunds gefolgt. Wahrscheinlich hatte er die Straße übersprungen und war direkt in den Ozean gesegelt.
Aber davor hatte er nicht nur einen Riesenstapel Holz gehackt; er hatte zudem noch am Scheunendach eine gute, wasserdichte Arbeit verrichtet. Und ihr Haus, ihr warmes, privates Haus, war jetzt schön sauber. Während Lucy diesem sicheren Hafen zusteuerte, gab sie sich flüchtig der Hoffnung hin, daß Darlene bei dieser Fahrt nicht hinten auf dem Motorrad gesessen hatte.
Auf der Veranda drehte sie sich um und schaute auf die Auffahrt hinab, wo die Glühbirnen der *Luminarias* fast wie

richtige Kerzen durch den Regen schimmerten. Bei diesem Anblick spürte Lucy tatsächlich so etwas wie Dankbarkeit in sich aufsteigen, und sie fand, daß sie wirklich ganz hübsch waren – noch etwas, was an Weihnachten sympathisch war. Vielleicht bewahrte sie die Lichter für nächstes Jahr auf.

Aus dem Amerikanischen
von Cornelia Krutz-Arnold

Ingrid Noll
EIN MILDER STERN HERNIEDERLACHT

An Weihnachten wollte die Domina heiraten. Sie hatte genug gespart, um allen Sklaven für immer ade zu sagen. Nicht ohne Wehmut verschickte sie die Verlobungsanzeige in Form eines Adventskalenders. Der erste Entwurf war ein bei Edeka gekauftes Märchenschloß, das sie mit einem prächtigen Aktfoto unterlegte. Die geöffneten Fenster zeigten auf dezente Weise nur winzige Details ihres Körpers.

Aber sie war nicht zufrieden. In jede Luke kam nun stattdessen ein bunter Präser, der letzte vom vierundzwanzigsten Dezember mit Juckpulver präpariert. Sie verwarf auch das; die Sklaven sollten den Ernst der Situation erfassen. Aus dem Echtermeyer kopierte sie »Sah ein Knab' ein Röslein stehn«, zerschnitt das Blatt in 24 Puzzlestückchen und verteilte sie. Am Heiligabend konnte ein gebildeter Mensch alle Strophen wiedervereinigen. Insider wurden durch die zarte Anspielung der Zeile: »Röslein sprach, ich steche dich« an vergangene Qualen erinnert.

Bald begann ein neues Leben. Sie hatte gut eingekauft und konnte umweltbewußt entsorgen: Die Ledersachen den Hell Drivers, die Halsbänder dem Rassehund-Verein, die Peitschen und Klammern dem Zirkus überlassen. Statt der hohen schwarzen Stiefel wollte sie zu Hause nur lila Plüschpantoffeln tragen, kuschelig wie kleine Kaninchen. Die engen Latexhosen und starren Lurexblusen schickte sie nach Bethel und ersetzte sie durch einen Hausanzug aus synthetischem Samt, nachgiebig wie Omas Angora-

Unterwäsche. Das endgültige Aus für Strapse, dafür handgestrickte Wollsocken in Norwegermuster. Nicht mehr mit lachsfarbenem Satin, sondern blauweiß kariertem Biber mit aufgestreuten Trachtenblümchen sollten die Betten locken.

Nie wieder frieren, war die Devise, nie wieder hauteng, hart, spitzig, streng, knapp, stramm, scharf, zackig. Dafür weich, gemütlich, labbrig, wattig, wabbelig, schlaff, ausgeleiert. Die Chrom- und Acrylmöbel schleppte ein glücklicher Trödler davon, es entstand ein wohliges Nest mit Chintzgardinen, gediegen, traulich und überheizt. Vor allem der Keller wurde umgerüstet, Haken und Ösen abmontiert, das genagelte Kreuz von der Wand geschlagen, Regale mit Eingemachtem aufgestellt, strenge Gerüche durch gelagerte Boskop und duftende Cox' Orangen vertrieben.

Oliver war eine Seele von einem Mann, der zu allem ja und amen sagte. Er freut sich auf das Kind. Mit siebenunddreißig Jahren und nach zahlreichen Abbrüchen wußte die Domina genau, was sie wollte. Gut, daß er nur eine schwache Ahnung von der Quelle ihres Reichtums hatte.

Sie fand es süß, wie er von Frankreich schwärmte. Vor zwei Jahren war er nach der Gesellenprüfung mit dem Campingwagen in die Provence gefahren. »Die feiern dort Silvester mitten im Sommer!« Die Domina belehrte ihn, daß es sich um den Nationalfeiertag handelte. Sicher gab es Länder, die unsere jahreszeitlichen Feste auf den Kopf stellten, aber europäische Nachbarn gehörten nicht dazu. Oliver fand es praktisch, in lauschiger Sommernacht das Feuerwerk zu genießen und sich nicht regelmäßig die Grippe dabei zu holen. Originellerweise hatte er vorgeschlagen, das Weihnachtsfest dieses einzige Mal auf den Sommer zu verlegen und mit dem frisch geborenen Kind ein ländliches Picknick im Grünen zu veranstalten. Christ-

baumschmuck und Grillhähnchen ins Auto, und ab in die Natur.
Sie hatte diesem reizvollen Angebot widerstanden. Der Schnee mußte leise rieseln, der See still und starr liegen und ein milder Stern herniederlachen.
Picknick im Grünen – eine windige Erinnerung schoß ihr durch den Kopf. Zwei Herren in korrekter, ja warmer Kleidung, zwei Gespielinnen bibbernd vor Kälte. Das ewige Los ihres Berufes: Frieren. Ein Mäzen der frühen Jahre liebte es, impressionistische Bilder nachzustellen – immer noch nobler zwar als die Wünsche späterer Kunden –, aber die Gemälde waren stets nach den Kriterien weiblicher Blöße ausgesucht. Ein Frühstück im warmen Bett gefiel ihr allemal besser als auf nassem Moos.
Sie würde sich von nun an gehenlassen, nach Lust und Laune fett werden und nie wieder die vorgegebene stolze Haltung annehmen; Bauch und Buckel durften heraustreten, die Brust von verschränkten Armen beschützt werden, so wie das alle anderen Frauen in ihrem Alter taten.
So wie alle anderen wollte sie jetzt auch kochen und Plätzchen backen; das Resultat waren klebrige Fladen, die sich nicht mit jenen kunstvollen Gebilden messen konnten, die ihre Sklaven im Advent mitzubringen pflegten. Es war nicht bloß Neid, der sie plagte, zuweilen war es große Wut auf die selbstgerechten Gattinnen, die das Weihnachtsgebäck so professionell hinkriegten: sie spielten zu Hause die unterwürfige Dienerin und überließen den Dominas die unangenehme Aufgabe, den Haustyrannen zu züchtigen.
Keine wußte, wie anstrengend die Rolle der stets kreativen Gebieterin war, wie müde die Beine nach vier Stunden in engen hochhackigen Stiefeln wurden, wie einengend die Nietengürtel... Aber die Domina ahnte, daß auch ihr neuer Status Probleme mit sich brachte.

Schon die Sache mit der Gans. Fünfmal hatte sie mit ihrer Schwester telefoniert, bevor sie sich daranmachte. Das ebenso große wie fettige Tier mußte gefüllt, wieder zugenäht, mit Majoran eingerieben und drei Stunden lang im Backofen gebraten werden. Erst am Vierundzwanzigsten kam Oliver von der Montage zurück, sie wollte ihn mit Tannenbaum, Plätzchen und Gänsebraten überraschen; wer hätte gedacht, daß das fast so stressig war wie eine Berufsnacht mit fünf Vermögensberatern.

Aber sie hatte Erfolg. Weil sie es nicht mehr aushielt, zündete sie um fünf Uhr schon die Kerzen an und setzte sich mit Oliver zu Tisch. Er war noch zu jung, um einen Anzug zu besitzen, dafür hatte er sich mit funkelnagelneuen Jeans, einem roten Pullover und weiß getünchten Turnschuhen feingemacht; die Domina umhüllte ein Gewand aus goldenem Nickistoff.

Der Rotkohl von Hengstenberg, die Knödel von Pfanni – das sparte viel Arbeit, und er merkte es nicht. Die Gans war tatsächlich braun und knusprig geworden. Oliver aß, wie es sich für ein körperlich arbeitendes Mannsbild gehört, die Domina ließ sich auch nicht lumpen. Als es mitten beim Essen stürmisch schellte, konnte sie – vollgestopft wie die halb verzehrte Gans – nicht verhindern, daß Oliver schneller aufsprang.

Sie lauschte angestrengt. Oliver sprach mit einem Mann, dessen Stimme ihr bekannt war.

»Sie können mich doch nicht für dumm verkaufen«, sagte der Mann namens Dr. Georg Sempf und las auf dem Namensschild: ANGELA UND OLIVER BIRCHER, »hier gab es noch vor wenigen Wochen einen SM-Club...«

»Was war hier?« fragte Oliver freundlich.

Schon kam die Domina an die Tür und warf Georg einen warnenden Blick zu. »SM heißt Schachmeister«, behauptete sie geistesgegenwärtig. Georg lachte.

Sie schickte Oliver in die Küche, um die Gänsereste in den warmen Backofen zu schieben.
»Hast du meinen Brief nicht bekommen?« fragte sie in alter Strenge. »Ich habe vor drei Wochen aufgehört, ich bin jetzt eine verheiratete Frau.«
»Deine Kolleginnen waren das auch«, sagte Georg, »laß mich rein, ich habe dir ein Lackmieder mitgebracht.«
»Lackmieder, Lackmieder! Ich brauche einen Still-BH.«
Georg begriff nichts mehr, er war drei Monate im Ausland gewesen und hatte die Post nicht erhalten. Er bestand auf seinem Recht, als Stammkunde auch an Feiertagen bedient zu werden.
Die Domina rang die Hände. »Ich habe alles weggegeben, kein Pranger, keine Ketten, kein Rohrstock, keine Nadeln mehr im Haus... Es geht nicht.«
Oliver kam wieder an die Tür. »Du kennst ihn?« fragte er.
Sie nickte. In diesem Moment flippte Georg aus, wochenlang hatte er sich auf Weihnachten im Folterkeller gefreut.
»Wenn ich nicht reindarf, lege ich mich vor die Tür und heule die ganze Nacht wie ein Wolf!« drohte er.
»Ja, was wollen Sie denn hier bei uns?« fragte Oliver.
»Von Ihnen gar nichts«, sagte Georg, »nur von ihr! Ich will gedemütigt werden! Ich will ihr Sklave sein!«
»Er ist verrückt«, sagte Oliver und schmetterte die Tür zu.
Kaum saß er mit der Domina bei der Nachspeise – Rotweincreme von Dr. Oetker –, als es draußen in der Tat schauerlich heulte.
Ungerührt packte die Domina Geschenke aus: eine bayerisch karierte Schürze und eine Barbie-Puppe für die erwartete Tochter. Sie war begeistert. Oliver hängte die neue Kuckucksuhr auf. Vor dem Haus heulte der Wolf, die Glocken klangen, das Radio dudelte.
Schließlich war die Domina zu erneuten Verhandlungen

bereit. Georg fragte: »Irgend etwas wirst du doch noch haben – wo sind zum Beispiel die Tierfelle geblieben?« – »Behinderten-Werkstatt.« – »Und die Videos?« – »Altersheim.« – »Die Masken?« – »Beim Fastnachtsprinzen.« – »Die Augenklappen?« – »Josephs-Krankenhaus.«
Georg weinte. Sie bekam Mitleid.
»Also gut, du sollst am Heiligabend nicht erfrieren. Komm meinetwegen rein, aber nur in die Küche.« Sie drückte ihm die Spülbürste in die Hand.
»Kannst schon mal anfangen! Nur keine falschen Hoffnungen bitte!«
Oliver hatte immer noch nicht den richtigen Durchblick. »Woher kennst du den Typ?«
»Ein früherer Kunde.« Ihr Ehemann glaubte, daß sie an einer Bar bedient hatte. »Beruf?« – »Direktor bei der Volksbank.« »Dann werde ich sofort zur Sparkasse wechseln!« – »Aber nein«, sagte die Domina, »doch nicht hier bei unserer Bank, ganz woanders natürlich. Außerdem ist er perfekt in seinem Job. Komm, wir schauen mal nach ihm, vielleicht hat er sich beruhigt.«
Das Paar betrat die Küche. Georg schrubbte.
Er sah die Domina mit einem hündischen Blick an. »Quäle mich!« jaulte er. Oliver war ratlos. »Hol die Absperrkette von der Garageneinfahrt!« befahl sie. Irgendwo im Heizungskeller lagen noch die Fußeisen, weil ihr bis jetzt kein geeigneter Abnehmer eingefallen war.
Gemeinsam ketteten sie ihn an die Küchenheizung. Obgleich die Domina erst wenige Plätzchen und eine einzige Gans in ihrem brandneuen Ofen zubereitet hatte, war er schon ziemlich versaut, was vielleicht auf ihre Unerfahrenheit zurückzuführen war. Auch die Backbleche zeigten einen fettig-bräunlichen Belag. Georg bekam Scheuerpulver und eiskaltes Wasser hingestellt und war für die nächste Zeit beschäftigt.

Nach dem Dessert faltete die Domina sorgfältig das Geschenkpapier zusammen, Oliver wickelte die Bändchen auf. So gut es ging, legten sie sich zusammen aufs Sofa und hielten zum x-ten Mal eine Konferenz über den Vornamen ihrer Tochter. Als es zum zweiten Mal klingelte, wollte die Domina ihren Gatten vom Öffnen abhalten. Oliver hatte aber Geschmack an der Sklavenhaltung gefunden.
»Ich muß nach den Feiertagen ins Sauerland«, sagte er, »sei so lieb und laß den Neuen die Winterreifen montieren und den Wagen waschen.« Der kluge Junge hatte begriffen, daß die Befehle nicht von ihm ausgehen durften. Schwerfällig schlurfte die Domina in den neuen Puschen an die Tür. Dort stand Willi Maser, welch ein Glück, denn er war Chef vom größten hiesigen Autohaus. Sein Geschenk war ein scheuernder Lederbikini. Die Domina ließ sich nicht auf lange Diskussionen ein und wies ihn in die Garage. Damit die Arbeit zur Qual wurde, schüttete sie den Müllsack mit schmierigen Gänseknochen über dem Wagendach aus. Willi sagte: »Solchen Scheißkram würde ich nicht einmal einem Azubi zumuten!« und wurde mit dem harten Schlag einer abgenagten Gänsekeule bestraft. »Mehr!« verlangte er. »Erst die Arbeit, dann das Vergnügen«, sagte sie, und er legte sofort los.
Danach ketteten sie Georg im Bad an; Klo, Waschbecken und Wanne hatten es nötig. Georg fühlte sich großartig, denn Oliver hatte ihn »Meister Propper« getauft. Mit viel Einfühlungsvermögen überlegte sich die Domina, daß er auch die Stätte seiner früheren Lust – den Keller – ein wenig putzen sollte. Eine Streckbank war noch vorhanden, weil Oliver in Unkenntnis ihres Zweckes einen Gartentisch daraus bauen wollte. Georg durfte sie grün streichen.
»Was machen wir, wenn der nächste kommt?« fragte Oliver fröhlich. In Gedanken gingen sie die einzelnen Zimmer

durch. Die Betten konnten frisch bezogen, die Fenster geputzt, die Treppe gekehrt und die Kühltruhe gründlich gereinigt werden.
»Was haben die anderen für Berufe?« fragte Oliver neugierig. Die Domina konnte stolz berichten, daß es nur Männer in Führungspositionen waren. »Bis auf einen Studenten, der seine Magisterarbeit über mich schreibt. Der Chefkoch hat schon fünf Sterne errungen, der Finanzmann ist ein ganz hohes Tier.«
»Der könnte die Steuererklärung machen, der Koch ein schönes Essen ...«
»Nein, das ist keine Sklavenarbeit.«
In Gedanken ließen sie den Koch die blauen Monteur-Overalls bügeln und den Finanzmenschen Schuhe und Silber putzen. Die ihr zugedachte schweißtreibende Gummi-Unterwäsche wollte die Domina sofort in den Rotkreuzsack werfen.
Schließlich hatten sie genug von derartigen Spekulationen und widmeten sich dem beliebten Spielchen »Ich sehe was, das du nicht siehst«. Die Domina suchte nämlich die Gelegenheit, ihren Mann auf kunstgewerbliche Bijous, Trockenblumensträuße und Keramiken hinzuweisen. Aber Oliver holte die Dominosteine und wollte lieber damit spielen.
Als sie das Personal fast vergessen hatten, traten die beiden Spartakisten plötzlich ins Wohnzimmer, um zu streiken. Willi hatte Meister Propper sowohl losgekettet als auch aufgewiegelt.
Sie beschwerten sich. »Wir sind Sex- und nicht Putzsklaven! Wo bleibt die Belohnung?«
»Erst einmal drei Blaue auf den Tisch«, sagte die Domina sanft, »dann könnt ihr euch zur Belohnung ein Plätzchen nehmen.«
In diesem Moment sprang der Kuckuck achtmal aus dem

Uhrenhaus. »Um Gottes Willen!« rief Willi, »ich habe meiner Frau versprochen, um sieben zur Bescherung wieder da zu sein! Was machen wir jetzt?«
Alle dachten angestrengt über eine Ausrede nach. Dabei fiel Georg ein, daß er mit seiner Mutter die Christmesse besuchen mußte. Seiner Frau gegenüber war er ohne Verpflichtungen; sie hatte nämlich von seinem Hobby Wind bekommen und war entlaufen.
»Am besten wirkt immer ein Unfall«, sage Oliver, »dann sind die Angehörigen voller Mitleid und denken gar nicht an eine Standpauke...«
»Woher kennst du dich so gut aus?« fragte die Domina spitz, aber nicht ohne Bewunderung.
»Was für ein Unfall?« fragte der nervöse Georg, »soll ich mir etwa ein Bein brechen und im Krankenhaus landen?«
»Nein«, sagte Oliver, »Ihr Auto, nicht Sie!«
Für Autos war Willi zuständig. »Nullo Problemo«, sagte er, »wir beide könnten einen Zusammenstoß arrangieren.«
Oliver rieb sich die Hände. »Aber nicht direkt vor unserer Haustür«, sagte die vorsichtige Domina.
Georg drehte am Radio herum. »Habt ihr schon Weihnachtslieder gesungen?« Alle sahen ihn verwundert an. »Bevor wir auseinandergehen, könnten wir doch noch einen vierstimmigen Satz...«
»Bitte«, sagte die Domina, »die Tochter Zion!«
Georg stimmte an, Willi und die Domina freuten sich und jauchzten laut Jerusalem, Oliver kannte solche Songs weniger. Aber auf die Dauer hatten die beiden Unfallkandidaten keinen Spaß an geistlichen Gesängen. »Wer von uns wird der Verursacher?« fragte der Banker fachmännisch.
»Von mir aus meine Wenigkeit«, sagte Willi, »ich fahre einen Vorführwagen, natürlich Vollkasko. Aber dafür müßten Sie mir schon ein bißchen...« – »Ich bitte Sie, das

können Sie doch alles von der Steuer absetzen, aber ich werde Ihnen gern behilflich sein«, sagte Georg.
»Na dann woll'n wir mal«, sagte Willi und flüsterte Georg ins Ohr: »Das Studio in der Weststadt hat vielleicht noch auf.«
»Leider nicht, ich habe mich schon erkundigt, die machen Betriebsferien!«
Für den großen Crash zogen sich alle warm an, denn es sollte ja nicht direkt vor der Haustür geschehen. Oliver tauschte mit Willi den Mantel, das heißt, er drängte dem Autohändler kurzfristig und spaßeshalber den eigenen Parka auf und zog dafür dessen Büffellederjacke an.
»Aber erst die Kohle auf den Tisch«, ermahnte die Domina aus Jux und Gewohnheit. Man wußte leider nicht, was sich gehört, am Ende lagen bloß zwei Kippen unterm Baum, und der Zug setzte sich in Bewegung. Die Duellanten besaßen Nobelkarossen, die sie behutsam auf die einsame Landstraße lenkten. Das Fußvolk zockelte hinterher, die Domina aus Versehen in Pantoffeln.
»Gut, daß ich ihnen nur Plätzchen gegeben habe«, sagte sie mütterlich, »als hätte ich's gewußt.«
Oliver zeigte, daß er etwas von Organisation verstand. Wie ein erfahrener Sekundant wies er den beiden Masochisten die Plätze an, stellte sich selbst in die Mitte und blinkte schließlich mit dem Feuerzeug, daß mit Tempo losgefahren werden sollte.
Als wahrer Kavalier eilte er aber sofort wieder zur Domina, um sie bei einer möglichen Ohnmacht aufzufangen. Die Spannung wuchs. Wie in einem gefährlichen Stunt schossen die schweren Wagen voran und krachten schauerlich ineinander.
»Die Polizei ist bestimmt in Windeseile da«, sagte Oliver, »schnell weg hier!« – »Sieh erst mal nach«, sagte die Domina, »warum sie nicht aussteigen.«

Flink näherte sich Oliver der Unfallstelle und steckte den Kopf abwechselnd in beide Wagen. Erfolglos sprach er auf Willi und Georg ein, keiner von beiden machte Anstalten, auszusteigen. Oliver knipste das Feuerzeug wieder an und gab der Domina Zeichen: Daumen nach unten. Ohne jeden Beistand mußte sie in Ohnmacht fallen.
Aber auf Zuspruch öffnete sie die Augen und befahl, sofort zu verschwinden, damit sie nicht als Zeugen aussagen mußten. In einer Minute waren sie wieder in der warmen Stube und pellten sich aus Mantel und Jacke. Dann ließen sie sich am Eßtisch nieder.
»Beide ziemlich hin«, sagte Oliver bedauernd. »Schade«, sagte die Domina. Kurz darauf hörte man Sirenen.
Wie ein kindlicher Mystiker grübelte Oliver: »Ob sie in den Himmel kommen?« Die Domina verneinte. »Die sind in der Hölle besser aufgehoben. Stell dir vor: Eine schwarze Teufelin in hohen Stiefeln piesackt sie unaufhörlich mit einer Mistgabel.« Oliver nickte versonnen: »Wat dem een sin Ul...«
Schließlich zog er seine schwere neue Jacke wieder an, um die Straßenverhältnisse zu inspizieren. Nach fünf Minuten konnte er berichten, daß die Polizisten verschwunden und die Unfallwagen abgeschleppt waren.
Die Domina öffnete die Haustür und trat an die frische Luft. »Kennst du das Gedicht«, sagte sie und sah nach oben: »Vom Himmel in die tiefsten Klüfte ein milder Stern herniederlacht...«
Oliver zuckte die Achseln und zog die Domina an sich. Beide legten den Kopf zurück und blickten zu den Sternen hinauf. »Freu dich doch«, sagte er, »vielleicht sind sie im Paradies bei der schwarzen Teufelin.«
»Mein lieber Schwan, da scheint mir etwas oberfaul«, sagte die Domina, »das waren doch keine betrunkenen Schüler, sondern erfahrene Männer...«

»Sieh mal, was der Auto-Willi in der Tasche hatte«, sagte Oliver und kramte aus der fremden Tasche ein leeres Ölkännchen, »als ich beim Unfall den Einweiser spielen sollte, habe ich zufällig Willis Öl entdeckt und ganz in Gedanken ein wenig gesprengt.«
Die Domina lächelte wie ein milder Stern. »Aber Schatz, warum eigentlich? Die haben dir doch nichts getan, im Gegenteil – stundenlang haben sie sich nützlich gemacht.«
Oliver zog die Domina hinein und den Büffel aus. »Weißt du«, sagte er, »ich konnte sie nicht ausstehen. Das sollen Männer sein? Kriechen winselnd vor einer Frau im Staub herum und verlangen nach Haue!«
»Wie immer hast du recht«, sagte die Domina, »mein Geschmack sind sie auch nicht. Aber ich muß zu ihrer Entschuldigung sagen, daß sie tüchtige, erfolgreiche Männer mit einem fast intakten Familienleben sind.«
Oliver nahm seine Frau auf den Schoß und herzte sie. Erleichtert fing die Domina an, ein wenig zu beichten.
»Es gibt Frauen, denen macht es Spaß – aber nicht mir! Ich hatte nie Gefallen daran, ehrlich! Aber andererseits – es ist immer noch besser als der lausig kalte Straßenstrich.«
»Ich weiß«, sagte Oliver, »im Grunde willst du lieber die Devote spielen; aber du hast mich belogen!«
»Ein bißchen gemogelt«, sagte sie, »ich war niemals Barfrau. Ist das so schlimm?«
Oliver zog ein längliches, liebevoll verpacktes Geschenk unter dem Sofa hervor und überreichte es der Domina.
»Böse Mädchen müssen bestraft werden«, sagte er und sah erwartungsvoll zu, wie seine Frau eine nostalgische Wäscheleine aus Hanf und einen fast antiken, geflochtenen Teppichklopfer aus rot-goldenem Weihnachtspapier schälte, »ich weiß doch, was eine Frau sich wirklich wünscht.«

Er fesselte sie mit der kratzigen Leine und legte sie übers Knie, weil die Streckbank noch nicht getrocknet war. Während er wie ein zorniger Nikolaus den Teppichklopfer handhabte, rief er immer wieder: »Eine anständige Frau bringt an Weihnachten kein Dosenrotkraut auf den Tisch!«

Uta Rotermund

ESSEN AUF RÄDERN

Siebenundsechzig war er nun geworden, und Weihnachten immer noch kein Enkelchen auf den Knien. Vier Kinder, und alle unverheiratet und kinderlos! Wahrscheinlich waren seine Herren Söhne alle zeugungsunfähig. Gerade jetzt hatte der Älteste wieder eine Freundin mit Kind, das Kind natürlich von einem anderen. Selbst dazu waren seine Söhne anscheinend nicht in der Lage. Von seiner Tochter wolle er erst gar nicht reden. Die war schon mit achtzehn aus der Kirche ausgetreten. Und dann Katzen statt Kinder! Alles Extreme, seine Kinder, alle finanziell unmündig, kinderlos, weil ohne Verantwortung. Nihilisten, die von anderer Leute Steuergeld lebten. Natürlich hatten sie alle einen Beruf, aber Erzieher ist doch kein Beruf für einen Mann. Was verdient man denn damit? Alle ohne Ehrgeiz. Er dagegen hatte damals, als er so alt war wie sein Ältester, schon das Haus gebaut, in dem sie alle gelebt hatten. Glücklich gelebt hatten, bis zu diesem einen Weihnachten. Womit hatte er das verdient? Was sollte er allein mit diesem Haus? Nichts als Kosten.
Dazu die Arthritis, das Pfeifen auf dem linken Ohr, der Hörsturz nach dem Schlaganfall, die Schmerzen von der elenden Bandscheibe und dann die Inflationsrate…

Die Gemeindeschwester hatte kein Einsehen. Er sei weder im Rollstuhl, noch bettlägerig, noch bedürftig, sondern im Gegenteil recht mobil und wohlhabend. Hatte sie ihn nicht erst kürzlich in seinem neuen Golf auf dem Weg zum Pfar-

rer getroffen? Und so ein Neuwagen kostete doch eine Kleinigkeit. Unter einem armen Mann stellte sie sich etwas anderes vor. Wer sich Auto, Haus und Urlaubsreisen – doch, auch eine 14tägige Wallfahrt nach Lourdes sei eine Urlaubsreise – leisten könne, brauche kein Essen auf Gemeindekosten. Essen auf Rädern sei den Kranken und Bedürftigen vorbehalten, daran ändere weder Weihnachten noch eine vierzigjährige Gemeindemitgliedschaft etwas. Und übrigens – Geiz sei eine der sieben Todsünden.
Die Todsünde hatte ihn getroffen. Jetzt überlegte er, den Pfarrer mit einer Spende für die Orgel zu bestechen.

Ihr Bruder, scheinbar unbeeindruckt von dem Vorwurf seiner angeblichen Zeugungsunfähigkeit, hatte ihr die Geschichte erzählt. Er wollte die Feiertage bei ihr verleben. »Holst du mich ab?« hatte er gefragt. »Ich bin bei deinem Vater.«
Nie hätte er gesagt: Ich bin bei meinem Vater oder ich bin bei Papa. Dabei war ihr Vater auch sein Vater. Er war ihrer aller Vater. Sie schoben sich die Verantwortung gegenseitig zu. Im Hintergrund hörte sie den Alten rumoren. Er erinnerte seinen Sohn an den erhöhten Tarif einer Gebühreneinheit.
»Beeil dich«, sagte ihr Bruder lachend, »der DED zahlt zwar einen Heimflug im Jahr, aber keine Psychotherapiekosten auf Lebenszeit.«

Sie kniff die Augen zusammen. Die stiebenden Schneeflokken schmolzen sofort auf der Windschutzscheibe. Sie schaltete die Scheibenwischer aus und hielt den Blick starr auf die wenigen, von den Scheinwerfern erhellten Meter Fahrbahn gerichtet. Mit starrem Blick aufs Geld... in welchem Zusammenhang hatte sie das gelesen? Schneeglätte durch überfrierenden Neuschnee, kündigte der Wetterbe-

richt für die Nacht an. Mehr als fünfzig Stundenkilometer konnte sie nicht fahren.
Es gab keine andere Möglichkeit. Anderthalb Autobahnstunden bei sogenannten normalen Straßenverhältnissen. Jetzt konnte sie mindestens drei Stunden rechnen. Sie schaltete das Radio aus. Drei Stunden Nachtfahrt bis zum Haus ihres Vaters.

Im Haus meines Vaters sind viele Wohnungen... Matthäus oder Lukas? Satzfetzen, Situationen, ohne Anfang und ohne Ende. Den ganzen Kopf voll damit.
Sie alle hatten nicht nur das Haus, sondern auch die Stadt verlassen, in der sie aufgewachsen waren. Den Ältesten hatte es bis nach Afrika getrieben. Deutscher Entwicklungsdienst in Zimbabwe. Sie alle hatten soziale Berufe gewählt. Helfen, heilen, Tränen trocknen. Den Mangel ausgleichen, erträglich machen, vielleicht auch nur verwalten.

»Komm, Herr Jesus, sei unser Gast, und segne, was Du uns bescheret hast.« Heiligabend gab es das Lieblingsessen ihres Vaters, Eisbein, etwas Praktisches und Ärger. Ihr Vater war der einzige, der Eisbein mochte.
Sie bekam einen Faltenrock, der unter den Achseln kratzte.
»Da wächst du noch rein!«
Sie wuchs in alles noch rein. Sie war das einzige Mädchen. Da lohnte sich die Anschaffung nicht. Sie trug alle Röcke mit Hosenträgern. Ihre Brüder trugen auf. Wenn die Mäntel auch als Jacken durch waren, waren sie immer noch gut genug für die Zone.
»Die freuen sich über was Warmes.«
Weihnachten wurde nicht geschlagen, Weihnachten war das Fest der Liebe. Den Brüdern und Schwestern im Osten

wurde mit einer Kerze der Weg in den goldenen Westen geleuchtet. Als die Gardine dann brannte, reichte es ihrer Mutter mit der Politik. Danach gab es brennende Kerzen nur noch auf dem Baum.

Ihr Vater war der Überzeugung, die Welt sei schlecht und voller Betrüger. Und alle wollten nur sein Bestes. Sein Bestes war sein Geld. »Junge, du hast zwei gesunde Hände«, hatte ihm seine Mutter mit auf den Weg gegeben. Und er hatte in die Hände gespuckt und aufgebaut. Damals, ohne einen Pfennig Geld in der Tasche, aus dem Nichts blühenden Wohlstand geschaffen. Wie oft hatte sie diese Geschichte gehört? Und wie lange hatte sie sie geglaubt? Er hatte eben nicht nur zwei gesunde Hände, sondern auch zwei Grundstücke in der Innenstadt, ein Mietshaus, ein Ladengeschäft sowie Anteile an einer Genossenschaft von seiner Mutter geerbt. Diesen Teil der Geschichte erfuhr sie allerdings erst wesentlich später, als die Geschwister ihres Vaters um ihr Erbteil prozessierten. Er hatte schon recht. Er hatte keinen Pfennig Geld in der Tasche gehabt, aber ein paar hunderttausend auf der Bank,
»Wer den Pfennig nicht ehrt, ist des Talers nicht wert«, war sein Motto. Dabei hatte er den Pfennig nie ehren müssen, er hatte genügend Scheine.
Unter seinem Schreibtisch standen zwei Pappkartons randvoll mit blauen und grünen Briefen, ungeöffnet. Blau und grün waren die Amtsfarben. Der Gerichtsvollzieher war häufiger Gast. Wenn er kam, blätterte ihr Vater die Scheine auf den Tisch, inklusive Mahn- und Verzugszinsen. Bar bis auf den letzten Pfennig, mit dem Klimpergeld aus der Hosentasche. Geld war nie ein Problem. Er konnte sich nur nicht davon trennen.
Deshalb war er auch irgendwann wegen Steuerhinterziehung verurteilt worden. Ein Justizunrecht erster Ordnung

sei ihm zugefügt worden, empörte er sich und sah sich als Opfer sozialdemokratischer Rankiine. Niemals habe er den Staat betrügen wollen, was sie ihm sogar glaubte. Er empfand lediglich die Forderung des Finanzministers als persönliche Schikane. Vorsichtig geworden aber warf er seit der Zeit die blauen und grünen Briefe nicht mehr einfach in den Papierkorb, sondern ungeöffnet in die Pappkartons unter seinem Schreibtisch.

Heiligabend trug ihr Vater Spendierhosen. Jeder durfte essen, was er wollte. Zu seinem Entsetzen machte seine Tochter dies wahr. Ohne das Eisbein eines Blickes zu würdigen, verspeiste sie vor seinen Augen ein halbes Pfund gekochten Schinken, ohne Brot. Denn Weihnachten war sogar der gekochte Schinken ohne irisierenden Schimmer. Er änderte die Regel. Jeder durfte essen, was er wollte, in den Grenzen des Normalen. Die Grenzen des Normalen bestimmte er.

Weihnachten war das Fest des Luxus.
Das gute Geschirr wurde aus dem Schrank geholt und eine Stofftischdecke aufgelegt, weißer Baumwolldamast. Für den Alltag genügte die Plastiktischdecke, praktisch, weil kostengünstig, weil feucht abwischbar und damit ohne Wäsche und Bügeln immer einsatzbereit. Das Alltagsgedeck bestand aus Holzbrettchen und Tassen mit angeschlagenem Rand. Zu schade zum Wegwerfen.

Weihnachten durfte das Licht in allen Räumen brennen. Der sechsflammige Kronleuchter im kleinen Wohnzimmer brannte auf allen drei Birnen. Die anderen Birnen hatte ihr Vater gelockert, denn auch Luxus war nicht Wahnsinn. Strom sparen, mit diesem Ruf verfolgte er alle Familienmitglieder, vor allem aber seine Tochter. Sie war die Ver-

schwendung an sich. Sie brauchte Jahre, bis sie verstand, warum. Wo sie ging und stand, schaltete er das Licht hinter ihr aus. Wenn sie länger als fünf Minuten duschte, und sie duschte grundsätzlich länger als fünf Minuten, schraubte er zusätzlich die Sicherungen für den Durchlauferhitzer heraus. Erst wurde es dunkel, dann wurde es kalt, dann klopfte er.
»Eine Dusche ist kein türkisches Dampfbad!«
Nachts schraubte er alle Sicherungen raus, denn spätes Lesen hätte ihren Augen geschadet.

Sie war die Jüngste. Ihr Kinderbett stand daher auf drei Holzbeinen und zwei aufeinandergelegten Ziegelsteinen. Die Anschaffung eines vierten Holzbeins hielt ihr Vater für eine unnötige Ausgabe. Denn niemand würde mehr in diesem Kinderbett schlafen, und Ziegel waren wesentlich stabiler als Holz. Sie schlief unruhig, das aber war seiner Meinung nach nicht auf die Schräglage des Bettes, sondern auf die Mutterbindung zurückzuführen.
»Die halbe Stunde hättest du ja auch noch einhalten können, dann hätte ich ihr nur alle vier Jahre etwas kaufen müssen.« Nie hatte ihre Mutter seinen Glückwunsch zur Geburt der einzigen Tochter vergessen.
Die Jüngste war ein Fehler per Geschlecht und per Geburt, das einzige Mädchen. Eine halbe Stunde länger eingehalten, und sie wäre am 29. Februar geboren worden, ein Schaltjahrsmädchen.
Dann hätten sich die Sonderausgaben, die ihm allein dadurch entstanden, weil sie ein Mädchen war, zumindest auf ein Viertel reduziert. Schaltjahrsmädchen, so hatte er ihr erklärt, würden gerne geheiratet, weil sie immer jung blieben.
Erbost stellte das Kind die Mutter zur Rede. Jetzt müsse sie alt werden, nur weil die Mutter sie eine halbe Stunde zu

früh aus ihrem Bauch herausgelassen habe. Die Sechsjährige verstand nicht, warum die Mutter sich aufschluchzend von ihr wegdrehte.
Das einzige Mädchen war die Verschwendung an sich, eine Fehlinvestition. Und ihre Mutter trug die Verantwortung.

Am zweiten Weihnachtstag vor zwanzig Jahren war das einzige Mädchen ausgezogen. HGWZG stand auf den Jahre nach ihrem Auszug einsetzenden jährlichen Überweisungen in der Sparte Verwendungszweck. Sie erkannte die Unterschrift ihres Vaters. Das Überweisungsdatum, 28. Februar, erklärte das Kürzel. Herzlichen Glückwunsch zum Geburtstag! Sie spendete das Geld.
Sie hatte ihren Vater seit Jahren nicht gesehen. Das letzte Mal an dem Weihnachten, das ihr Vater »dieses eine Weihnachten« nannte.

Ihre Mutter war eine Schönheit gewesen. Das belegten alte Fotos. Später hatte sie chronisches Übergewicht, Thrombosen und Depressionen. Sie hatte vom Aufstieg geträumt wie alle der Kriegsgeneration. Von sieben Uhr morgens bis sieben Uhr abends arbeitete sie als Helferin in einer Apotheke. Abends lernte sie in der Abendschule, um ihr Abitur nachzumachen. Nachts erledigte sie die Hausaufgaben für den Unterricht. Weder sie noch ihre Schwester hatten die höhere Schule besuchen dürfen. Der Verdienst des Vaters hatte nur für das Schulgeld des Sohnes gereicht. Fünf Erwachsene, zwei Zimmer unterm Dach, eine Küche, das Klo auf der Treppe. Ihren eigenen Verdienst gab sie zu Hause ab.
Die Lehrer des Abendgymnasiums kamen mit dem Fahrrad zur Schule, ihr späterer Mann mit einem Mercedes. Damals 1947.

Sie hatte vom Aufstieg geträumt. Später träumte sie nur noch von einem Elektroherd, einem vierplattigen Elektroherd mit funktionstüchtigem Backofen. Ihr Mann kaufte ihr eine elektrische Backhaube. Schließlich funktionierten noch drei der vier Herdplatten, ausreichend für Kartoffeln, Gemüse und Fleisch. Und eine Backhaube kostete nur den Bruchteil eines Elektroherdes.
Sie verbrannte sich die rechte Hand an der Backhaube. Sechs Wochen war sie gezwungen, die Hilfe ihrer Schwester in Anspruch zu nehmen. Unentgeltlich. »Blut ist stärker als Wasser«, hatte ihr Mann die Frage nach einer finanziellen Entschädigung, einem Geschenk für ihre Schwester beantwortet.
Seitdem backte sie keinen Sonntagskuchen mehr. Ihr Mann sah darin keinen Verlust. Zuckerzeug ruinierte Knochen und Zähne. Ihr sonntäglicher Kuchen hatte nur die Zahnarztkosten für die Kinder in die Höhe getrieben.

Sie drückte das Kreuz durch und stellte das Gebläse kleiner. Der Wagen lag gut auf der Straße. Trotz Schnee geringes Unfallrisiko. In wen sollte sie auch reinfahren? Es war Heiligabend. Das Fest der Familie und des Eisbeins.

Heiligabend versteckte ihr Vater Hundertmarkscheine für ihre Mutter in gold- und silberbemalten Walnüssen. Ihre Mutter war verpflichtet, die Überraschung staunend in Empfang zu nehmen und seine jährliche Originalität zu bewundern.
Ihre unverwechselbare Note erhielten die Walnüsse durch die wechselnde Duftbeilage, Tosca oder 4711. In geraden Jahren Tosca, in ungeraden 4711. Da Weihnachten das Fest der Liebe war, freute sich ihre Mutter. Nur einmal, da hatte sie ihre Zahnschmerzen seit dem frühen Morgen mit Schnaps betäubt, rannte sie auf die Terrasse und warf die

ungeöffneten Walnüsse in hohem Bogen in den verschneiten Garten. Lachend hatte sie vor ihrem Mann gestanden.
»Und nächstes Jahr möchte ich endlich etwas Schönes!«
Das hatte ihr Vater nicht verstanden. Was konnte es Schöneres geben als Geld?

Ihre Brüder erkrankten an Gehirnhautentzündung, sie nicht. Drei Tage vor Heiligabend wurden die Jungen aus dem Krankenhaus entlassen. Mühsam tasteten sie sich an Schränken und Stühlen entlang, staksten, stolperten, fielen, hilflos lächelnd. Stützten sich auf, krochen auf allen vieren, zogen sich an Schrankecken nach oben, stumm, ohne den Kopf zu drehen. Stockdünne Beine in dunkelgrünen Strumpfhosen. Muskelschwund nach mehreren Wochen Krankenhaus. Ihre Mutter sprach den Brüdern aufmunternd zu. Niemand durfte helfen. Die Jungen sollten es alleine schaffen.
Ihr ältester Bruder sackte vor Erschöpfung auf den kalten Fliesen zusammen. Alle Räume waren gefliest, Steinfliesen oder Pegulanfliesen. Ihre Mutter hatte sich Teppichboden gewünscht, aber Fliesen waren günstiger als Teppichboden. Warum sollten alle Leute mit ihren Dreckschuhen auf seinem Geld herumtrampeln?
Das einzige Mädchen war nicht krank geworden. Sie hatte keine Kosten verursacht. Im Kerzenschein des geschmückten Tannenbaums errechnete ihr Vater ihr Guthaben. Wenigstens war keiner der Jungen blöde geworden. Behinderte fressen einem ja die Haare vom Kopf. Das ist eine Kosten-Nutzen-Rechnung.
»Und das schwöre ich dir, wenn ich noch einmal schwanger werde, wirst du morgens mit einem Messer im Rücken wach.«
Ganz leise hatte ihre Mutter das zu ihrem Vater gesagt. Der hatte kurz aufgeblickt und dann weitergerechnet. Ohne

ein weiteres Wort ging ihre Mutter aus dem Zimmer. Die Achtjährige verstand nicht. Und auch ihr Vater hatte keine Ahnung, wovon ihre Mutter überhaupt geredet hatte.

Die Fingerknöchel taten ihr weh. Sie lockerte den Griff. Das Lenkrad blieb gerade. Sie hatte Bauchschmerzen. Das angestrengte Sitzen. Die Dorfkirche hatte sie schon hinter sich gelassen. Hab ich Unrecht heut getan, sieh es lieber Gott nicht an... mea culpa, mea maxima culpa... und vergib uns unsere Schuld, wie wir vergeben unseren Schuldigern.

Ihr sursum corda enthielt einen numerierten Sündenkatalog in Frageform. War ich unkeusch, allein oder mit anderen und wie oft? Gewissenserforschung und Selbstbeherrschung sind der Weg zur Seligkeit.

Und immer noch schneite es. Noch eine Viertelstunde.

Ein paar Tage vor Heiligabend erhängte sich ihre Mutter mit der Hundeleine. Die morsche Wäscheleine hätte sie nicht gehalten. Ihr Mann hatte mit ihrer gefälschten Unterschrift spekuliert, in Millionenhöhe. Das erfuhr sie durch den Gerichtsvollzieher, der kam, um die ersten 40 000 DM von ihr zu kassieren.

Aber das fand das einzige Mädchen erst Jahre später heraus, wie sie alles Entscheidende erst Jahre später herausfand oder verstand.

»Unser gütiger Vater im Himmel, Gott der Herr, erlöste heute meine liebe Frau, unsere gute Mutter, Schwester, Tante... von ihrer langen schweren Krankheit«, hatte ihr Vater in der Todesanzeige geschrieben.

So einfach war das. Unser gütiger Vater im Himmel erlöste die liebe Frau von ihrer langen, schweren Krankheit.

Der Beerdigungsunternehmer war ein Freund ihres Vaters. Eichensärge sind teuer. Ihre Mutter trug ein Leichenhemd mit hohem Spitzenkragen. Die Blutergüsse und Abschürfungen am Hals waren nicht zu sehen. Die Wunde an der Lippe ließ sich nicht völlig überschminken. Sie hatte sich die Unterlippe durchgebissen, weil sie nicht mit heraushängender Zunge gefunden werden wollte. Gewissenserforschung und Selbstbeherrschung sind der Weg zur Seligkeit. Es gab keinen Leichenschmaus. Ihre Tante schmierte nach der Beerdigung Käsebrötchen, insgesamt zehn. Warum sollten fremde Leute auf seine Kosten das Fell versaufen? Sie und ihre Mutter waren sich wirklich ähnlich. Die gleiche Neigung zur Verschwendung. Die eine wie die andere ein Nagel zu seinem Sarg.

Die Allee. Immer wenn sie durch Alleen fuhr, hatte sie das Gefühl, nach Hause zu kommen.
Sie schloß die Wagentür zu. Diese unwirkliche Stille frisch gefallenen Schnees. Die drei Tannen ihrer Brüder vor dem Haus hatte er abgesägt. Ein Baum, ein Haus, ein Kind. Die Stümpfe ragten fast einen halben Meter aus dem Boden hervor. An der Dachrinne hing ein langer Eiszapfen. An »diesem einen Weihnachten« vor fünfzehn Jahren hatte er auch schon dort gehangen. Die Dachrinne war undicht. Die langen Risse in der Fassade, Bergschäden. Nie ausgebessert, jetzt schwarz, wahrscheinlich Schwamm. Hinter allen Fenstern Dunkelheit. Sie ging die lange gewundene Steintreppe hinauf.

Ihr Vater stützte sich auf seinen Stock und gab den alten, einsamen Mann. »Raus, nur raus hier«, sagte ihr Bruder leise. Der Alte stand auf den oberen Treppenstufen und taxierte ihren Wagen. Ihr Bruder lud das Gepäck ein. Die Tasche mit den Flugtickets war in der Garderobe geblieben. Sie eilte an dem Alten vorbei ins Haus. Strom sparen. In der Garderobenlampe fehlte die Birne. Sie tastete im Dunkeln und hielt die Hundeleine in der Hand. Er hatte sie nicht weggeworfen. Wozu auch? Der Hund hatte ihre Mutter immerhin um Jahre überlebt. Sie fand die Tasche mit den Flugtickets.

Ihr Vater wandte den Kopf nach ihr um.
»Schade«, sagte er und drehte sich wieder nach vorne, um ihren Bruder weiter im Blick zu haben.
»Wenn deine Mutter eine halbe Stunde länger eingehalten hätte, hätte ich dir nur alle vier Jahre etwas kaufen müssen!«
Da trat sie mit aller Kraft vor seinen Stock. Der Schnee dämpfte das Fallgeräusch. Er überschlug sich dreimal. Einmal für jeden Sohn. Am Ende der Treppe blieb er liegen.

Sie war umgeknickt, ausgerutscht, hatte versucht, sich an ihrem Vater festzuhalten, ihn dabei mit umgerissen.
Ein Unfall, notierte der Versicherungsbericht. Einer von vielen am Heiligabend. Schneeglätte durch überfrierenden Neuschnee. Die Versicherung zahlte den Rollstuhl.
Eine Heimunterbringung allerdings lehnte ihr Vater ab. Fünfzig Prozent Eigenbeteiligung! War er Krösus? Als Querschnittsgelähmter hatte er ein Anrecht auf Essen auf Rädern.

Gisa Margarete Zigan

SCHNEEFRAU

Die Kugel glänzte metallisch und warf rote Reflexe. Ihr Gesicht spiegelte sich darin: eine verzerrte Maske, der Mund übergroß, die Nase ein Klumpen, die Augen rund und starr wie die eines Fisches.

Ich lasse mich hypnotisieren, dachte Caroline. Ich darf hier nicht länger so träge sitzen und in das Glas starren.

Sie bewegte den Kopf zur Seite, und ihr Spiegelbild verschwand. Nun baumelte das Glasding an dem Zweig, den sie ihm zugewiesen hatte, wie all die anderen Christbaumkugeln, die sie vor vierundzwanzig Stunden aufgehängt hatte.

Weiße und silberne, und dazwischen steckten rote Kerzen, die nicht angezündet worden waren.

Früher hatten sie all das gemeinsam getan, unter Gekicher und nicht ganz ernstgemeinten Streitereien: »Nein, nicht diese Silbervögel, die sind doch Kitsch hoch drei!« – »Aber die stammen noch von meinen Eltern, die gehören einfach an den Baum!«, dann schneller und sachlicher, weil die Kinder vor der Tür ungeduldig auf das Klingeln des Glöckchens warteten, später hatten die Kinder selbst das Baumschmücken übernommen, während die Eltern noch einen Spaziergang machten.

Und nun war sie die einzige, die diesen Brauch noch hochhielt. In freudiger Erwartung, in schmerzlicher Erinnerung.

Aber gestern hatte keiner ihr Werk gewürdigt. Der Anruf war spät gekommen, erst gegen fünf, als alles schon fertig

war: »Du, Mutti, das mußt du verstehen, bei dem Wetter trauen wir uns nicht auf die Autobahn. Für heute abend ist wieder Schneeregen angesagt und überfrierende Nässe, du willst doch nicht, daß ich Ruth und das Kind in Gefahr bringe, gell? Mach's dir mal allein so richtig gemütlich, leg die Beine hoch und hör Musik, wir kommen dann im neuen Jahr. Fröhliche Weihnachten!«
»Und der Karpfen?« wollte sie fragen. »Und der Stollen, und die vielen Plätzchen? Das habe ich doch alles für euch vorbereitet –«, aber sie hatte sich rechtzeitig auf die Zunge gebissen und nichts weiter gesagt. Sonst würden Sohn und Schwiegertochter und Enkelkind vielleicht gar nicht mehr kommen.
Die Tochter hatte sich ja schon längst »abgeseilt«. Die würde irgendwann anrufen und »Merry Christmas« wünschen. In England nahm man das Fest der Feste sowieso lockerer, tanzte und feierte und schickte Berge von Karten.
Auch sie hatte längst eine von der Tochter bekommen: »Ein Geschenk bringe ich mit, wenn ich das nächste Mal nach Deutschland komme. Schreib mir, was dich freuen würde.«
Sie freute sich gar nicht und hatte sich am Abend zuvor, am Heiligabend, schrecklich allein gefühlt. Sie war eben eine sentimentale alte Kuh.
Das hatte ihr, mehr oder weniger deutlich, auch ihr Mann gesagt, als er vor drei Tagen aufgebrochen war.
»Aber Caroline«, hatte er gesagt, früher hatte er sie »Caro« oder »Carlchen« oder ähnlich genannt, jetzt sagte er nur noch »Caroline«. Das hörte sich altmodisch und schwerfällig an, und so fühlte sie sich dann auch.
»Caroline«, hatte er gesagt, »nun mach doch nicht solch ein Gedöns, bloß weil Weihnachten ist. Du hast doch gewußt, daß die Jungs wieder fahren wollen, wie alle zwei Jahre. Willst du mich etwa zurückhalten?«

Und das würde dir nicht gelingen, hatte er in Gedanken hinzugefügt, und sie konnte diese Gedanken förmlich lesen hinter seiner getönten Goldrandbrille. Sie glaubte sich darin zu sehen: eine müde Frau Ende Vierzig mit graublondem kurzem Haar, in dem nur die grauen Strähnen echt waren.

»Und mitkommen? Darüber haben wir doch schon öfter gesprochen. Das hat doch keinen Sinn, unsportlich, wie du bist. Und überhaupt: in deinem Alter. Du könntest dir doch schon beim Spazierengehen die Knochen brechen, Osteoporose, denk dran, was Dr. Wagenfeld gesagt hat. Nimmst du auch regelmäßig die Hormonpillen?«

Scheinbare Besorgtheit, scheinheilige Fürsorge.

Sie glaubte ihm kein Wort mehr.

Er wollte mit den »Jungs« allein sein und »einen draufmachen«. Sport war Nebensache, Weihnachten sowieso, sie würden saufen und singen und Witze erzählen, auch über Frauen, auch über ihre Frauen, falls sie noch eine hatten. Vier aus der Gruppe waren geschieden, einer verwitwet, das andere waren alte Ehekrüppel, wie Manfred auch sich immer wieder nannte. Lachend, man war ja ein Mensch mit Humor, nicht wahr, Caroline?

Sie gab dem Christbaumständer einen Tritt, daß die Kugeln schwankten. Am liebsten hätte sie das ganze Glitzerding umgeworfen und zertreten. Aber wer sollte die Schweinerei dann beseitigen, die Putzfrau war im Urlaub, auf Gran Canaria.

Und Manfred war auch frei, war in den Bergen, im Schnee, in einem schicken Hotel – nur sie war hier im regennassen Münster, in dem die Glocken zu Weihnachten noch eifriger geläutet wurden als sonst. Sie mußte noch den Karpfen beseitigen. Vielleicht brachte sie ihn ins Tierheim, für die herrenlosen Katzen als Weihnachtsmenü…

Sie würde hinterherfahren. Die Jungs würden erstaunt

gucken, aber das war ihr egal. Warum sollte sie an den Feiertagen hier allein sitzen, Trübsal blasen und Posaunenchören lauschen, während die sich da unten amüsierten.
Vielleicht freute sich Manfred ja sogar, wenn sie kam. »Schaut euch das an, was ich für eine unternehmungslustige Frau habe«, würde er sagen, »macht sich auf die Socken, setzt sich in den Intercity und überrascht ihren Alten!« Früher hatte er sich schließlich sehr gern mit ihr gezeigt, auch auf den Stiftungsfesten mit den »Jungs«.
Das waren seine Freunde aus der Studentenzeit, alles Mitglieder der »Studentischen Sportgemeinschaft Westfalia«, munter, lustig und trinkfest.
Sie trafen sich einmal im Monat im Ratskeller am Prinzipalmarkt. Dann wurde von alten Zeiten erzählt, Münsteraner Alt getrunken und der nächste Ausflug geplant. Im Sommer ging's auf Segeltörn in die Ostsee, im Winter zum Skilaufen in die Alpen, immer abwechselnd. Manfred war nicht mehr mitgesegelt, nachdem die ersten Herzrhythmusstörungen aufgetreten waren, und seit dem Herzinfarkt trat er auch im Schnee kürzer.
»Langlauf ist der richtige Sport in meinem Alter, das meint auch Dr. Wagenfeld«, hatte er sich Mut gemacht, »sollen die anderen ruhig auf die Piste und sich am Lift den Arsch abfrieren, ich bleibe im Tal und tue dort was für meinen Body.«
Und weil andere ähnliche Gesundheitsprobleme hatten, war die Gruppe wieder ins Leutaschtal gefahren: 1150 Meter hoch, 90 Kilometer gespurte Loipen, ein Hotel mit Schwimmbad und Fitneßbereich – Caroline freute sich plötzlich darauf. Manfred hatte ihr das alles anschaulich geschildert, bevor die »Jungs« mit dem Kleinbus ihn abholten, und gestern morgen, bei seinem Weihnachtsanruf, hatte er bestätigt, daß alles wunderbar war.

»Dreißig Zentimeter Neuschnee, und das neue Hotel: erste Sahne! Voll ausgebucht. Aber du hast es ja auch nett zu Hause, nicht wahr, Caroline? Mach's dir gemütlich! Nach Neujahr sehen wir uns wieder.«
Sie griff nach dem Telefonhörer, kam schnell durch, heute, am ersten Feiertag, ließ sich die Abfahrtszeit geben, den Platz reservieren, die Verbindung heraussuchen – schade, heute würde es nichts mehr werden, aber morgen, gleich morgens früh, konnte sie starten – und schenkte sich dann aufatmend eine zweite Tasse Kaffee ein.
Nun war es entschieden, sie würde niemandem etwas sagen, damit man sie nicht umstimmen konnte, und auf dem Anrufbeantworter eine nichtssagende Nachricht hinterlassen: Bin bei einer Freundin…
Vorher machte sie noch einen langen Spaziergang durchs weihnachtlich geschmückte Münster, trank im Café Zukker am Prinzipalmarkt eine Tasse heiße Schokolade, traf auch Bekannte – »Fröhliche Weihnachten, Frau Marquardt, und was macht der Gatte? So, so, wieder sportlich unterwegs, na, da genießen Sie mal das Alleinsein« – und packte dann zu Hause einen kleinen Koffer.
Die Eisenbahnfahrt am zweiten Weihnachtsfeiertag war ein Vergnügen. Kein Stau, keine Hetze, kein nervöser Ehemann am Steuer störten ihre Entspannung, und hinter München lag endlich Schnee.
In Mittenwald mußte sie umsteigen und hatte dort so reichlich Zeit, daß sie noch durch den Ort spazierte. Kurz entschlossen stieg sie in einem schicken Geschäft aus Faltenrock und Halbschuhen und kaufte sich einen Skioverall, wie ihn hier alle trugen. Ihr Mann würde sie auf den ersten Blick nicht erkennen, sie fühlte sich zehn Jahre jünger und drehte sich wohlgefällig vor dem Spiegel. Nicht schlecht, die Figur, und das Gesicht sah unter der roten Kappe auch viel frischer und gesünder aus.

Mit Plastiktüte und Köfferchen stieg sie in den Bummelzug nach Österreich, nahm schließlich noch ein Taxi bis ins Leutaschtal hinein und fand mit Hilfe des einheimischen Fahrers ein Zimmer in einer kleinen Pension.
Unternehmungslustig stiefelte sie dann los, genoß den Anblick der weißen Berge und erkannte schnell die Hohe Munde, von der ihr Manfred vor zwei Jahren eine Ansichtskarte geschickt hatte.
Der Berg hockte wie eine dicke Glucke über den Häusern, und Caroline war froh, daß Manfred nicht dort oben herumkraxelte, sondern irgendwo hier unten auf den Wiesen. Sie würde ihn schon finden, wenn er von der Loipe kam und ins Hotel zurückkehrte.
Erst einmal kehrte sie ein, wie sie es jeden Nachmittag tat, das Café am Kirchplatzl lockte mit spiegelndem Schaufenster voller Torten und Pralinen.
Es war gut besetzt, nur an einem Ecktisch saß eine einzelne junge Frau. Sie gefiel ihr auf den ersten Blick: schmal und blond, irgendwie ihrer Tochter ähnlich. Die junge Frau machte eine freundliche Geste, als Caroline fragend herantrat, und aufatmend bestellte sie die gewohnte Tasse heiße Schokolade. »Wollen's auch an Apfelstrudel, gnä' Frau?« drängte die Bedienung, ein junges Mädchen im Dirndl.
»Der ist super hier, wirklich«, sagte die Tischnachbarin, »aber nehmen Sie ihn mit heißer Vanillesoße, nicht mit Schlag, die Sahne ist zu fett.«
Caroline nickte und lächelte und schaute sich ihr Gegenüber genauer an. Auch die junge Frau trug einen Skioverall, schneeweiß, und das sah toll aus zu ihrer gebräunten Haut. »Sie sind wohl schon länger hier?« fragte sie.
»Seit kurz vor Weihnachten«, gab sie zurück.
»Und, laufen Sie auch Ski? Sie sehen so trainiert aus.« Caroline nippte an der heißen Schokolade.

»Leider nicht, ich bin sehr unsportlich.«
»Ich auch«, lachte Caroline, »mein Mann macht sich seit Jahren darüber lustig.«
»Mein Freund auch«, stimmte die Junge zu, »er ist mit seinen Freunden den ganzen Tag draußen. Nicht auf der Piste, aber auf Langlaufskiern. Das Gebiet hier ist ja ideal dafür.«
Sie winkte die Kellnerin heran und bestellte »Zwei Marillenlikör, bitte«.
»Den müssen Sie probieren«, sagte sie, »an dem könnte ich mich tottrinken.« Es war wohl nicht ihr erstes Glas, ihre blauen Augen verschwammen schon.
»Was soll ich auch den ganzen Nachmittag machen«, sagte sie trotzig, als ob sie Carolines Gedanken gelesen hätte, »ich komme mir ziemlich vernachlässigt vor. Nur abends, da ist er für mich da, und nachts, wenn Sie verstehen...«
Caroline verstand und kippte den Likör.
In dem Alter hatte Manfred sie nicht allein gelassen. Die nächste Runde bestellte sie, und als sie zum Marillenbrand übergewechselt waren – auch aus Aprikosen hergestellt, aber nicht mehr so süß und harmlos wie die Likörchen –, waren sie beim »Du« und nannten sich »Caro« und »Susi«.
»Du, Susi«, sagte Caroline mit schwerer Zunge, »du kommst mir irgendwie bekannt vor. Kann ich dich schon mal irgendwo getroffen haben?«
»Wo kommst du denn her?« fragte Susanne, und als die Ältere »Münster« sagte, lachte sie so laut los, daß die Leute in dem vollbesetzten Café sich nach ihnen umschauten.
»Ich arbeite bei Büro und Design in der Domgasse –«
»Ja, da habe ich für meinen Mann einen Füller gekauft, letztes Jahr zum Geburtstag«, fiel es Caroline ein, »vielleicht hast du mich bedient.«
»War es ein teures Meisterstück für dreihundert?« fragte

Susanne. »Solch einen wollte ich nämlich auch meinem Freund zu Weihnachten schenken, aber der sagte nur süßsauer, er wolle doch keine Sammlung aufmachen. Er hat ja schon alles«, fuhr sie fort und seufzte, aber ihr Gesichtsausdruck verriet eher Bewunderung als Bedauern.
»Er hat eine Versicherungsagentur, ein großes Haus irgendwo am Prozessionsweg – aber eben auch eine Frau. Eine in den Wechseljahren, die sich an ihn klammert und nicht losläßt. Kränklich, weinerlich – er muß es schwer haben.«
Caroline hörte still zu.
»Er nennt sie nur ›die klimakterische Kuh‹, hoffentlich werde ich nicht auch mal so in zwanzig, dreißig Jahren. Wie alt bist du eigentlich, Caro?«
»Ich werde bald fünfzig«, sagte die, »im Herbst feiern wir unsere silberne Hochzeit.«
»Also, das sieht man dir wirklich nicht an«, meinte Susi, »toll, wirklich. Wenn mein Freund so eine Ehefrau hätte, würde er sie bestimmt nicht betrügen.«
»Wie lange kennst du ihn schon?«
»Ungefähr ein halbes Jahr. Er hat mal bei uns eine größere Bestellung aufgegeben, für sein Büro, und da sind wir ins Plaudern gekommen. Dann hat er mich eingeladen zum Segeln auf dem Aasee, ganz gemütlich, er muß an sein Herz denken, und seitdem besucht er mich in meiner Wohnung. Regelmäßig.«
»Und, schont er sich da auch und denkt an sein Herz?« Susanne kicherte.
»Na ja – wenn er mal nicht so gut drauf ist, macht er mir ein großes Geschenk. Er ist sehr großzügig. Er hat's ja.«
»Will er sich scheiden lassen?«
»Na klar, was sonst. Bei *der* Frau – und außerdem liebt er mich. Bald wohne ich am Prozessionsweg. Und ins Geschäft gehe ich dann auch nicht mehr.«

»Sag mal, unter uns, wir sind ja hier weit weg von Münster, und ich kann schweigen wie ein Grab: Wie heißt denn dein Freund? Ich müßte ihn doch eigentlich kennen, wenn er in unserer Nähe wohnt?«

»Manfred Marquardt«, sagte Susi, ohne zu zögern, und trank wieder ihr Gläschen aus, »er sieht toll aus, wirklich. Schlank und sehnig, keine Glatze, und wenn er mich in seinem schwarzen BMW abholt...«

Caroline war plötzlich stocknüchtern.

»Den kenne ich«, sagte sie, »aber der hat keine Versicherungsagentur, er ist nur angestellt. Und das Haus gehört seiner Frau. Und das Auto auch. Er hat sich vor Jahren mal verspekuliert, und da hat sie für ihn gebürgt, mit ihrem ganzen ererbten Vermögen. Darum wird er sich nie scheiden lassen.«

Susanne starrte sie an. Die blonden Strähnchen in ihrem kurzen Haarschopf waren dunkel vor Schweiß, die blauen Augen riesengroß.

»Ist das wahr? Woher weißt du das alles so genau?«

»Weil ich auch Marquardt heiße. Seit fünfundzwanzig Jahren.«

»Großer Gott«, im frommen Münster wäre das kein ungewöhnlicher Ausruf gewesen, aber Susanne war weit weg von ihrer beider Wohnort und auch weit entfernt davon, gottgefällige Gedanken zu haben, »so ein Saukerl!«

Sie schauten sich an und fühlten beide das gleiche: Sympathie füreinander, Wut auf den Mann, der sie beide an der Nase herumgeführt hatte wie Tanzbären.

»Dem werden wir's zeigen«, sagte Susanne, »der soll uns kennenlernen. Denkt wohl, er kann mit den Frauen spielen, wie es ihm beliebt. Oh, ich hasse ihn.«

Caroline sprach das nicht so laut aus, fühlte aber ähnlich. Sie war zerschmettert nach allem, was sie erfahren hatte. Hobbys, Freunde, getrennter Urlaub – nun gut, damit hatte sie sich abgefunden. Aber solch ein Vertrauensbruch, solche Beleidigungen hinter ihrem Rücken – sie wollte nie wieder auch nur einen Tag mit diesem Mann teilen.

»Mir tut jede Nacht mit ihm leid«, knurrte Susi, »und dieses Mal habe ich wirklich gedacht: der ist anders.«

Sie hatte Caroline an diesem langen Nachmittag auch von früheren Enttäuschungen erzählt. Draußen war es nun fast dunkel, ein letzter Schein lag auf dem Haupt der Hohen Munde, und die Gesichter der Frauen spiegelten sich in der schwarzen Scheibe des Fensters.

»In einer Viertelstunde kommt er von der Loipe über die Felder«, sagte Susanne, »ich hole ihn dann immer da drüben an der Ache ab.«

»Sind denn seine Freunde, die Jungs, nicht bei ihm?«

»Er macht sich zum Schluß immer selbständig, sie wissen zwar nichts von mir – ich wohne auch nicht in seinem Hotel –, aber können sich vielleicht einiges denken. Er trifft sich mit ihnen nur kurz zum Essen und auf ein Bier und geht dann früh zu Bett. ›Ich muß an mein Herz denken‹, sagt er den anderen, und die fragen nicht viel. Einer von denen hat auch seine Freundin mit, sogar im Hotel – okay, das ist nicht mein Ding. Jetzt schon gar nicht mehr.«

Sie beschlossen, ihn gemeinsam in Empfang zu nehmen und zu »stellen«. Susanne kaufte an der Theke noch eine flache Flasche mit Marillenbrand, und Caroline steckte sie in ihre Handtasche.

Warum sie auf der Damentoilette ein Röhrchen von den Tabletten hineintat, die ihr Dr. Wagenfeld gegen die Beschwerden der Menopause: Schwindel, Mattigkeit, labiler Kreislauf, verschrieben hatte, hätte sie nicht erklären können. Manfred brauchte ganz andere Medikamente seit seinem Herzinfarkt.

Aber »Ich brauche eine Stärkung«, krächzte er, als er den

beiden dann gegenüberstand, Caroline griff nach der Flasche, Susanne reichte sie ihm, und er setzte sie gierig an die Lippen.
»Was, da staunst du?« hatte ihm Susanne entgegengeschleudert, als er erschöpft und verschwitzt auf sie zugeglitten kam. Die Beine zu einem letzten schwungvollen Grätschschritt gespreizt, die Stöcke heftig in den Schnee gebohrt – seine junge Freundin sollte ihn nicht schwach sehen.
Aber aus dem Dunkel der alten Weide, die da an der milde plätschernden Ache wuchs, traten zwei Frauen. Und die eine, die er tatsächlich erst nach dreimaligem Hinschauen erkannte – Frau Caroline trug in Münster schließlich keinen blauen Skioverall und keine rote Schirmmütze –, glaubte er zu Hause unter dem Weihnachtsbaum. Plätzchenessend, orgelhörend, ruhig, träge – in sicherer Entfernung.
Er brachte außer einem matten »Hallo« nichts mehr heraus, er sank zusammen, als die Flasche leer war. Zum Glück stand unter dem Baum eine Bank, die von der Kurverwaltung oder irgendwelchen Spaziergängern vom Schnee befreit worden war. Allerdings wirkte seine Haltung nicht sehr entspannt, oder vielmehr: zu entspannt, wie die Frauen bald feststellten.
»Das hat ihn umgehauen«, sagte Susanne und schwankte leicht, »aber so einen schnellen und schönen Tod hat er eigentlich gar nicht verdient.«
Caroline wirbelten die Gedanken durch den Kopf wie die Schneeflocken, die nun im dunklen Leutaschtal niedergingen. Sie dachte an ihr schönes Zuhause, an Sohn und Enkel und vieles, vieles andere, auch an Susanne, die ihr leid tat und noch so jung war.
Das alles sollte nun den Bach hinuntergehen, weil dieser Betrüger hier im Schnee saß?

Sie nahm die Skistöcke, die ihm aus der Hand gefallen waren, und warf sie in die Fluten des Gebirgsbaches. Die leichten Skier folgten, während sie der Jüngeren hastig ihre Gedanken offenbarte. Sie waren ganz allein im Schatten der Weide, der Schnee zog einen Vorhang vor die Häuser am Kirchplatzl.
Ihnen wurde heiß bei dem nun folgenden Werk, aber gemeinsam schafften sie es, und als sie damit fertig waren, verabredeten sie sich für den nächsten Tag.

Die Spaziergänger und Langläufer, die am nächsten Morgen ihre Wege durchs Leutaschtal zogen, grinsten, wenn sie zur alten Weide hinüberschauten. Dort hatten Spaßvögel – wahrscheinlich Kinder – einen wunderschönen Schneemann gebaut. Er stand aber nicht kugelig in der Landschaft, sondern saß wie eine menschliche Gestalt auf der Holzbank, mächtig und ungefüge.
Eigentlich sah das Gebilde aus wie eine Frau, eine alte, schwere, die sich von lebenslanger Arbeit ausruhte.
»Die dicke Munde« nannte es ein Kind, und viele sprachen das in den kommenden Wochen nach.
Sie wurde immer runder, denn es schneite viel. Nach Weihnachten war das immer so im Leutaschtal, da fing der Winter erst richtig an, und das Tauwetter würde nicht vor März einsetzen.
Caroline und Susanne saßen am Morgen des 27. Dezember im Eurocity ›Wetterstein‹ und ließen sich das zweite Kännchen Kaffee bringen. Ihr marillengetränkter Kater fuhr schließlich mit, und bis zur Ankunft in der Provinzhauptstadt wollten sie ihn gerne los sein.
Sie verstanden sich gut, schwatzten und lachten und sprachen nicht mehr über den Tag zuvor.
»Morgen muß ich wieder ins Geschäft«, seufzte Susanne, »die Weihnachtsfeiertage sind vorüber.«

»Ich schaue bei dir rein, wenn ich wieder mal im Café Zucker meine Schokolade trinke«, versprach Caroline, »und Sylvester mußt du mich besuchen. Da machen wir es uns so richtig gemütlich.«

Ich werde ja vorläufig nicht ausgehen können, dachte sie, ich werde bald die verzweifelte Frau, irgendwann dann die trauernde Witwe sein, der man die Nachricht von dem schrecklichen und makabren Ende ihres Gatten schonend beigebracht hat. Die »Jungs« werden Ansprachen halten. Und Dr. Wagenfeld wird mir Pillen verschreiben. Aber Schwarz steht mir gut, zu meinem graublonden Haar.

Sie kramte nach ihrem Taschenspiegel und zog sich energisch die Lippen nach. Nächstes Weihnachten würde sie allein in den Urlaub fahren. Oder vielleicht mit Susanne.

Hedwig Kellner
CLUB 66

Manche Männer bleiben zuerst unten im Wohnzimmer mit Sitzgarnitur und trinken ein Bier, schauen Video oder unterhalten sich mit den Mädchen, bis sie wissen, welches ihnen am besten gefällt. Die meisten gehen jedoch, nachdem ihnen geöffnet wurde, sofort die Treppe hinauf und warten auf dem Flur. Dann müssen die Mädchen – fünf Deutsche und zwei Polinnen in neonfarbenen Gymnastikanzügen – alle nach oben, die Hand geben und ihren Namen nennen. Die Männer suchen sich eine von ihnen aus. Zwei kosten doppelt. Beim Namen nennen die Gäste sie nie, es sei denn, jemand kennt eines der Mädchen, aber dann fragt er schon unten, ob die Betreffende frei ist. Das Mädchen, auf das der Mann mit dem Finger zeigt, bleibt oben. Die anderen gehen wieder hinunter und warten auf das nächste Klingeln an der Haustür. Wenn niemand bei ihnen sitzt, dürfen sie vom Video aufs Fernsehprogramm umschalten. Der Chefin ist es egal. Die sitzt immer im Sessel neben der Stehlampe und liest Romane. Die Mädchen dürfen sich in der Küche Kaffee kochen, soviel sie wollen. Aber wenn es klingelt, müssen sie schnell die Becher wegbringen. Es könnte sonst aussehen wie ein Kaffeeklatsch, sagte die Chefin einmal. Alkohol gibt es in den beiden Kühlschränken, die in die Schrankwand eingebaut wurden. Aber den dürfen sie nur nehmen, wenn ein Gast etwas spendieren möchte.
Oben sind drei Zimmer, und alle sind gleich. Die Fenster werden schon nachmittags durch Rolläden verdunkelt,

damit die Nachbarn in den Einfamilienhäusern rechts und links sich nicht sorgen müssen, daß die Kinder etwas sehen könnten. Sie ärgern sich schon genug über die Autos, die immer auf dem Bürgersteig parken, obwohl die meisten Gäste ihre Wagen vor dem Aldi stehenlassen und die letzten zwei Straßen zu Fuß laufen. In jedem Zimmer steht ein schwarzer IKEA-Kleiderschrank mit Spiegeltüren. In Nummer 1 haben die Mädchen ihre Sachen. In Nummer 2 sind Hygieneartikel, Papierrollen, Hotelseifen und die Sachen von der Chefin untergebracht. In Nummer 3 ist der ganze Schrank mit Handtüchern vollgestopft. Die werden stapelweise auf der Fensterbank im Badezimmer, neben der Dusche und in einem Regal bereitgelegt.

Die Gäste wissen es nicht, aber im Erdgeschoß befindet sich hinter dem Wohnzimmer eine Küche. Dort stehen eine Waschmaschine und ein Trockner. Beide laufen die ganze Nacht. Deshalb muß immer Musik gespielt werden, jedenfalls wenn die Videos keine Texte haben.

Außer den Kleiderschränken gibt es oben in jedem Zimmer eine breite Couch mit schwarzer Tagesdecke aus kochfester Baumwolle. Schwarze und silberne Kissen am Kopfende. Darunter liegen die Papierrollen, griffbereit.

Neben der Couch ein Nachtschränkchen mit Schirmlampe und einem Körbchen voller Kondome (kostenlos, aber nicht zum Mitnehmen). Die Zimmer könnten Schlafzimmer sein. Aber wenn ein Mann nach zwanzig Minuten nicht wieder unten ist, steht die Chefin an der Treppe und ruft herauf, ob Nummer 2 – oder um welches Zimmer es sich gerade handelt – doppelt zahlen will. Aber das wollen die wenigsten Gäste.

Die meisten Gäste haben Angst, daß hier gestohlen wird. Sie lassen deshalb ihre Mäntel und Jacken nicht an der

Garderobe im Flur. Sie legen sie auf den Sessel in der Zimmerecke. Da viele sich waschen, wenn die zwanzig Minuten um sind, können die Mädchen in den Taschen nach Visitenkarten und Ausweisen suchen und sich Telefonnummern aufschreiben. Manche Männer ärgern sich, wenn sie später angerufen werden, und kommen nicht wieder. Andere treffen die Mädchen privat. Dann ist es billiger und dauert länger.
Die Chefin darf das nie erfahren. Sie schmeißt jede raus, die so was tut, sagt sie. Denn es ist Betrug.

Der Advent ist eine besondere Zeit. Die Chefin stellt täglich einen Teller mit frischen Plätzchen auf den Wohnzimmertisch und schmückt die Wände mit Schleifen und Tannenzweigen, die an Stelle der gestickten Blumenbilder an den Nägeln befestigt werden. Eine Kerze steht neben dem Aschenbecher auf dem Tisch. Wenn niemand bei ihnen sitzt, erzählen sich die Mädchen, wie es früher war, als sie noch bei ihren Eltern lebten, oder wie sie Weihnachten später einmal mit ihren Kindern feiern werden, wenn sie genug Geld verdient haben und verheiratet sind.
Die Zimmer oben werden nicht weihnachtlich dekoriert. Das will keiner haben.

Am Heiligen Abend ist nur bis achtzehn Uhr geöffnet. Die meisten Männer sind sowieso zu Hause bei ihren Familien. Wer keine Familie hat, kann an einem solchen Abend leicht zuviel trinken und unangenehm werden. Deshalb schließt die Chefin um achtzehn Uhr ab und schickt die Mädchen heim. Am ersten Weihnachtstag kommen die Kunden vom späten Nachmittag an. Am zweiten Weihnachtstag sind die Feiertage im Club 66 vorbei. Dann werden auch die Tannenzweige weggeworfen, und die Chefin bringt mit den Mädchen Papierschlangen und Lampions an. Die sind für Silvester und können bis zum Karneval bleiben.

Und der Mord? Wer hat wen umgebracht? Ist es oben passiert, und unten hat es keiner gemerkt? Ist vielleicht an einem Weihnachtstag ein Mann nach vielen Jahren in seine Heimatstadt zurückgekehrt und hat entsetzt festgestellt, was nun im Hause seiner Eltern passiert? Hat er die Chefin – die blonde Frau mit dem harten Gesicht – gefragt, woher sie das Geld hatte, dieses Haus zu erwerben? Ist es dann geschehen? Ober hat einer eines der Mädchen erwürgt, weil er nach zwanzig Minuten die Lampe neben dem Bett anknipste und seine eigene Tochter unter dem Make-up erkannte?
Ist ein breitschultriger Mann mit goldenen Ringen und tätowierten Armen hereingestürmt und hat die Chefin erschossen, weil nur er in dieser Gegend solche Geschäfte unterhalten wollte?
Haben die Nachbarn sich zusammengetan und das Haus angezündet, um alle zu verbrennen, die dort ihr Geld ausgeben oder einnehmen?

Das Haus unterscheidet sich nicht von den Nachbarhäusern rechts oder links. Ostern blühen auch hier die Narzissen, und Weihnachten trägt die Tanne elektrische Kerzen. Es stehen kleine Lämpchen in den Fenstern, und auch die Hausnummer leuchtet nicht rosa oder violett. Soweit man weiß, ist hier nie ein Mord passiert.
Nicht einmal zur Weihnachtszeit.
Eigentlich merkwürdig.

Christa Hein
WEIHNACHTEN WIE IN DEUTSCHLAND

Ich lebte damals in Paris, Texas, und verdiente meinen Lebensunterhalt mit dem Anfertigen von Silberschnallen für die breiten Ledergürtel, die bei texanischen Männern so beliebt sind. Von einer Goldschmiedin hatte ich mir die Technik des Punzierens beibringen lassen und entwarf nun meine eigenen Muster. Ich mietete mir zu einem geringen Preis eine kleine Lagerhalle im Schwarzen-Distrikt, wo ich lebte und arbeitete. Ein paarmal im Jahr reiste ich über Land, um meine Kunden zu beliefern.

Anfangs machte mir die Arbeit Spaß, aber mit der Zeit dachte ich zunehmend darüber nach, was ich anderes anfangen könnte, um zu Geld zu kommen. Die kindliche Freude bei den Käufern meiner Gürtel gerade über die für meine Begriffe kitschigsten Motive brachte mich auf die Idee. Beim nächsten Besuch in meiner Heimat Deutschland kaufte ich alle möglichen Exemplare einschlägiger Produktionen: Rauschgoldengel, Nußknacker und Hummelfiguren, diese bemalten Kinderfiguren aus Porzellan, die als »Gänseliesl« oder »Wanderbursch« in den Regalen verstaubten. Nach meiner Rückkehr setzte ich die Annonce »Original Hummel Figurines and Nutcrackers For Sale« in die Lokalblätter, und bald stand mein Telefon nicht mehr still. Bevor der Monat vorbei war, hatte ich eine Bestelliste mit mehreren hundert Aufträgen zusammen, und mein kleiner Vorrat war erschöpft. Der Anfangserfolg überzeugte mich. Ich ließ meine Schnallenproduktion fürs erste ruhen, um mich ganz dem neuen Geschäft zu widmen.

Ich hatte die Anzeige im Spätsommer in die Zeitung gesetzt. Wie würde erst der Ansturm zu Weihnachten sein! Ich beeilte mich, einen Katalog von Hexenhäuschen, kleinen Eisläufern aus Porzellan, Knecht Ruprecht und all den anderen Motiven zusammenzustellen. Die buckelnden, schwarzen Katzen stellte ich mir als besonderen Renner vor in einem Land, in dem kaum ein Haushalt ohne Katze ist. Sie sahen so echt aus, daß man ihnen ohne weiteres neun Leben zutraute, und ich gab ihnen in meinem Katalog einen Sonderplatz.
In Shorts und T-Shirt, bei Temperaturen von dreißig Grad, fotografierte ich schneebedeckte Tannenbäume, Weihnachtskrippen mit Eseln und Posaunenengel. Oft sahen die Kinder aus der Nachbarschaft mir dabei zu. Als ich an einem Tag stolz die Nummer 666 eintrug, riefen sie: »Vorsicht! Der Antichrist!« und liefen davon.
An solche Auftritte war ich gewöhnt. Bei den Hausnummern an mehr als einer Mainstreet im Lande wurde diese magische Zahl aus der »Offenbarung« ausgespart. Nicht weit von meinem Domizil stand ein inzwischen verfallendes weißes Holzhaus, in dem einst ein junges Ehepaar gewohnt hatte. Seit Jahren saßen sie im Gefängnis wegen Satansaustreibungen. Sie waren überzeugt gewesen, der Teufel stecke in ihrem Neugeborenen, und so hatten sie ihm in einer Vollmondnacht einen Holzpflock ins Herz getrieben. Als die beiden verhaftet wurden, gab es laut gemurmelte Proteste im Ort. Viele waren der Überzeugung gewesen, das Paar habe damals richtig gehandelt.

Die Weihnachtszeit in Paris kündigte sich damit an, daß in dem kleinen Park mit dem Kriegerdenkmal zur Erinnerung an den Sieg über Mexiko kurz nach dem Thanksgivingfest ein Service-Wagen der Stadt vorfuhr und zwei Männer damit begannen, mannshohe rote, in Cellophan gewickelte Plastiklollis aufzustellen. Die Stadtverwaltung hatte sich dies als besondere Attraktion einfallen lassen, und bald säumten Lollis alle Wege im Park und den kleinen Platz rund um das Rathaus. Doch nach dem ersten Dezemberschauer war die Dekoration bereits unansehnlich.

Für mich wurde es Zeit, meine Waren auszuliefern. Erst nahm ich mir die Kleinstädte vor, kurz vor Christmas Eve fuhr ich nach Dallas. Hier gab es einen von Deutschen eingerichteten Weihnachtsmarkt, auf dem ich glänzend verkaufte. Überaus zufrieden mit meinem Geschäft überlegte ich gerade, abzuräumen und mich zurückzuziehen, als eine junge Frau kam und voller Begeisterung auf meine letzte schwarze Katze zeigte. Sie war übriggeblieben – das Hexenhäuschen inklusive Hänsel, Gretel und Hexe hatte ich einem Schlachtermeister verkauft, der abergläubisch behauptete, schwarze Katzen brächten ihm Unglück. Er hatte sich geweigert, das Tier mitzunehmen.

»Diese Katze da möchte ich haben«, sagte sie und nahm sie in die Hand. »Mom wird sich freuen.«

Ich hatte den Eindruck, sie lache leise in sich hinein bei diesen Worten, denn von ihren Schultern ging ein Zucken aus, das sich bei der Masse an Fleisch, die auf ihren Knochen saß, wellenförmig über ihren riesigen Oberkörper ausbreitete. Unwillkürlich mußte ich an ein Erdbeben denken, das einen Berg von innen her in Schwingungen versetzt.

Sie bringt bestimmt zwei Zentner auf die Waage, dachte ich bei mir. »Soll ich die Katze in Geschenkpapier wikkeln?«

»Oh – ganz wie in Deutschland.«

Ich konnte mir nicht verkneifen zu sagen: *»Well, I am German.«*

Ein Strahlen ging über ihr Gesicht, und sie begann, auf deutsch auf mich einzureden. Sie habe in Berlin und Marburg gelebt, wie wunderbar doch Weihnacht dort gewesen sei, nicht zu vergleichen mit dem Fest in Texas! Sie habe versucht, ein richtig deutsches Weihnachtsfest hier zu feiern, aber es sei eben nicht dasselbe. Und plötzlich packte sie mich aufgeregt am Arm: Ob ich zu Weihnachten schon etwas vorhätte?
Ich war überrascht und antwortete unwillkürlich mit Nein. Alles, was ich an Weihnachten vorhatte, war, mich mit ein paar guten Romanen in meinen Sessel zu setzen und zu faulenzen.
»*Wonderful!*« rief das dicke Mädchen. Und sie hätte eine *wonderful* Idee!
»Oh, Sie dürfen mir das nicht abschlagen«, sagte sie in ihrem recht akzentfreien Deutsch und sah mich mit flehenden Augen an. »Sie müssen, Sie müssen Weihnachten zu uns kommen.«
Ich muß sie verdutzt angesehen haben. Sie legte es vielleicht als Absage aus, jedenfalls fuhr sie, bevor ich nur einen Ton herausgebracht hatte, fort:
»Es soll sich auch für Sie lohnen. Sie ahnen gar nicht, wie sehr mir daran gelegen ist, einmal deutsche Weihnachten zu feiern, und wenn Sie den Weihnachtsmannpart übernehmen würden und zwei Tage dableiben, dann zahle ich Ihnen fünfhundert Dollar.«
Das Ganze kam mir reichlich überspannt vor, und ich lächelte irritiert.
»Das reicht Ihnen nicht? Gut, sagen wir tausend Dollar. Wären Sie einverstanden?« Sie streckte mir ihre fleischige Hand entgegen, damit ich einschlagen sollte.
Sie muß einen Spleen haben, dachte ich, eine von diesen reichen Ziegen, von denen es in Dallas Hunderte gibt; Geld spielte keine Rolle.

Für tausend Dollar und die kuriose Erfahrung, die ich sicher machen würde, schlug ich ein. In diesem Jahr wollte der Geldsegen wohl kein Ende nehmen.
»Können Sie gleich mitkommen?« fragte sie mit einem Blick auf die Überreste an meinem Stand. »Ich kaufe Ihnen den ganzen Kram ab. Nennen Sie mir den Preis.«
Ich schüttelte den Kopf, die Figuren würde ich auch anders los. Ich verstaute alles in einem Karton. »Den müssen wir mitnehmen. Aber ich habe nichts bei mir. Weder Zeug noch sonst etwas.«
»Das macht nichts«, sagte sie. »Wir fahren gleich zusammen einkaufen. Sie müssen auch die Verkleidung für den Weihnachtsmann anprobieren.«
Kurze Zeit später fand ich mich wieder in einer überdimensionalen *Shopping Mall.* Es stimmte, was man über die Texaner sagt: Sie lieben alles eine Nummer größer. Im Zentrum der vierstöckigen Mall stand ein Tannenbaum, aus Hunderten kunstvoll zusammengebundener kleiner Bäume, um dessen Fuß auf einer Eisbahn Schlittschuhläufer zu klassischer Musik kreisten.
Wir gingen in einen eleganten Laden, den ich allein nie betreten hätte, und in Null Komma nichts besaß ich Hose, Sakko, Pullover, Schuhe sowie rote Stiefel, einen roten flauschigen Bademantel, Zipfelmütze und Barthaar.
Wenig später kurvten wir in ihrem VW-Cabriolet durch das Stadtzentrum von Dallas – »Sie wissen, dies ist der Platz, an dem man John F. Kennedy erschoß!« – und schlugen die Richtung ›Highland Park‹ ein.
Meine neue Chefin, die sich inzwischen mit Amy vorgestellt und mir erzählt hatte, zu Weihnachten sei sie bei den Eltern zu Besuch, eigentlich lebe sie in Chicago, fuhr so schnell, daß ich den Eindruck hatte, sie wolle ihre physische Unbeweglichkeit durch rasanten Fahrstil ausgleichen. Je näher wir Highland Park kamen, desto noblere

Fahrzeuge hielten an den Ampeln. BMW, Jaguar, Mercedes, Maserati. Als wir von der Hauptstraße in die Wohnstraße einbogen, sah ich uniformierte Patrouillen.
»Hier wird alle zwanzig Minuten kontrolliert«, sagte Amy. »Die Bürger zahlen dafür.«
Eine Villa war größer und protziger als die andere. Normannische Festungen, ein schottisches Schloß, ein Renaissance-Prachtbau. »Die Leute hier kaufen sich ein Haus, reißen es ab, und setzen ein neues drauf – nach ihren Wünschen designed«, sagte Amy. »Grundstücke sind hier nicht mehr zu haben.« Alles war weihnachtlich geschmückt. Auf einem Dach stand ein lebensgroßer Santa Claus, der sechs Rentiere vor seinem Schlitten antrieb.
»Das da drüben ist unser Nachbar« – Amy wies auf ein Gebäude, das ich für eine Kirche gehalten hatte. »Er hat sich grade eine Turnhalle gebaut, in der er von der Galerie aus seinen Gästen beim Tennis zusehen kann.«
Wenig später betraten wir Amys Zuhause.
»Mom!« Amy rief mit einer Stimme, die ich ihr nicht zugetraut hatte, so viel Verachtung schien darin zu liegen. Aus irgendeiner der Türen tauchte eine hochgewachsene schlanke Frau auf, die leidvoll das Gesicht verzog. »Um Gottes willen, Amy, was schreist du so!« Sie hielt sich mit einer theatralischen Geste die Ohren zu.
»Stell dich nicht an, Mom. Ich habe einen Gast mitgebracht.« Amy drehte sich mit einem Augenzwinkern zu mir und sagte: »Wir kennen uns aus Berlin.«
»Ach«, sagte Mom und reichte mir müde eine Hand. »Dann leisten Sie Amy doch Gesellschaft!«
Ich sah mich nach Amy um; warum hatte sie mich nicht in dieses Spiel eingeweiht? Aber sie war verschwunden.
Mom – einen anderen Namen wußte ich nicht – ließ sich auf das Sofa sinken, auf dem zwei große Katzen lagen.
»Dies sind Siegfried und Tristan«, stellte sie mit ihrer tie-

fen Stimme vor. »Eigentlich hätte Tristan Amadeus heißen müssen. Er hat solch ein Temperament. Aber einen Amadeus hatte ich schon, ich mag es nicht, wenn meine Kinder die gleichen Namen tragen.« Sie kraulte das buschige schwarze Fell des Katers. »Mögen Sie Katzen?«
Ich zuckte die Schultern. Zumindest hatte ich nichts gegen Katzen.
»Es sind wunderbare Tiere. So elegant und geschmeidig.« Sie seufzte. »Diese beiden hier sind meine Lieblinge. Sie dürfen sogar mit in mein Bett, das habe ich vorher noch niemals erlaubt. Ach – sagen Sie, aus Deutschland sind Sie?« Als käme es ihr jetzt erst richtig zu Bewußtsein. »Das ist ja wundervoll!« Mom schien plötzlich aufzuleben. »Die herrliche Musik, die von dort kommt! Mozart, Beethoven, Wagner! Sehen Sie dort das Foto? Das ist Wagners Grabstätte in Bayreuth. Ich fahre jedes Jahr hin. Übrigens bin ich Mäzenatin der Dallas Opera. Wir haben schon Pavarotti hier bei uns zu Haus gehabt. Er singt wundervoll!«
Gedankenvoll strich Mom über Siegfrieds Kopf, während Tristan mit einem lauten Plumps vom Sofa sprang. Draußen wurde ein Wagen angelassen, kurz darauf sah ich Amys Cabriolet aus der Auffahrt fahren.
Mom entschuldigte sich. »Ich muß ein wenig ruhen, ich habe noch eine Verabredung zum *shopping.*«
Verständnisvoll nickte ich und sah der eleganten Erscheinung nach.
Gestrandet! In einer Millionärsvilla in Dallas! Wenigstens bekommst du tausend Dollar dafür, sagte ich mir grimmig und zog Tristan, der sich gegen meine Beine drückte, am Schwanz. Mit einem Ausdruck der Empörung stelzte er davon.
An der Wand hing ein echter Renoir, wenn mich nicht alles täuschte. Die verschwimmenden Augen eines jungen

Mädchens in rosa Seide, für die ich als Teenager mal geschwärmt hatte. Moms Traum von einer schönen Tochter, mußte ich denken. Statt dessen hatte sie diesen Fleischberg in die Welt gesetzt.
»Kommen Sie.« Ich fuhr herum. Ich hatte nicht gehört, daß jemand den großen Raum betreten hatte. Im Halbdunkel am hinteren Ende stand eine Schwarze in der Tür. »Ich bin Mandy, ich zeige Ihnen Ihr Zimmer. Amy hat mir alles erklärt.«
Eine Sklavin haben sie also auch, dachte ich und folgte Mandy. Mit scheuen Seitenblicken zeigte sie mir ein Zimmer im oberen Stockwerk. Meine Einkaufstüten lagen bereits auf dem Bett.
Ein riesiger Spiegel beherrschte den Raum. Ich probierte meine neuen Sachen an. Wirklich, als Weihnachtsmann konnte ich mich sehen lassen. »Knecht Ruprecht aus dem Walde kam« deklamierte ich mit möglichst tiefer Stimme. Mom wäre zweifellos besser gewesen in dieser Rolle.
»What the hell are you talking about?«
Wieder erschrak ich. Wieso konnte man in diesem Haus nicht anklopfen? Obwohl es so groß war, schien es keinerlei Geborgenheit zu bieten. Immer mußte man mit der überraschenden Gegenwart eines anderen rechnen.
Eine Tapetentür in der Wand öffnete sich, und ein junges Mädchen mit einem breiten Gesicht steckte ihren Kopf hindurch. Auf den ersten Blick erkannte ich in ihr eine Schwester von Amy.
»Ich bin Sarah.« Sie zwängte sich mit Mühe durch die kleine Tür. Sarah war noch unförmiger als ihre ältere Schwester. Spöttisch sah sie an meiner Weihnachtsmannverkleidung herunter.
»Hat Amy sich wohl ausgedacht, was? Aber ich wäre vorsichtig an Ihrer Stelle. Amy legt jeden rein. Was wollen Sie hier?«

»Ich bin als deutscher Gast eingeladen«, spulte ich herunter, wie Amy mich gebeten hatte.
»So, so. Ist ihr wieder mal jemand auf den Leim gegangen. Diese Kuh und ihr Deutschen-Tick!« Sarah beugte sich vor und flüsterte: »Soll ich dir mal was zeigen? Willst du sehen, warum Amy die Deutschen so bewundert?« Ihr Gesicht hatte einen verschlagenen Ausdruck angenommen, und ich merkte, daß ihre Augen unnatürlich glänzten, als hätte sie Drogen genommen. Ich schwieg und sah Sarah einfach an.
»Es gibt da so gewisse Fotos, die Amy faszinieren und die sie immer wieder anguckt. Aus dem Konzentrationslager. Wie eine Aufseherin eine Reihe nackter Mädchen…«
»Sarah!« Amy schrie es fast, als sie in diesem Moment den Raum betrat. »Was hast du hier verloren?«
Sarah blickte sie kühl an.
»Wollte nur deinen deutschen Gast näher kennenlernen, sehen, was für eine Perversität du dir diesmal ausgedacht hast!«
»Wie kommst du dazu, solche Unverschämtheiten…« Sie brach mitten im Satz ab, blickte ihre Schwester verächtlich an und meinte: »Ach, verschwinde. Hier!« Sie warf Sarah ein Tütchen zu. »Damit du weiße Weihnachten feiern kannst.«
»Ach, Amy«, Sarahs Stimme war plötzlich weich. Sie machte den Versuch, ihre Schwester zu umarmen, eine unbeholfene Bewegung, die ihrem schwergewichtigen Körper nur als Andeutung gelang. Amy schob sie von sich.
»Geh. Und laß Mom nichts merken.«
»Als ob Mom je etwas bemerken würde. Sie interessiert sich doch für nichts als ihre Katzen und Musik«, sagte Sarah, zu mir gewandt, und verschwand durch die Tapetentür.

»Tut mir leid.« Amy sah mich durchdringend an, und mir fielen Sarahs geflüsterte Worte wieder ein. Was hatte sie mit Perversitäten gemeint?

»Hör mal, Amy«, sagte ich. »Ich hab keine Lust, den Hanswurst für euch abzugeben.«

Amy war ans Fenster getreten und machte eine unbestimmte Bewegung, als wolle sie ihren Ärger wegwischen. Sie wirkte, abgesehen von ihrer schrecklichen Körperfülle, nicht unsympathisch. Sie hatte Charme, wenn sie wollte, eine gewisse Ironiefähigkeit, die wohl der Grund dafür gewesen war, weshalb ich mich überhaupt auf ihren Vorschlag eingelassen hatte.

»Laß dich von Sarah nicht beeindrucken«, sagte Amy schließlich und wandte sich mir wieder zu. »Alles was sie liebt, ist *The White Witch*. Das hat ihr den Kopf völlig verwirrt.«

»Und du besorgst ihr den Koks auch noch?«

»Sie lebt das ganze Jahr im Internat in North Carolina. Ist nur zu Weihnachten hier. Sie hat mich geradezu angefleht, ihr das Zeug zu besorgen. Sich mit Sarah anlegen zu wollen ist völlig sinnlos, glaub mir.«

Nach allem, was ich von Sarah gesehen hatte, glaubte ich ihr gerne.

»Also? Spielst du morgen abend den Weihnachtsmann?«

Ich nickte. »Und danach verschwinde ich.«

»Ja, sehr gut«, sagte Amy. »Paß auf. Du klingelst an der Tür, und dann, wenn Mom aufmacht, singst du ein deutsches Weihnachtslied. Dann lädst du die Geschenke aus dem Sack, sagst ein paar Worte und gehst.«

»Das ist alles?« Sie nickte. »Und das ist dir noch immer tausend Dollar wert?«

Amy lachte. »Geld spielt hier keine Rolle«, sagte sie. »Das hast du doch bemerkt, oder? Dad hat eine Versicherungs-

firma geerbt, wir haben eine Monopolstellung für alle Autos in drei Counties in Texas, da fließen die Millionen von allein. Willst du Bargeld?«
Ich nickte.
»Okay, die Hälfte jetzt, den Rest nach getaner Arbeit. Augenblick.« Sie ging über den Flur in ein Zimmer, unaufgefordert folgte ich ihr. Durch die angelehnte Tür sah ich ein riesengroßes mit rosafarbenen Rüschen bezogenes Bett, auf dem eine ganze Galerie von Stofftieren saß. Darüber ein Gemälde von Neuschwanstein, auf dem Parkettboden Bärenfelle und an allen Wänden Fotografien von Frauen – Filmschauspielerinnen, Tänzerinnen, Nackte – allesamt große schlanke Frauen mit verführerischen Körpern.
»Gefällt es dir?« fragte Amy und kam mit den Geldscheinen in der Hand auf mich zu. »Es ist mein Jugendzimmer. Damals schwärmte ich für schöne Frauen, wie du siehst. Mom wollte immer, daß ich Schauspielerin oder Tänzerin werde.«
Ich nickte, zu perplex, etwas zu erwidern.
Mandy brachte mir wenig später Brathuhn und Wein zum Abendessen, danach blieb ich mir selbst überlassen. Ich schlief früh ein und wachte erst spät am Vormittag mit einem schmerzenden Kopf auf, als habe mir jemand ein Schlafpulver verpaßt. Mandy hatte Kaffee und Doughnuts vor meine Tür gestellt, und ich aß in meinem Zimmer, nicht geneigt, mich mit Mom, Amy oder Sarah abgeben zu müssen. Zu Mittag kam sie mit einer Suppe, und auf meine Frage, wo denn alle seien, da es absolut still im Haus war, zuckte sie mit den Schultern und murmelte irgend etwas von Migräne.
Schließlich ging ich in das kleine luxuriöse Bad, das zu meiner Suite gehörte, und begann mich vor dem mit vergoldeten Lorbeerblättern verzierten Spiegel zu schminken. Zur verabredeten Zeit saß ich mit angeklebtem Bart

und gestiefelt und gespornt auf meinem Bett. Amy kam, die Arme voller Geschenke. Kleine und größere Päckchen, in rotes und goldenes Weihnachtspapier geschlagen, mit Schleifen und Anhängern versehen. Ich entdeckte auch meine bucklige Katze wieder. Sie baumelte an einem besonders großen Paket.

»Meinst du, du kannst das alles tragen?« fragte Amy, nachdem wir den Sack gefüllt hatten. Ich hob ihn probeweise an. Er war schwer, aber für die paar Minuten kein Problem.

»Okay, dann hör zu. Auf jedem Paket klebt ein Zettel, ganz so, wie ihr es in Deutschland macht, richtig? Da steht der Name drauf und ein kleiner Spruch. Fang bei Dad an. Dann Sarah, dann Mom. Das große Geschenk gibst du Mom ganz am Schluß.«

»Soll ich ein bestimmtes Weihnachtslied singen? Du meintest doch, ich solle ein Weihnachtslied singen.«

»Du weißt, meine Mutter liebt die Deutschen und ihre Lieder über alles. Würdest du das machen?« Ich nickte.

»Dann toi, toi, toi.« Sie spuckte mir über die Schulter, wie Schauspieler es vor dem Auftritt tun.

Eine Stunde später begab ich mich hinten aus dem Haus, lief an der Seite herum und wollte klingeln. Zu meiner Verwunderung stellte ich fest, daß Amys Cabriolet aus der Garage verschwunden war. Würde sie gar nicht bei der Bescherung dabei sein? Egal, ich hatte den Auftrag jetzt auszuführen, wenn ich den Rest meines Geldes wollte.

Entschlossen drückte ich auf den Klingelknopf. Sarah öffnete mir mit glänzenden Augen.

»Oh, Mom, sieh nur, der Weihnachtsmann!« Mom und Dad, den ich jetzt zum erstenmal zu Gesicht bekam und der mir wie eine greisenhafte kleine Frau erschien, traten erstaunt näher.

Ich begann zu singen. Als ich fertig war, klatschte Mom in

die Hände und rief: »Weihnachten wie in Deutschland! Oh, Daddy! Das habe ich mir ein Leben lang gewünscht! Was für eine süße Idee von Amy!« Daddy strahlte so hemmungslos über das ganze Gesicht, wie ich es bisher nur bei Debilen gesehen hatte. Ich ließ mich nicht beirren, sang noch eine Strophe von ›Stille Nacht‹ und trat dann ein mit dem großen Sack voller Geschenke.

»Dieses hier ist für Sarah«, sagte ich mit verstellter Stimme und reichte ihr ein Paket. Sie nahm es in Empfang, riß das Geschenkpapier in der Mitte durch und holte eine Puppe hervor.

Daddy betrachtete sie freundlich. »Wie schön, Sarah«, sagte er mit einer brüchigen Altfrauenstimme. »Eine deutsche Hexe!«

Wie arglos, wie weltfremd, dachte ich. Du wirst nie kapieren, was in deinen Töchtern vorgeht! Ich wußte sofort, was die Puppe zu bedeuten hatte: Es war eine Brockenhexe, die auf einem Besen ritt, ganz in Weiß gekleidet – und auf ihrem Rücken trug sie ein prallgefülltes Säckchen.

»Oh, Amy!« rief Sarah lachend aus, und tanzte mit der Hexe durchs Zimmer. *»Aren't you a bitch!«* Als sie sie absetzte, sah ich einen dünnen Faden weißen Pulvers aus dem Säckchen rinnen. Sarah fing des Zeug in der hohlen Hand auf und schnupfte es.

Ich gab Daddy und Mom die kleineren Pakete, und mit beinahe geschäftsmäßigen Mienen rissen sie das Papier ab, hoben die Deckel von Schachteln und Schächtelchen, in denen sich goldene Manschettenknöpfe, Krawattennadeln und Schmuck befanden, und legten sie gleichgültig zur Seite. Schließlich kam das letzte Paket für Mom. Zum erstenmal schien sie sich wirklich zu freuen:

»Oh, sieh nur, die kleine Katze! Eine richtige Hexenhauskatze«, rief sie, und mir fiel ein, daß sie sehr gut zu Sarahs *White Witch* paßte.

Ich war neugierig und ging, entgegen Amys Wunsch, nicht gleich. Mom hatte Mühe, ihr Paket zu öffnen.
»Sarah, komm hilf mir.« Zu zweit lösten sie schließlich den Deckel des stark verklebten Kartons, und ich sah eine schwarz und gelbgrau gestreifte Pelzmütze hervorschimmern. Mom atmete hörbar aus, und im gleichen Moment dachte ich: Amys makabrer Humor. Zwei Felle, die denen von Moms Katzen zum Verwechseln ähnlich sahen, zu einer Pelzkappe verarbeiten zu lassen: dazu gehörte allerdings eine perverse Phantasie!
Im selben Augenblick stieß Mom einen markerschütternden Schrei aus und fiel auf das Sofa. Daddy lief zu ihr, blieb hilflos neben ihr stehen. Er fragte unaufhörlich: »Was ist denn? Was ist denn?« während Sarah mit einem maliziösen Grinsen die Pelzkappe in die Höhe hielt. Jetzt sah ich es auch: vom unteren Rand, der säuberlich umnäht war, baumelten die blutigen Köpfe von Tristan und Siegfried.
Ich lief an Mandy vorbei durch den Hinterausgang hinaus auf die Straße. Gerade fuhr eine Patrouille vorbei, und ich zwang mich, in langsameres Tempo zu verfallen. Das Kostüm war meine Rettung. Einem fleißigen Weihnachtsmann wollte niemand etwas anhaben, freundlich nickten die Uniformierten mir zu. Ich grüßte zurück. *Merry Christmas*!
Kaum waren sie außer Sichtweite, begann ich zu rennen. Fünfhundert Dollar! dachte ich wütend. Sarah hatte recht gehabt: Amy legt jeden rein.

Edith Kneifl
FELIX

»Rums!! – Da geht die Pfeife los
Mit Getöse, schrecklich groß.
Kaffeetopf und Wasserglas,
Tobakdose, Tintenfaß,
Ofen, Tisch und Sorgensitz –
Alles fliegt im Pulverblitz. –«
Wilhelm Busch

Mama ist eine frustrierte alternative Hausfrau, Papa ein Alt-68er, der sich zum Spät-Yuppie gemausert hat. Meine Oma ist eine dumme und fette alte Schachtel, mein Opa ein unverbesserlicher Nazi. Aber das größte Scheusal der Familie ist mein kleiner Bruder Felix. Nicht einmal die schlimmsten meiner Feinde sind auch nur halb so ekelhaft wie er.

Sie nennen mich Joe. Ich bin vor kurzem dreizehn geworden und vom Gesetz her gezwungen, noch ein paar Jährchen in diesem Irrenhaus auszuharren.

Vor einem Jahr sind wir in diese alte Bruchbude am Stadtrand gezogen. »Herrschaftsvilla im Grünen, absolute Ruhelage, günstige Miete.« Das Dach war undicht, die Gasheizung defekt. Alle Leitungen und Installationen sind schrottreif. In der Küche behelfen wir uns mit einem umweltfreundlichen Kohleofen. Wohn- und Schlafzimmer werden mit weniger umweltfreundlichen elektrischen Radiatoren beheizt. Und das Licht funktioniert nur, wenn die Waschmaschine nicht läuft. Papa findet dieses Chaos sehr romantisch. Er ist fast nie zu Hause. Normalerweise verläßt er uns um sieben Uhr morgens und kehrt erst knapp vor Mitternacht zurück. Gerade vor Weihnachten macht er

jede Menge Überstunden, und nachts muß er sich mit seinen Tussis in den Bars der Innenstadt entspannen.
Ich vermisse unsere Stadtwohnung. Wir leben hier völlig isoliert. Manchmal komme ich mir wie in einem Gefängnis vor. Die Fenster im Erdgeschoß sind vergittert, und das nächste Haus ist kilometerweit entfernt.
Seit wir im Grünen wohnen, hat Mama ihre Liebe zur Natur entdeckt. Sie ist eine sehr anpassungsfähige Frau. Vor allem paßt sie sich den Launen meines Herrn Papa an. Vielleicht hat er sie auch deswegen geheiratet.
»Wir sollten endlich naturverbunden leben und unsere Ernährung umstellen...«
Von einem Tag auf den anderen begeisterte sich Mama für gesunde Küche und biologisch-dynamischen Gartenbau.
»Joe, du hast heute Morgen dein Glas frisch gepreßten Karottensaft schon wieder nicht getrunken!«
Dem Philodendron bekommt das Säftchen viel besser. Ich befürchte nur, daß demnächst süße, kleine, gelbe Rüben aus der Hydrokultur sprießen werden.
Aber verglichen damit, was sich seit vier Wochen bei uns abspielt, ist ihr Bio-Tick völlig harmlos. Seit Anfang Dezember ist der Teufel los. Nach den Aktivitäten meiner Mama kann man die Uhr richten. Exakt am Ersten begann ihre manische Phase.
Papa hat ihr vor einigen Jahren mit dem Computer einen Weihnachtsvorbereitungs-Fahrplan erstellt. Sie hält sich jedoch nie daran. Jedes Jahr macht sie einen neuen Plan und stößt ihn nach spätestens drei Tagen wieder um. Mit dem Weihnachtsputz ist sie noch nicht fertig, obwohl sie täglich mit dem Staubtuch treppauf, treppab rennt. Und die Geschenke wollte sie bereits in der ersten Adventwoche besorgen. Angeblich sind dann die Geschäfte nicht so voll, die Verkäuferinnen freundlicher und die Sachen bil-

liger als kurz vor den Feiertagen. Ich verrate kein großes Geheimnis, wenn ich jetzt, am Nachmittag des Heiligen Abends, ganz nüchtern feststelle, daß sie für Papa und Opa noch immer kein Geschenk gekauft hat. Ich habe gestern, als sie in ihrer Meditationsstunde war, die Schlafzimmerkästen inspiziert. Sie versteckt die Geschenke jedes Jahr im Schlafzimmerschrank. Eingepackt hat sie auch noch nichts. Vielleicht gibt es heuer Geschenke ohne Verpakkung? Die Mülltrennung funktioniert hier draußen nicht.

Für mich hat sie einen rosa Skianzug erstanden. Ich hasse Rosa, und Skifahren hasse ich auch. Sport ist Mord! Werde wohl kurz vor dem Schulskikurs an einer schweren Grippe erkranken müssen.

Wozu mache ich mir jetzt schon Sorgen? Der Skikurs ist erst in der letzten Jännerwoche, und dann werde ich hoffentlich alle Sorgen los sein.

Auf ihre Meditationsstunde will Mama selbst im vorweihnachtlichen Totalstreß nicht verzichten. Die Feldenkreis-Seminare und die Jazz-Gymnastik oder den Öko-Kochkurs läßt sie schon mal sausen, aber ohne ihre Meditationsstunde würde sie garantiert zusammenbrechen. Papa macht hin und wieder blöde Bemerkungen über ihren hübschen, jungen Meditationstrainer. Er sollte besser den Mund halte, sonst erzähle ich der Mama, daß ich ihn am dritten Adventsonntag mit seiner Assistentin im Kino sah – händchenhaltend. Sie saßen nur drei Reihen vor mir. Wenn ich sagen würde, sie benahmen sich wie pubertierende Dreizehnjährige, so wäre das eine schwere Beleidigung meiner Altersgenossen.

Mein Herr Papa macht zu Hause keinen Handgriff. Sein neuer Job in der Werbebranche nimmt ihn sehr mit. Nach seiner Alkoholfahne beim Frühstück zu schließen, torkelt er von einer Weihnachtsfeier zur anderen.

Mama erwartet, daß wenigstens wir ihr helfen.
Im ganzen Haus riecht es verdächtig nach Weihnachten. Die große Tanne im Wohnzimmer reicht fast bis an die Zimmerdecke. Ein schöner, gerade gewachsener Baum mit kräftigen Zweigen. Ich gieße heuer die Christbaumkerzen selbst. Natürlich sind die Kerzen aus echtem Bienenwachs.
Mama blockiert mit Vollkornkeksen und Sesamkipferln das Backrohr. Kein Mensch, außer vielleicht Allesfresser Felix, mag ihre staubtrockene Bäckerei. Und Oma wird sowieso wieder kiloweise Vanillekipferl und ordinäre Weihnachtskekse anschleppen – gebacken von ihrer Putzfrau. Oma backt längst nicht mehr selbst. Papa und Felix tragen alljährlich harte Kämpfe um Omas Putzfrauenkekse aus. Ich werde mich standhaft weigern, dieses köstliche Backwerk auch nur anzurühren. Essen ist nicht nur Omas Lieblingsbeschäftigung, sie versucht auch alle anderen zum Essen zu zwingen.
»Du mußt ordentlich essen, Joe. Männer mögen keine Bohnenstangen.« Und ich mag keine Männer, Frauen übrigens auch nicht.
In letzter Zeit bin ich ziemlich in die Höhe geschossen. Auf Mama kann ich bereits hinunterschauen, und zu Papas Scheitel fehlen mir nur mehr wenige Zentimeter. Ich habe aber kaum zugenommen. Zum ersten Mal in meinem Leben bin ich mit meinem Äußeren relativ zufrieden. Opa kann ruhig seine Biafra-Kinder-Witze reißen.
Mein scheinheiliger kleiner Bruder hilft heuer bei den Weihnachtsvorbereitungen ebenfalls fleißig mit. Er frißt die warmen Kekse vom Blech, obwohl er ohnehin zu fett ist, und hält Mama beschäftigt, indem er ständig raus und rein rennt. Der Regen hat unseren Garten in ein Schlammbett verwandelt. Sie kommt mit dem Aufwaschen nicht mehr nach. Außerdem sorgt er mit seinem Ghettoblaster

für die passende besinnliche Vorweihnachtsstimmung. Zum Glück spielt er wenigstens meine CDs. Nichts gegen Michael Jackson, aber GUNS N' ROSES oder die SEX-PISTOLS höre ich lieber. Und wenn ihr Schnurzelchen Felix sie spielt, regt sich Mama über dieses Gekreische nicht auf.

Ich sperre mich nach der Schule immer in Papas Hobbykeller ein, um vor meinem unausstehlichen Bruderherz sicher zu sein. Der Keller ist nicht geheizt. Nicht daß dies einen besonders großen Unterschied machen würde. Auch die Zimmertemperaturen liegen im Schnitt nicht über 16 Grad. Mama behauptet, in kühlen Räumen würde man einen kühlen Kopf behalten. Ich wärme mich mit Red Bulls und Papas Zigaretten. Seit sich Mama für gesundes Leben entschieden hat, darf er nur mehr im Keller rauchen.

Ich bin für den Aufputz des Christbaums zuständig. Und zum ersten Mal macht mir dieser Job richtig Spaß. Ärgerte sich Mama letztes Jahr noch krank, weil ich bis zum Morgen des Heiligen Abends keinen Finger gerührt habe, so verliert sie heuer kein Wort darüber – natürlich auch kein Wort der Anerkennung –, wenn ich bis Mitternacht frierend im Hobbykeller hocke und meiner Kreativität freien Lauf lasse.

Anfangs kontrollierte sie, mißtrauisch, wie sie nun einmal ist, ob ich mich tatsächlich mit dem Baumschmuck beschäftige. Dann sprach ich ein ernstes Wort mit Papa. Er gab mir den Schlüssel für sein heiliges Reich und ersuchte die Mama, auf seine charmante Art, mich bei der Arbeit nicht mehr zu stören.

»Laß Joe in Frieden. Sei froh, daß sich das Kind endlich mal mit etwas Sinnvollem beschäftigt.«

Obwohl mir auch Papas Geschwätz gehörig auf den Wekker geht, kann ich mit ihm doch besser als mit Mama. Ei-

gentlich kann ich mit ihr überhaupt nicht reden. Zwischen uns liegen Welten. Obwohl sie »erst«, wie Papa immer betont, vierzig wird, scheint sie genauso alt zu sein wie ihre Eltern. Wahrscheinlich ist sie schon als alte Frau auf die Welt gekommen. Dabei sieht sie ganz normal aus, ich meine, wie eine Vierzigjährige eben aussieht. In letzter Zeit kleidet sie sich ein bißchen komisch. Anscheinend holt sie, mit etwas Verspätung, Papas Hippie-Phase nach. Früher, als er noch mit Zöpfchen, Schnurrbart und ausgeleiertem T-Shirt herumlief, sah sie eher aus wie seine Mutter. Seit er seine Liebe zu Designerklamotten, Kurzhaarfrisur und Drei-Tage-Bart entdeckt hat, trägt sie weite, lange Röcke und geblümte Blusen, färbt ihr dunkelbraunes Haar hennarot und läßt sich alle drei Monate von einem Promi-Coiffeur im ersten Bezirk einen Afro-Look verpassen. Angeblich hat sich der gute Karli gestern geweigert, ihr altmodisches Outfit aufzufrischen. Er ist eben sehr bedacht auf seinen guten Ruf. Mama kam mit dezenten graublonden Strähnen heim und war schwer deprimiert. Mich hat sie übrigens auch einmal zu diesem Karli geschickt. Einmal und nie wieder! Die Antipathie war gegenseitig. Seit ich selbst für mein Aussehen verantwortlich bin, trage ich mein Haar extrem kurz.
Ehrlich gesagt, bin ich aber heute ebenso frustriert und nervös wie Mama. Ich werde es wohl bis 19 Uhr nicht mehr schaffen. Zwei ganze Stunden habe ich noch Zeit. Der Countdown läuft unerbittlich.
Seit Tagen versuche ich die Weihnachtskrippe zu präparieren. Gerade habe ich das rote Lämpchen, das eigentlich zum Lagerfeuer der Hirten gehört, unter der Krippe des Jesuskindes montiert. Es sah aus, als würden sie den kleinen Wunderknaben rösten. Zum Schieflachen, wenn die ganze Sache nicht so ernst wäre.
Für alles gibt es Bücher und Gebrauchsanweisungen. Nur

ein Buch mit dem Titel: »Wie entledige ich mich meiner Familie?« habe ich nicht gefunden.
Ich will später Chemie studieren. Madame Curie ist mein großes Vorbild. Aber wenn ich mich weiterhin so ungeschickt anstelle, werde ich wohl auch als blöde Hausfrau und Mutter enden.
Mama drohte nicht nur einmal, mich nach der Fünften aus dem Gymnasium zu nehmen und in ein Büro zu stecken. Meine schulischen Leistungen lassen zu wünschen übrig. Ich bin ins letzte Drittel abgerutscht, sitze in der letzten Bank mit all den Repetenten. Anscheinend habe ich den Schulwechsel nicht verkraftet. Eine Asphaltpflanze muß sich notgedrungen mit diesen zurückgebliebenen Provinzlern zu Tode langweilen. In meiner Klasse sitzen nur naive, dumme Gänschen, und mit den Buben kann ich erst recht nichts anfangen. Mir liegt eben dieser derbe, ländliche Typ nicht.
Ekel Felix knallt seine kleinen Fäuste gegen die Kellertür. Zum zwölften Mal am heutigen Nachmittag. Ich habe mitgezählt. Er schreit und heult vor Wut, aber ich lasse ihn nicht rein. Bestimmt sieht sein Gesicht wie ein knallroter, bis zum Platzen aufgeblasener Luftballon aus. Sein Kopf ist viel zu groß für den kleinen Körper. Manchmal nenne ich ihn »Zwerg Nase«, meistens mache ich mir jedoch nicht einmal die Mühe, ihn zu ärgern.
»Du sollst endlich den Christbaum fertigmachen, und ich darf dir helfen, hat die Mama gesagt.«
»Hilf lieber der Mama«, brülle ich zurück und hoffe, daß er mir ausnahmsweise einmal folgt.
Sie ist beim Kochen immer schrecklich nervös. Ihr geliebtes Mäuseschwänzchen wird ihr den letzten Nerv ziehen, wenn es ihr in der Küche Gesellschaft leistet.
Seit zwei Tagen hängt in unserer Küche eine erwürgte Pekingente. Mama hat sie massiert und mit der Fahrrad-

pumpe aufgeblasen, damit die Haut schön knusprig wird. Dazu gibt es die unvermeidlichen Dinkelleibchen, Karotten- und Selleriesalat, Bio-Kartoffeln aus unserem Garten und schmutzig braunen Vollkornreis.

Zum Glück habe ich mich heute vormittag, während sie in der Innenstadt die letzten Einkäufe erledigte, mit zwei Big Macs gestärkt.

Frau Mama gibt mir höchstpersönlich die Ehre. »Wenn du nicht sofort raufkommst, setzt es was!« Den Befehlston hat sie von ihrem Vater. Er war Oberfeldwebel im 2. Weltkrieg.

Ich gebe mich geschlagen, verstecke das Dynamitstangerl in Papas Werkzeugkasten und verschiebe das Drama aufs nächste Jahr.

Deprimiert verlasse ich meinen geliebten Keller und beginne, den blöden Christbaum zu schmücken.

Die Weihnachtskrippe stelle ich auf das kleine Tischchen, um den häßlichen Gasanschluß zu verdecken.

Die zündenden Ideen kommen einem immer in letzter Sekunde. Um Felix loszuwerden, gebe ich ihm den Kellerschlüssel und bitte ihn, die Strohsterne zu holen. Ich weiß, wie scharf er darauf ist, im Keller herumzuschnüffeln.

Der alte Gashahn ist von Mamas Putzfimmel verschont geblieben. Er ist total verstaubt, und er klemmt. Ich borge mir vom festlich gedeckten Eßtisch eine weiße Stoffserviette aus.

Mamas Schritte nähern sich. Rasch werfe ich die Serviette auf den Tisch und kümmere mich wieder um die Krippe.

»Was hast du mit dem Gedeck angestellt!«

Sie haut mir die nicht mehr ganz so weiße Stoffserviette um die Ohren.

Zum Glück läutet es an der Tür. Eine Stunde zu früh, wie immer.

»Omilein«, kreischt das abgebrühte kleine Luder.

Auch ich werde mit Küßchen links und Küßchen rechts begrüßt. Dann setzen sich die Alten in die beiden Lederfauteuils. Sie werden den Rest des Abends mit ihren dicken Hintern darauf klebenbleiben.
Zum Glück sind Papas Eltern längst tot. Großeltern in zweifacher Ausführung – eine Horrorvorstellung!
Mama rennt hektisch zwischen Küche und Wohnzimmer hin und her. Papa schenkt Champagner ein, echt französisch und garantiert aus biologischem Anbau. Felix macht sich an den Päckchen zu schaffen. Oma ermahnt ihn, sich brav hinzusetzen und die Geschenke in Frieden zu lassen. Er scheint schwerhörig zu sein. Mein Opa brüllt ihn an. Nicht gewöhnt an diesen Ton, erstarrt mein süßer kleiner Bruder zur Salzsäule. Er könnte einem fast leid tun.
Der Herr Oberfeldwebel wird uns bestimmt auch heute wieder mit seinen Heldentaten aus dem Krieg erfreuen. Wir kennen seine Greuelgeschichten bereits auswendig. Aber keiner wagt, ihn zu bremsen. Papa war beim Zivildienst. Dieser »Wehrdienstverweigerer« und »Drückeberger« hat viel zuviel Schiß vor seinem lieben Schwiegervater. Schließlich ist er bis heute finanziell von ihm abhängig.
Meine Großeltern besitzen ein Möbelhaus in der Stadt. Unsere häßlichen Möbel verdanken wir ihnen. Wie fast alle reichen Leute, sind sie sehr geizig. Nur Mama und Felix verstehen es, ihnen hin und wieder etwas Kleingeld zu entlocken.
»Weihnachten ohne Schnee ist kein richtiges Weihnachten«, sagt die Oma, und dann muß ich mir zum x-ten Mal anhören, wie romantisch und idyllisch dieses schönste Fest des Jahres in ihrer Kindheit war und was es damals alles zu essen gab.
Meine Oma ist eine Dauerrednerin. Sie funktioniert wie ein Automat: kaum wirft man eine Münze rein, schon beginnt

sie mit aufgeregter Stimme und in ständig ansteigendem Tonfall zu reden. Meistens quatschen diese beiden senilen Idioten im Duett. Opa schwärmt vom Krieg, Oma vom Essen.

Das Thema Wetter hat mich noch nie interessiert. Alle, außer Opa, der eingenickt ist, bemitleiden Felix.

»Der arme Bub, kein Wunder, daß er so wild ist..., den ganzen Tag zu Hause eingesperrt...«

Wenn ihm fad ist, sekkiert er mich tatsächlich pausenlos. Ich darf ihn nicht schlagen. Offiziell werden wir beide ohne Prügel erzogen. Wenn keiner von den Alten in der Nähe ist, verpasse ich ihm schon mal eine. Natürlich läuft er dann gleich heulend zur Mama, und ich bekomme die Schläge doppelt und dreifach zurück.

Antiautoritäre Erziehung nennt Papa das.

Felix ist Mamas Goldstück, ihr Pimmelchen, ihr Leckermäulchen... Außerdem hält sie ihn für ein kleines Genie. Sie ließ ihn letzten September einschulen, obwohl er erst im Oktober sechs geworden ist. Altklug und vorlaut, lautete das sachliche und nüchterne Resümee seiner Lehrerin, nachdem sie ihn ein paar Monate genossen hatte. Seit dem Elternsprechtag überlegt Mama ernsthaft, ihn dem negativen Einfluß dieser »stumpfsinnigen Person« zu entziehen und in eine Steiner-Schule zu stecken. »Wenn die Anthroposophen nur nicht so weit weg wären...«

Mama zerrt ihn auch dauernd auf ihren Schoß und knutscht ihn ab, obwohl er längst kein Baby mehr ist. Ich finde ihr Getue zum Kotzen.

Ich bin Nobodys Darling und, ehrlich gesagt, auch froh darüber. Papa haßt mich, weil er wegen mir diese langweilige Ziege heiraten mußte. Aber er bemüht sich wenigstens, mich halbwegs fair zu behandeln. Mama haßt mich, weil ich ein Mädchen bin und viel klüger als sie. Oma und Opa lieben nur sich selbst und ihr Geld.

Nachdem ich mit dem Baum endlich fertig bin, lasse ich die heilige Familie allein und ziehe mich ins elterliche Bad im zweiten Stock zurück. Ich muß mir mit Felix die Dusche im ersten Stock teilen. Da sie nur eiskaltes Wasser ausspuckt, dürfen wir im Winter gnädigerweise das Bad unserer Eltern mitbenützen.
Ich lasse die Wanne vollaufen und streue drei Eßlöffel von Mamas beruhigenden Lindenblüten ins Wasser.
Zehn Minuten vor sieben Uhr klopft Papa an die Badezimmertür. Leider läßt sich die Tür nicht absperren. Ich habe mir ausgebeten, daß die liebe Familie nicht mehr einfach ins Badezimmer reinplatzt. Mein psychologisch geschulter Herr Papa hält sich meistens auch daran. Aber Mama spioniert mir selbst im Bad nach, versucht mich dabei zu ertappen, wie ich ihre neuen Natur-Kosmetika ausprobiere. Sogar auf dem Klo läßt sie mich nicht in Ruhe. Schließlich muß sie ja, in Papas Auftrag, kontrollieren, ob ich mir nach dem Essen die Finger in den Hals stecke. Eine völlig überflüssige Maßnahme. Seit sie nahrhafte Vollkornkost kocht, habe ich mich nicht mehr freiwillig überfressen.
»Beeil dich gefälligst, um Punkt sieben beginnt die Bescherung!«
»Ich komme gleich, Papi.«
»Du kommst sofort, sonst mache ich dir Beine.«
Fünf Minuten später reißt Felix die Badezimmertür auf und schreit fast so laut wie Opa: »Ätsch, wir werden gleich ohne dich anfangen. Sie singen schon ›Stille Nacht‹, und Papa zündet gerade den Baum an.«
»Hau ab!«
Er bleibt in der Tür stehen, starrt mich ungeniert an und stellt befriedigt fest: »Du hast ja noch immer keinen Busen.«
Ich werfe ihm den Schwamm ins Gesicht. Wütend knallt er

die Badezimmertür zu und stürzt sich auf mich. Ich zerre den Dickwanst zu mir in die Wanne und drücke seinen Kopf unter Wasser. Erst nachdem er genügend beruhigende Lindenblüten geschluckt hat, lasse ich ihn los. Prustend und kreischend taucht das kleine Ungeheuer wieder auf.

»Rums!! – Da geht die Heizung los
Mit Getöse schrecklich groß.
Weihnachtsbaum und Federvieh,
Dinkelleibchen, Sellerie,
Krippe, Tisch, Champagnerflasche –
Alles liegt in Schutt und Asche. –«

Felix brüllt wie am Spieß.
Was bin ich doch für eine sentimentale Kuh! Ein hysterisches Kleinkind kann ich jetzt am allerwenigsten gebrauchen. Also nehme ich das arme Waisenkind in die Arme und erkläre ihm, daß das Christkind gerade unsere lieben Eltern und Omi und Opi zu sich geholt hat.
Als ich aus der Ferne Sirenen höre, bringe ich meinem ekelhaften, kleinen Bruder, der jetzt ganz vergnügt mit mir in der Wanne planscht, ein lustiges Gedichtlein bei:

»Advent, Advent, ein Lichtlein brennt,
bald brennen zwei, bald drei, dann vier,
und schon steht die Feuerwehr vor der Tür.«

Anne Sievers
EINER KOMMT, EINER GEHT

Klara befestigte gerade winzige, zerbrechliche Glaskugeln an den Ästen der Weihnachtskiefer, als das Telefon läutete.

»Mist!« Sie steckte den Zeigefinger in den Mund und saugte einen Blutstropfen weg; eine der feinen Kugeln war zu Bruch gegangen. Hastig rieb sie die krümeligen Scherben von ihrer Handfläche auf den Couchtisch, bevor sie in die Diele eilte. Amüsiert nahm sie das enttäuschte Seufzen der vierjährigen Zwillinge zur Kenntnis, als die Wohnzimmertür ins Schloß fiel. »Ja?« meldete sich Klara. Mit einer Hand wedelnd, scheuchte sie Katja und Marina vom Schlüsselloch zum Wohnzimmer weg, wo die beiden mit gereckten Hälsen versuchten, das Christkind auszumachen.

Aus der Hörmuschel drang schweres, gequältes Atmen, es klang fast wie ein Stöhnen.

»Hallo?« fragte Klara argwöhnisch.

»Klara?« flüsterte die heisere Stimme. Klara umkrampfte den Griff des Hörers. Sie spürte einen dumpfen Schmerz, tief unten im Kreuz, der bis in die Schenkel ausstrahlte. Unwillkürlich preßte sie die flache Hand in den Rücken, gegen die schmerzende Stelle, bevor sie prüfend die pralle Wölbung ihres Leibes betastete. Senkwehen, beruhigte sie sich.

»Wer ist da?« fragte sie, wütend wegen des schrillen Untertons in ihrer Stimme. *Warum lege ich nicht auf? Normalerweise lege ich doch auf, wenn sich niemand meldet.*

Aber es hatte sich ja jemand gemeldet. Jemand, der sie kannte. Jemand, dessen gepreßtes Flüstern ihr bekannt vorkam. Es klickte in der Leitung. Das Gespräch war beendet, der Anrufer hatte aufgelegt.

»War das Christkind dran?« wollte Marina wissen.

»Nein, es hatte sich bloß jemand verwählt«, erklärte Klara mechanisch. »Das Christkind kommt erst übermorgen. Nimm den Daumen aus dem Mund, Schatz. Du auch, Katja. Kommt, ihr zwei, wir schieben noch eine Ladung Plätzchen in den Ofen. Papa wird staunen, was ihr geleistet habt, wenn er morgen nach Hause kommt.«

Zwei quirlige Blondschöpfe hüpften hinter ihr her in die Küche. Klara sah ihren aufgeregt schnatternden Töchtern zu, beobachtete ihre teigverschmierten Finger beim Ausstechen der Plätzchen. Geistesabwesend nahm sie von dem bunt dekorierten Adventsteller einen Apfel und biß hinein.

Klara. Die Stimme hatte sie beim Namen genannt. Wieder spürte sie den Schmerz, tief unten im Kreuz.

Hinter den bunten Weihnachtsgirlanden in den Fenstern lag die Welt wie unter einer Watteschicht; in der vergangenen Nacht hatte es wieder geschneit, und der Wind hatte Verwehungen um das Haus herum aufgetürmt. Die kraftlose Dezembersonne brachte die Kristalle an den Rändern der Schneedünen zum Funkeln.

Klara hockte im Kinderzimmer neben den Zwillingen auf dem Teppichboden und las ihnen ein Weihnachtsmärchen vor. ›Das Mädchen mit den Schwefelhölzern‹. Die Geschichte hatte sie als Kind zugleich fasziniert und erschreckt. Das Schicksal des kleinen Mädchens hatte eine morbide Neugier in ihr hervorgerufen, es war die erste Berührung mit einem kalten, unausweichlichen Schicksal, mit dem bösen Namen Tod. Während ihre fünf Jahre

Jahre ältere Schwester still und verschlossen der sanften Stimme ihrer Mutter gelauscht hatte, hatte Klara bohrende Fragen gestellt.
Wohin kommt man, wenn man tot ist? Warum ist das Mädchen tot, wenn es doch noch dasitzt, mit den Schwefelhölzern in der Hand? Warum hat dem Mädchen niemand geholfen? Warum, warum, warum? Sie hatte fast geweint, weil ihre Mutter sie anscheinend nicht verstand, wie so oft, wenn sie Klara anblickte, mit diesen hilflosen dunklen Augen.
Und dann hatte ihre Mutter doch versucht, den Tod zu erklären, damals, am Tag vor Weihnachten. Wenn jemand stirbt, ist das so wie ein Weggehen, aber es ist nur ein Wechsel von einer Welt in die andere, hatte sie gesagt. Der, der stirbt, lebt im Himmel weiter. Und immer, wenn ein Mensch die Welt verläßt, kommt dafür ein anderer Mensch auf die Erde. Einer stirbt, einer wird geboren. Einer kommt, einer geht. Klara hatte diese Erklärung nicht als Beruhigung empfunden, sie hatte nur weitere verzweifelte Fragen gestellt. Nein, sie müsse sich keine Sorgen machen, hatte die Mutter sie besänftigt, es würde bestimmt nicht passieren, daß aus Versehen ein Mädchen für einen Jungen käme oder umgekehrt, Gott würde da schon aufpassen. War nicht Klara zur Welt gekommen, kaum, daß die Großmutter gestorben war? Und Sybille, ihre Schwester, direkt nach dem Tode der Tante? So würde Gott stets für einen gerechten Ausgleich sorgen.
Für Klara war das Thema damit noch nicht beendet gewesen. Wer würde sterben für das Kind im Bauch der Mutter? Das Kind des neuen Mannes, zu dem Klara und ihre Schwester Vater sagen mußten? Wer würde sterben müssen für das Kind, das ein Christkind werden sollte? Die damals hochschwangere Mutter hatte Klara bei dieser unerbittlichen Frage entsetzt angestarrt.

Nein, es war niemand gestorben bis zur Geburt. Also konnte auch niemand kommen. Der kleine Bruder kam tot zur Welt, am nächsten Tag. Am Heiligen Abend. Ein totes Christkind.
Warum lese ich den Kindern dieses Märchen vom ›Mädchen mit den Schwefelhölzern‹ vor? fragte sich Klara. Warte ich auf ihre Fragen, die Angst in ihren Gesichtern? Werde ich ihnen davon erzählen, daß Gott für einen gerechten Ausgleich sorgt, daß immer einer für den kommt, der gehen muß?
Oder daß es vielleicht ganz anders ist? Daß ein rachsüchtiger Gott zuerst nimmt, bevor er gibt? So, wie er am Tage der Geburt der Zwillinge ihre beiden besten Freundinnen genommen hatte, zerquetscht unter einem Lastzug auf der Landstraße, auf der Fahrt zu ihr, zu Klara.
Ihre Töchter waren noch zu klein, registrierte Klara nicht ohne eine gewisse Erleichterung, als sie die Erzählung beendet hatte. Sie akzeptierten klaglos den Tod des kleinen Mädchens. Mit ihren Gedanken waren sie bereits bei der bevorstehenden Bescherung.
»Wann kommt Papa nach Hause?« fragte Katja quengelnd und schob den Daumen in den Mund.
»Morgen. Nimm den Daumen aus dem Mund, Schatz.«
»Kommt er noch vor dem Christkind?«
»Ja, sicher«, lächelte Klara. Als eine Sekunde später das Telefon klingelte, wußte Klara, daß es derselbe Anrufer war wie vorhin.
»Hallo?« meldete sie sich vorsichtig.
»Klara«, flüsterte die Stimme angestrengt.
Ein krampfartiger Schmerz zog Klaras Unterleib zusammen.
»Klara.« Die leise Stimme schwankte. Klara stieß die Luft aus. *Die Stimme. Diese Stimme.* Die Frau, die ihr aus dem Dielenspiegel entgegenblickte, schien plötzlich ihre Um-

risse zu verändern. Der schwere Bauch wurde flacher und verschwand, ihre Gestalt schrumpfte, wurde schmaler, ihr hellblonder Lockenkopf nahm eine dunklere, honigfarbene Tönung an, und ihre Augen wurden grau wie ein sturmgepeitschter See. In fassungslosem Begreifen starrte Klara die Gestalt im Spiegel an. Die Konturen des Raumes um sie herum schienen sich aufzulösen, die Wände der Diele, die Möbel, alles verschwamm und zerfloß.

»Erkennst du meine Stimme, Klara?«

»Ja«, erwiderte Klara flach. Das Gesicht im Spiegel gehörte wieder ihr selbst, war umrahmt von ihren blonden Locken, hatte ihre Augen, so blau wie der Sommerhimmel. Alles war wieder real, auch der Schmerz in ihrem Rücken und ihrem Unterleib. Sie stöhnte unwillkürlich, und als sie ihr Kreuz massieren wollte, merkte sie, daß ihre Hand kalt und gefühllos war.

»Wir haben viele Jahre nichts voneinander gehört, Klara.«

Klara blieb stumm. Ihr Gesicht im Spiegel war kalkweiß.

»Ich bin jetzt wieder da, Klara. Ich bin noch einmal zurückgekommen. Ich wollte dich sehen, ein letztes Mal, weißt du.«

»Ja«, sagte Klara mit zitternder Stimme.

»Es soll so sein wie damals. Erinnerst du dich an das Weihnachtsfest vor zwanzig Jahren? Es ist ein Jubiläum, verstehst du. Dieselbe Zeit, derselbe Ort. Wirst du kommen?«

Klara vernahm ein unartikuliertes Krächzen. Es entstammte ihrer eigenen Kehle.

»Kommst du, Klara?«

»Ja. Ich werde dasein.«

Die Scheibenwischer kämpften gegen das unablässige Schneegestöber, surrend, leise quietschend, in stetigem Rhythmus. Sie untermalten auf seltsam atonale Weise den etwas blechern klingenden Gesang von Bing Crosby.
»Wohin fahren wir, Mama?« Marinas Stimme klang müde. Klara wandte halb den Kopf zu ihrer Tochter im Fond des Wagens. Die Kleine kauerte verloren auf ihrem Kindersitz. Ihre Schwester saß neben ihr; sie war schon vor einer halben Stunde eingeschlafen.
Klara stellte das Autoradio leiser, Bing Crosbys ›White Christmas‹ wurde zu einem summenden Geflüster.
»Wir fahren zu eurer Großmutter.«
»Da sind wir noch nie gewesen. Ist es schön da?«
Klara nickte mechanisch. Es stimmte, sie war nie mit den Kindern bei ihrer Mutter gewesen. In den letzten Jahren hatte ihre Mutter Klara einige Male besucht. Allein und immer nur für wenige Stunden. Sie hatte die Mädchen angestarrt, schweigend, versunken. Dann war sie wieder gegangen, so still, wie sie gekommen war, die Schultern resigniert nach vorn gezogen.
»Kommt das Christkind auch zu Oma? Kommt Papa auch zu Oma?«
»Wir bleiben nicht lange da. Heute nacht fahren wir wieder nach Hause. Morgen, wenn das Christkind kommt, sind wir wieder daheim. Noch vor Papa.« *Hoffentlich.* Sie dachte an die hastig hingekritzelten Zeilen, die sie ihrem Mann hinterlassen hatte. Das Brückenbauprojekt, das er momentan leitete, erforderte zuviel Außendienstarbeit, er war tagsüber oft stundenlang telefonisch nicht zu erreichen.
Sie lenkte den Wagen konzentriert durch die hereinbrechende Dämmerung. Die tanzenden Schneeflocken bildeten ein hypnotisch wirbelndes Netz vor den Scheinwerfern. Die Ortschaften, durch die sie fuhr, glänzten in fest-

lichem Lichterschmuck, Vorgärten und Plätze wurden von Weihnachtsbäumen beleuchtet.

Dieselbe Zeit, derselbe Ort.

Klaras Gedanke wurde von einem dumpf bohrenden Schmerz begleitet. Bis zur Geburt waren es noch drei Wochen, doch sie hatte jetzt öfter Wehen als noch vor wenigen Tagen, viel öfter. Unregelmäßig, aber stärker, als Senkwehen normalerweise sein durften.

Einer kommt, einer geht. Klara versuchte, nicht daran zu denken, aber es gelang ihr nicht.

»Sind wir da?« Marina nahm den Daumen aus dem Mund und blickte neugierig zu der Fassade des Hochhauses auf, dessen Silhouette sich im allmählich dichter werdenden Schneetreiben verlor.

»Ja.« Klara parkte den Wagen in der Nähe des Eingangs, hob die verschlafene Katja aus ihrem Kindersitz und nahm Marina an die Hand. Ihr Atem vermischte sich mit dem der Kinder zu einer weißen Dampfwolke.

»Kommt schnell, sonst sind wir Schneemänner, bis wir drin sind!«

Marina kicherte und trippelte neben ihr die Stufen zum verwahrlost wirkenden Eingang des Gebäudes hoch. Dreckig, dachte Klara. Genauso dreckig und abstoßend wie damals. In der Eingangshalle dieselben Gerüche wie damals, schaler Rauch, Schweiß, abgestandenes Bier, Urin. Zwei von drei Aufzügen außer Betrieb. Auf den dritten warteten sie eine Ewigkeit, und als er endlich kam, mußten sie sich zusammen mit einem Pulk teilnahmsloser Bewohner und Besucher des Gebäudes hineinquetschen. Klara stellte Katja auf den mit Schneematsch verschmierten Fußboden des Lifts und drückte auf die Vierzehn. Eigentlich war es die Dreizehn, aber ein dreizehntes Stockwerk gab es in den meisten Hochhäusern nicht. Sie wurden einfach weggelassen. Eine Zahl, von der jeder wußte, daß es sie gab, wurde auf diese Weise ausgelöscht. So leicht war das.

»Hast du früher hier gewohnt?« wollte Katja wissen. Sie blickte sich mit großen Augen um, als sie in der vierzehnten Etage durch den langen Flur gingen, vorbei an der endlos scheinenden Reihe abgestoßener Türen, vorbei an dem stereotypen Gedudel hinter diesen Türen. ›Stille Nacht‹, ›O du fröhliche‹, ›Es ist ein Ros entsprungen‹, ›O Tannenbaum‹. Die Wände waren genauso dünn wie damals. Klara zog die Kinder an den Händen hinter sich her, immer schneller. Der Weg durch den Flur war ihr verhaßt, er schien tausend neugierige Augen zu haben.

An der Wohnungstür, vor der sie am Ende des Ganges schließlich haltmachten, hing ein Adventskranz, dem bereits die Hälfte der Nadeln fehlte. Klara holte tief Luft, bevor sie läutete. Ihr Finger auf dem Klingelknopf war weiß und kalt, das Fleisch unter ihrem Fingernagel wirkte im Neonlicht wächsern wie das einer Toten.

Klaras Mutter öffnete die Tür. Über ihr schmales, verhärmtes Gesicht huschten wechselnde Emotionen. Überraschung, ungläubige Freude. Dann, nach einem Blick in Klaras Augen, Hilflosigkeit und Resignation.

»Hallo, Mutter. Ich will dich nicht aufhalten. Ist Sybille da?« Klaras Stimme klang in ihren eigenen Ohren hohl. Sie hörte Schritte aus der Wohnung, nicht die leichten Schritte einer Frau, sondern schwere, bedächtige Schritte. Sie trat etwas zurück.

»Sybille? Hier? Aber...« Ihre Mutter stockte und griff sich an die Kehle.

»Sie ist nicht hier.« Hinter ihr drängte sich der untersetzte Körper von Klaras Stiefvater in den Türrahmen. »Wir haben deine Schwester nicht mehr gesehen, seit sie weggezogen ist.« Er schwieg einen Augenblick, dann setzte er hinzu: »Ich nehme an, das sind deine Kinder,

oder? Hübsche kleine Mädchen. Willst du nicht reinkommen?«
Klara wich den flehenden Blicken ihrer Mutter aus, aber dann sagte sie: »Na schön.«
Sie zog sich und den Kindern die Winterjacken aus und gab sie ihrer Mutter, die ihr eilfertig die Hände hinstreckte. »Du bist ja schwanger! Als ich dich das letzte Mal besucht habe... ich wußte gar nicht... wann ist es denn soweit?«
»In drei Wochen.« Klara schob die daumenlutschenden Kinder vor sich her, ins Wohnzimmer. Alles war penibel aufgeräumt, blankpolierte gutbürgerliche Eiche. Auf dem Couchtisch stand eine Vase mit Tannenzweigen, behängt mit Weihnachtsschmuck. Klara erkannte die winzigen Holznußknacker, die Strohsterne und die bunten Stanniolpäckchen sofort als Relikte ihrer Kindheit wieder.
»Wir haben keinen Baum«, erklärte ihre Mutter entschuldigend. »Wenn keine Kinder mehr im Haus sind...«
Sie musterte die Zwillinge, und einen Augenblick lang erkannte Klara offene Qual in den Zügen ihrer Mutter. »Klara, ich habe gar keine Weihnachtsgeschenke für die beiden«, stammelte sie, »ich habe wie immer alles eingepackt und zur Post gebracht, vor Tagen schon... Wenn ich gewußt hätte...«
»Kann ich dir und den Kindern etwas zu trinken anbieten?« fragte ihr Stiefvater. Seine buschigen Brauen über den wäßrigen Augen waren hochgezogen. Klara starrte auf seine Hände, breite, sommersprossige Hände mit kantigen Fingernägeln.
»Nein danke«, sagte sie ausdruckslos. Ihr Stiefvater zuckte die Achseln und verließ das Zimmer. Klara blickte auf die Uhr: »Ich muß gleich weg, Mutter. Nicht für lange, vielleicht eine Stunde oder so. Ich bringe die Kinder vorher ins Bett. Kannst du ein Auge auf sie haben?« Sie sah ihre Mutter bei dieser letzten Frage unverwandt an.

»Ja, natürlich. Ich werde auf sie achtgeben. Ich bin ja da.«
»Ja, diesmal bist du da.«

Die Straßen um das Hochhaus herum waren menschenleer. Der Wind trieb nadelspitze Eispartikel vor sich her, wob unter den Bogenlampen kalt glitzernde Lichtpunkte in die Dunkelheit und bewegte die Baumwipfel des nahegelegenen Wäldchens. In Klaras Jackentasche klirrte das Metallgehäuse der Taschenlampe leise gegen den Haustürschlüssel. Ihre Mutter hatte ihr auf ihren Wunsch hin beides ausgehändigt, mit fragenden Blicken, aber stumm.
Klara zog die Kragenenden ihrer Jacke enger zusammen. Ihr Ziel war nicht allzuweit entfernt, sie hatte den Weg hinüber zu dem kleinen Mischwald als Kind oft zurückgelegt, manchmal hüpfend, manchmal gemächlich schlendernd, aber fast immer war es ihr so erschienen, als hätte sie in Wahrheit gar keine Zeit verbraucht. Heute war es anders. Ihre Füße waren taub vor Kälte, und ihr Bauch zog sich in rhythmischen Krämpfen zusammen. Sie drückte sich die Hand ins Kreuz und stemmte sich gegen eine Windbö, dann hatte sie die schwarz aufragende Waldgrenze erreicht. Mit der anderen Hand schaltete sie die Taschenlampe ein und folgte der fahlen Lichtspur zwischen den Baumstämmen hindurch. Wenn sie jetzt nicht mehr da ist, dachte sie in plötzlich aufsteigender Panik. Ihre Hand mit der Lampe zitterte, und sie lief schneller. Jetzt hatte sie fast das andere Ende des Wäldchens erreicht. Doch, sie war noch da, die windschiefe, fensterlose Hütte aus grob zusammengenagelten Brettern. Ursprünglich ein Depot für Winterfutter, war das winzige Häuschen später, als das nahe Hochhaus lärmend und häßlich emporgewachsen war und die Tiere die Gegend längst verlassen hatten, zum

Hauptquartier zahlloser Kinderräuberbanden geworden. Und es hatte Nächte gegeben, Nächte, in denen die Hütte Asyl war, die letzte Zufluchtstätte weinender Kinder.
Klara stand vor der Hütte. Ihr Atem ging ruckartig und bildete wolkige Nebelfetzen im Schein der Taschenlampe. Sie sah auf ihre Armbanduhr. Kurz vor acht. *Dieselbe Zeit, derselbe Ort.* Zögernd legte sie die Handfläche auf das rauhe Holz der Tür. »Sybille!« rief sie mit gedämpfter Stimme. »Bist du da drin? Ich bin gekommen!«
Die Tür quietschte in den Angeln und schwang schwerfällig nach innen auf. Die Taschenlampe flackerte und erlosch. Verdammt, die Batterien! Klara holte tief Atem und...

Sie betrat ängstlich zitternd die Hütte. Blicklos starrte sie in die Dunkelheit. »Sybille? Bist du da drin? Ich bin gekommen!« Sie schob die dünnen, kalten Hände in die Ärmelaufschläge ihrer hübschen, neuen, plüschbesetzten Jacke. Sie hatte sie vom Christkind bekommen, zu Weihnachten, heute erst. Natürlich war das Quatsch, welches siebenjährige Kind glaubte noch an das Christkind? Klara wußte genausogut wie die zwölfjährige Sybille, daß in Wahrheit ihre Mutter die Jacke gekauft hatte.
»Sybille? Du mußt nach Hause kommen. Es ist schon fast acht Uhr.« Sie hörte Laute, vor denen sie Angst hatte, fast soviel Angst wie vor den anderen Lauten. Leises, ersticktes Weinen. Sie tastete sich in der Dunkelheit an den Wänden entlang, bis sie mit den Füßen gegen den nachgiebigen Körper ihrer Schwester stieß, die sich in einer Ecke zusammengekauert hatte, notdürftig mit einer alten Wolldecke bedeckt. Sie schluckte hart und sank in die Knie, suchte mit klammen Fingern nach Sybilles Händen. Plötzlich haßte sie sich, haßte sich, weil sie erst sieben war, weil sie machtlos war, ausgeliefert dem Leid und der Angst

eines Menschen, den sie mehr als sich selbst liebte. Sie glaubte, wieder die anderen Geräusche zu hören, die, vor denen sie am meisten Furcht hatte. Sie hatte diese Geräusche erst heute wieder gehört, aus dem Schlafzimmer ihrer Mutter, denn heute war ihre Mutter nicht zu Hause gewesen. Die schmeichelnden, dunklen Worte ihres Stiefvaters, das Schluchzen und Wimmern ihrer Schwester, während die Mutter im Krankenhaus war, um das Weihnachtsbaby zu holen.

»Ich komm nicht mehr nach Haus. Nie mehr.« Die gewisperten Worte waren kaum zu verstehen. »Ich habe eine Reisetasche mitgenommen. Ich habe nur auf dich gewartet, um mich zu verabschieden. Ich gehe weg, für immer.«

Klara zog entsetzt die Luft ein und griff nach der Taschenlampe in ihrer Jackentasche. Sie wollte ihrer Schwester ins Gesicht sehen, die vertrauten Züge in sich aufnehmen. Hastig drückte sie den Knopf, ein ums andere Mal, bis die Lampe schwächlich flackerte und schließlich wieder ruhig und stetig brannte. Sie leuchtete Sybille ins Gesicht und...

Der Schrei gefror in ihrer Kehle.

Die Augen ihrer Schwester waren weit aufgerissen, milchig-blinde, sturmgraue Glasmurmeln in einem toten Gesicht, das honigblonde Haar eine erstarrte Woge aus eisigem Bernstein. Neben der klauenartig geöffneten Hand lag ein leeres Tablettenröhrchen und eine halbvolle Whiskyflasche. Klara stöhnte auf unter der Wucht der unvermittelt einsetzenden Wehe, aber sie zwang sich, auf die Leiche zuzugehen, den Zettel aufzunehmen, der neben der Whiskyflasche auf dem festgestampften Lehmboden der Hütte lag. Sie zwang sich, ihn zu lesen, zu begreifen, warum ihre Schwester nicht mehr weiterleben konnte. Klaras Blick blieb an einer Stelle hängen: *... habe zwanzig Jahre lang versucht, damit fertig zu werden,* aber es nicht *geschafft. Vielleicht, wenn ich Kinder gehabt hätte...*

Kinder. Ein Kind. Einer kommt, einer geht...

Klara warf den Kopf zurück und schrie.

Als sie das Wohnzimmer betrat, immer noch fröstelnd trotz der dicken Winterjacke, die sie angelassen hatte, drehte ihr Stiefvater sich zu ihr um. »Deine Mutter hat sich zu den Mädchen ins Bett gelegt, sie waren unruhig.« Er zog die Gardine vor der Balkontüre beiseite und blickte aus dem Fenster. Klara starrte auf die breiten, sommersprossigen Hände mit den kantigen Fingernägeln und stemmte sich heftig atmend gegen die Wand.

»Ist dir nicht gut?« fragte er besorgt. »Ich laß ein bißchen frische Luft rein, ja?« Er öffnete die Balkontür und trat nach einem unsicheren Blick auf Klara hinaus. Klara stieß sich von der Wand ab und folgte ihm. Der Schmerz war wie ein Messer in ihrem Unterleib. Der Wind fuhr ihr scharf ins Gesicht, traf auf ihre brennenden Augen, zerriß den dichten Schleier ihres Atems. Sie dachte an die letzten Worte ihrer Schwester in der Hütte, die letzten gesprochenen Worte, damals. *Ich gehe weg, für immer.* »Was hast du mit meiner Schwester gemacht?« Ihre Stimme war tonlos, leidenschaftslos. Es klang wie eine Feststellung, nicht wie eine Frage.

Die derben Hände krampften sich um die Brüstung. Er schwieg lange, dann sagte er, ohne sie anzusehen: »Ich habe mich damals versündigt. Aber ich habe dafür bezahlt. Mit dem Leben meines Sohnes.«

Sie schüttelte den Kopf. Nein, er hatte es nicht begriffen. Es war keine Frage von Schuld oder Sühne. Es war das Prinzip des Ausgleichs. Einer kommt, einer geht. Einer muß genommen werden, bevor ein anderer gegeben werden kann. Ein langgezogenes, pfeifendes Stöhnen entwich ih-

ren Lungen, als die nächste Wehe über sie hinwegbrandete. Es würde jetzt bald soweit sein. Ihr gepeinigtes Stöhnen mißverstehend, unterbrach sie ihr Stiefvater: »Deine Mutter hat... sie hat es mir verziehen. Ich hatte nicht gedacht, daß du davon wußtest. Vielleicht kannst du auch mit der Zeit... eventuell könnte eine Therapie...«
Die Wehe ebbte ab.
»Ja, eine Therapie«, flüsterte Klara. »Gute Idee.« Nein, Sybille, dachte sie, *du* bist nicht gegangen. Nicht für mein Kind.
»Eine herrliche Aussicht, nicht wahr? Das mußt du deinen Töchtern morgen mal zeigen. Von hier oben sehen die Autos aus wie Spielzeug.« Er beugte sich leicht über das Geländer. »Und die vielen bunten Weihnachtslichter...«
Klara trat hinter ihn, bückte sich und riß ihm die Füße vom Boden weg. Sekundenbruchteile später flog er durch die nächtliche Kälte, den Spielzeugautos und den bunten Weihnachtslichtern entgegen. Sein heiserer Schrei verlor sich in der Dunkelheit unter ihr.
Klara wich zurück, an die Hauswand, sackte in die Knie. Ihr Rock und ihre Strumpfhose waren von Fruchtwasser durchnäßt. Die nächste Wehe war die bisher stärkste, und Klara schrie auf, mit beiden Händen den harten Leib umspannend.
Um den Mann, dessen zerschmetterter Körper irgendwo dort unten lag, machte sie sich keine Gedanken. Ein plötzlicher Infarkt, ein Hirnschlag, ausgerechnet, als er sich zu weit über das Geländer gebeugt hatte...
Klara ging zum Telefon, um einen Krankenwagen zu rufen. Für sich und das Baby, das sie heute noch, in dieser Nacht bekommen würde. Ihren Sohn.

Christine Grän
RAT MAL, WER ZU WEIHNACHTEN KOMMT...

Ich bekenne, daß ich Weihnachten mörderisch finde. Aus einer Vielzahl von Gründen, einige reichen bis in die frühe Jugend zurück. Weihnachten war die Zeit, in der meine Eltern zwanghaft besinnlich und damit reizbar wurden. Die Plätzchen meiner Mutter wurden rationiert, und Tante Grete schenkte selbstgestrickte Mützen in Orange und Grün. Es gab »Karpfen blau«. Und mein Vater sagte: »Das Kind ißt, was auf den Tisch kommt.« Damals war das so. Das Kind plärrte, die Erwachsenen tranken Moselwein, der Porzellanengel orgelte Weihnachtslieder. Heinrich Böll läßt grüßen.
Ich haßte »Karpfen blau« und Tante Gretes Mützen und die Gerüche nach Wachs und angebrannten Apfelsinenscheiben. Man zwang mich, auf der Blockflöte »Stille Nacht« zu spielen und bis zur Mitternachtsmesse aufzubleiben. Die Geschenke waren meistens praktischer Natur, danke, liebes Christkind. Mutter lächelte immer milde und müde, wenn alles vorbei war.
Als ich achtzehn wurde, schwor ich, niemals wieder Weihnachten zu feiern. Aber Sie kennen es ja: Das Leben spielt immer andere Stücke als jene, die man als junger Mensch komponiert. Nach den Fanfaren der Freiheit kam die unvermeidliche Arie: abgebrochenes Studium, Heirat, das erste Baby, danach ein kurzes Gastspiel als Teilzeitsekretärin, dann die zweite Tochter. Marie ist jetzt zwei, Melanie zehn; ich bin 36, und mein Mann unterrichtet an der Realschule Geographie und Geschichte.

Zugegeben, sehr aufregend klingt mein Leben in dieser Kurzfassung nicht. Aber es ist gewissermaßen geordnet – und ich hätte ja auch eine alte Jungfer werden können wie Tante Grete, die ihren sexuellen Frust in wahnsinnigen Mützen umsetzte. Selbstverständlich feiern wir Weihnachten, weil mein Mann – Wolfgang – die Auffassung vertritt, daß Kinder dieses Fest lieben und brauchen.
Marie und Melanie haben sich dazu noch nicht geäußert, aber ein Lehrer weiß genau, was Kinderherzen wünschen. Wolfgang ist ein engagierter Pädagoge und hingebungsvoller Familienmensch, jedoch ein wenig oberlehrerhaft, wenn Sie verstehen, was ich meine. Widerspricht man ihm, so wird die Sache von allen Seiten ausdiskutiert, bis es mir zu dumm wird und ich den Mund halte. Es gelingt mir nicht oft, ihn argumentativ zu überzeugen, was an dem natürlichen intellektuellen Vorsprung liegt, den ein Mensch im Berufsleben gewinnt. Wolfgang ist sehr dafür, daß ich mich weiterbilde, aber ehrlich gesagt finde ich schon den Spanischkurs an der Volkshochschule anstrengend. Man lernt nicht mehr so leicht, wenn der Kopf voll ist von Kindern und Haushalt und dem ständigen Bemühen, es allen recht zu machen.
Aber ich schweife vom Thema ab: Weihnachten. Natürlich feiern wir ganz anders als früher, als ich das Fest zu hassen begann. Wolfgang und ich haben vereinbart, nur die Kinder und Mütter zu beschenken, was den Konsumterror doch erheblich einschränkt. Die Mädchen bekommen pädagogisch wertvolles Spielzeug aus Naturmaterialien, auch wenn sie nach Barbie-Puppen schreien. Meine Mutter freut sich immer sehr über die Schals aus dem »Dritte-Welt-Laden«. Die Plätzchen werden nicht rationiert, weil sie, nach Vollwert-Rezepten hergestellt, ohnehin keine Begeisterungsstürme auslösen. Es gibt Barbarie-Ente statt Karpfen, und Mousse statt Pudding. Melanie spielt »Stille

Nacht« nicht auf der Flöte, sondern auf dem Klavier. Wolfgang trägt den Mülleimer raus.
Sie sehen, der Streß hält sich in Grenzen. Auch laden wir meine Mutter am Heiligen Abend ein, und seine Mutter zum Christtagsessen. Die beiden verstehen sich nicht sonderlich gut, jedenfalls haben wir das so verstanden, bis sie uns in diesem Jahr damit überraschten, daß sie zur Weihnachtszeit – gemeinsam – nach Mallorca fliegen würden.
»Ausgerechnet Mallorca«, hat Wolfgang gesagt, und ich glaube fast, daß er ein wenig beleidigt war. Ein paar Tage später kam er dann mit geheimnisvollem Gesicht nach Hause und verkündete nach dem Abendessen im Kreise seiner drei Frauen (Marie hatte gerade den Tisch mit Spaghettisauce versaut und hustete anklagend, als ich sie schalt), daß wir Weihnachten diesmal ganz, ganz anders feiern würden.
»O ja«, sagte Melanie, und Marie lachte, während ich den Tisch säuberte. Wir fahren zum Skilaufen, dachte ich. Wolfgang aber sagte: »Diesmal feiern wir Weihnachten mit einem ausländischen Mitbürger.«
»In Afrika?« fragte Melanie. Die Idee schien sie zu erfreuen.
»Nein, hier bei uns zu Hause. Wir laden ihn ein, damit er Weihnachten nicht alleine ist... Vorausgesetzt, ihr seid damit einverstanden.«
Kein Fragezeichen am Ende dieses Satzes. Zum Harmonieverständnis meines Mannes gehört, daß er unsere Zustimmung zu seinen Plänen voraussetzt.
»Hast du denn einen Ausländer?« fragte ich Wolfgang, der selbstverständlich schon bei der Stadt angerufen und sich seinen Weihnachtsmann besorgt hatte. Einen aus dem Asylantenheim, einen Akademiker, wie Wolfgang hinzufügte. Klasse statt Rasse, dachte ich, sagte aber kein Wort.
Melanie sagte: »Ich will einen Neger«, während Marie ihre

Teeflasche vom Tisch warf, und Wolfgang nicht so recht wußte, wie er auf den »Neger« reagieren sollte. Also, ich will Sie nicht langweilen mit der anschließenden Diskussion über den Sinn des Weihnachtsfestes, Rassismen im Sprachgebrauch und Wolfgangs Überzeugung, daß man ein persönliches Signal gegen die wachsende Ausländerfeindlichkeit setzen müsse. Am Ende waren wir alle seiner Meinung, und Melanie versprach ihrem Vater, nie wieder das Wort »Mohrenkopf« zu verwenden. Der ausländische Mitbürger wurde eingeladen. Er hieß Jesus Molokwe und stammte aus Mosambik.

Als der Abend des 24. Dezember seine Schatten über unsere Familie warf, hatte ich ein Buch über Mosambik gelesen, das wertvolle Spielzeug für die Kinder besorgt, den Weihnachtsbaum geschmückt, den Tisch gedeckt, Krabbensalat, Barbarie-Ente und Mousse vorbereitet. Alles war weihnachtlich organisiert, und wir warteten gespannt auf unseren Gast.
Pünktlich um sechs klingelte es, ich stand in der Küche, Melanie legte eine CD mit internationalen Weihnachtsliedern auf, und Marie krähte nach ihrem Brei. Wolfgang öffnete – und glauben Sie mir, ich habe meinen Mann noch nie mit einem so dummen Gesicht gesehen wie jenem, mit dem er im Wohnzimmer auftauchte. Hinter ihm standen drei dunkelhäutige Mitbürger. Einer von ihnen sagte in recht gutem Deutsch: »Ich habe zwei Freunde mitgebracht. Ich hoffe, Sie haben nichts dagegen?«
Ich sage Ihnen ganz ehrlich, es macht einen Unterschied, ob man mit einer Kerze auf die Straße geht – oder seine Tischkerzen für drei multikulturelle Gäste anzündet. Ich meine, wir wohnen nicht in einer Gegend, in der man Asylanten unterbringen würde, so daß unsere Gespräche über Ausländerfeindlichkeit doch immer sehr abstrakt blieben.

Jetzt war das Problem sozusagen körperlich geworden. Meine Gefühle schwankten zwischen Schadenfreude (Wolfgang sah immer noch ganz blöde aus) und Angst. Drei Fremde in meiner Wohnung, da kam ich mir schon fast wie eine Minderheit vor – und daß Minderheiten Angst haben, kann man ja wohl verstehen.
Jesus Molokwe hatte Blumen mitgebracht, die er mir entgegenstreckte. Marie kreischte, offenbar zu Tode erschrocken. Melanie sagte: »Mensch, toll... die heiligen drei Könige.« Sie nimmt am Religionsunterricht teil und behält vor allem die exotischen Aspekte.
Mein Mann sah aus, als ob er auf drei Zitronen gebissen hätte und nun versuchte, besonders süß zu sein. Ich taute ein Huhn auf, und Wolfgang arrangierte den Tisch neu. Die Kinder beruhigten sich langsam. Melanie fragte, ob es jetzt weniger zu essen gäbe, und Wolfgang sagte was von »Freude teilen« oder so. Sein dummes Gewäsch ging mir nicht zum ersten Mal auf die Nerven. Der Mikrowellenherd glühte, und ich auch, bis wir endlich bei Tisch saßen.
Unsere drei Gäste waren ein wenig steif, anfangs, aber lange nicht von so hölzerner Liebenswürdigkeit wie ihre Gastgeber. Natürlich merkte ich, wie mein liberal-progressiver Mann mißtrauisch das Hoppe-Reiter-Spiel beobachtete, das Jesus mit Marie veranstaltete. Ein blonder Engel auf so fremden Knien, das war ihm wohl doch ein wenig unheimlich.
Ich hatte das Tafelsilber im Auge. Asylanten, auch wenn sie Akademiker sind, haben ja nun wirklich kein Geld, und ich hing an diesen Erbstücken meiner Großmutter. Die drei aßen mit gutem Appetit, aber noch mehr tranken sie von unserem guten Brunello, wohingegen die Konversation schwierig blieb, weil Jesus' Freunde nur sehr gebrochen Deutsch sprachen.
Auf Melanies schrecklich neugierige Fragen erzählte Je-

sus Geschichten aus seiner Heimat. Furchtbare Erzählungen von Krieg und Mord und Totschlag, die meiner sensiblen Tochter Alpträume verursachen würden. Ich hatte das Gefühl, daß er sie schon oft erzählt hatte und sie mit immer neuen Details anreicherte, um das Entsetzen seiner Zuhörer zu genießen. Melanie fand sie toll, seine Geschichten, und Wolfgang trug jenen betroffenen Gesichtsausdruck, den er bei allen Dritte-Welt-Themen aufsetzt.
Ich hasse Weihnachten. Aber mit großer Intensität haßte ich in diesem Augenblick meinen Mann und seine Defizite zwischen Anspruch und Wirklichkeit. Jesus Molokwe schien ja wirklich ein netter, gebildeter Mensch mit einem tragischen Schicksal zu sein, aber mußte er uns damit ausgerechnet am Weihnachtsabend belasten? Außerdem tranken seine beiden Freunde eindeutig zu schnell und wurden auf eine Art ausgelassen, die ich nicht mochte. Einer der beiden schnitt Gesichter, die meine Töchter mit hysterischem Gelächter quittierten. Wolfgang erzählte Jesus von seinen pädagogischen workshops gegen Ausländerfeindlichkeit und fragte ihn, ob er nicht mal seinen Schülern von Mosambik erzählen könne, wobei man vielleicht mehr das Positive herausstellen sollte. Jesus fragte nach dem Honorar, und ich sah, daß dies Wolfgang mißfiel. Niemand half mir beim Abräumen, weil das vermutlich in Afrika auch nicht üblich ist.
Glauben Sie mir, ich war froh, als wir endlich zur Bescherung schritten. Melanie spielte »Stille Nacht, Heilige Nacht«. Der Baum, mit Naturmaterialien geschmückt, schien unsere Gäste sehr zu beeindrucken, jedenfalls schnitten sie keine Gesichter mehr. Jesus Molokwe und seine beiden Freunde sahen im flackernden Schein der Kerzen sehr dunkel aus und ziemlich fremd. Einen Augenblick lang wärmte ich mich an dem Gedanken, ein guter Mensch zu sein. Dann wünschten wir uns alle »Frohe

Weihnachten«, mit Küßchen auf beide Backen, und es war eine ziemliche Küsserei mit alkoholgeschwängertem Atem. Die Kinder stürzten sich auf die Geschenke, und Wolfgang überreichte Jesus ein Wörterbuch, das er im Sonderangebot bekommen hatte. Ich schenkte den beiden anderen je eine Flasche Wein aus unserem Keller. Moselwein, den wir nicht gerne trinken, weil er zu süß ist. Sie freuten sich, während Wolfgang Fotos von unserem wunderbaren Weihnachtsfest machte.
Vielleicht wäre dies ein Weihnachtsfest wie jedes andere geworden, wenn Wolfgang nicht die Cognacflasche geöffnet hätte, die ihm meine Mutter immer schenkt. Während ich die Kinder zu Bett brachte, saßen die vier Männer im Wohnzimmer und tranken. Als ich zurückkam, erzählte Wolfgang gerade, wie beschissen er die Deutschen finde. Die beiden, die kaum deutsch sprachen, nickten zustimmend. Jesus Molokwe blinzelte mir zu.
Kein Zweifel: Er hatte mir zugeblinzelt, und nun konnte ich mir seine Motive aussuchen. Machte er sich etwa über Wolfgang lustig? Oder versuchte er gar, mit mir zu flirten? Glauben Sie mir, ich habe immer verbissen gegen meine paar Vorurteile gekämpft, aber man weiß ja, welcher sexuelle Notstand in den Asylantenheimen herrscht. Ich trank mein Cognacglas in einem Zug leer und vermied es, Jesus anzusehen. Ich vermied es auch, über Themen wie Vergewaltigung und Raubmord nachzudenken. Jesus: Was für ein komischer Name für einen Mann, den man sich zu Weihnachten einlädt. Eigentlich sah er nicht schlecht aus, dieser Jesus Molokwe, jedenfalls nicht so blaß und langweilig wie Wolfgang, der redete und redete.
Ich trank, und wenn Sie wissen, daß ich es nicht gewohnt bin zu trinken, können Sie sich die nahende Katastrophe vielleicht vorstellen. Beim dritten Glas schwammen die

Worte meines Mannes bereits wie blaue Karpfen an mir vorüber. Jesus' Freunde machten Witze in einer Sprache, die ich nicht verstand. Wolfgang redete, und Jesus sah mich an. Ich haßte meinen Mann, diesen Weihnachtstölpel, diesen guten Menschen, der sich für den letzten Indianerstamm am Ende der Welt engagierte und sich um meine Überlebensstrategien einen Teufel scherte. Merkte er denn nicht, daß sich kein Mensch für seine Ansichten und Absichten interessierte? Nicht mal Jesus, der jetzt aufstand und mir mit einem tiefen Blick versicherte, daß er noch nie so schöne Weihnachten gefeiert habe, aber uns nun nicht weiter stören wolle.
Seine betrunkenen Freunde verließen uns ungern. »Frohe Weihnachten«, sagten sie immer wieder auf dem Weg zum Flur und lachten dabei, weil Weihnachten doch ein Fest der Freude ist. Zum Abschied drückte Jesus seine Lippen auf meine Wange, eine keusche Geste, wäre da nicht seine Zunge gewesen, die sich sehr aufregend anfühlte.

Als sich die Tür hinter unseren Weihnachtsmännern schloß, fühlte ich fast so was wie Enttäuschung. Keine Katastrophen, nichts Aufregendes war geschehen, fast nichts, das diesen Tag in meinem Leben anders gestaltete als all die anderen Tage. Wie langweilig mein Leben doch war an der Seite dieses langweiligen Mannes. Seine Küsse regten mich schon längst nicht mehr auf, ebensowenig wie das läppische Vorspiel mit anschließender Missionarsstellung und seinem erleichterten Orgasmus-Seufzer. Dreimal wöchentlich mit abnehmender Tendenz. Ehemänner sind Sexualstraftäter, dachte ich betrunken und voller Selbstmitleid.
Wolfgang sah mich komisch an, als ich in die Küche kam. Er schwieg, als er mir das schmutzige Geschirr reichte, das ich in die Spülmaschine einsortierte. Gläser, so viele Glä-

ser, Teller, das Silberbesteck. Der arrivierte, engagierte Mittelstand kauft energiesparende Geschirrspülmaschinen und feiert Weihnachten mit ausländischen Mitbürgern. Leute, zündet Kerzen an, um eure guten Gesichter zu beleuchten. Der silberne Saucenlöffel fehlte.
»Er ist weg«, sagte ich zu Wolfgang, der die Küche absuchte, und mein Ton ließ keinen Zweifel daran, was ich damit sagen wollte. Ich sah, daß er betroffen war. Betroffen suchte er die Küche ab, doch der Löffel, ein Erbstück meiner Großmutter und ziemlich kostbar, blieb verschwunden.
»Du hättest nicht mit ihm flirten sollen«, sagte Wolfgang. »Es war irgendwie unangemessen.«
Ich knallte die Tür der Spülmaschine zu. Seine Anschuldigung war ungeheuerlich. »Willst du damit sagen, daß sie deshalb den Löffel geklaut haben?«
Er bestritt diese Anschuldigung, und ich bestritt den Flirt. Ich nannte ihn einen rechthaberisches Arschloch, und er mich eine sexuell verklemmte Rassistin. Er warf mir vor, die Kinder zu Spießern nach meinem Ebenbild zu erziehen. Ich hielt dagegen, daß er ein impotenter Weltverbesserer sei. Das mit der Impotenz nahm er mir übel. Wissen Sie, was er damit meinte, als er mich eine frigide Hure nannte?
Ich hatte natürlich nicht die Absicht, es zu tun, sondern wollte ihn nur schocken, als ich sagte, daß ich die drei wegen Diebstahls anzeigen würde. Er wurde ganz blaß. »Nimm das zurück«, schrie er, und ich schrie zurück, daß er ein lächerlicher Hanswurst sei, über den alle lachten, auch seine Schüler. Daraufhin schlug er mir mit dem Handrücken ins Gesicht. Ich heulte auf. Die Kinder erwachten, als ich Wolfgang mit den Krippenfiguren bewarf, erst die Kuh, dann die Schafe, schließlich die heiligen drei Könige, Josef und Maria. Er hat sie von seinen Eltern, die Krippe, und die Figuren sind aus Porzellan. Besser gesagt,

waren, denn außer dem Jesuskind blieb nichts heil, nachdem ich ihn damit bombardiert hatte.
Ich landete drei Volltreffer, die ich mit Triumphgeheul untermalte. Wolfgang hielt sich das rechte Auge, während sein linkes mörderisch funkelte. »Na, komm doch, du Feigling«, schrie ich, nunmehr zum Nahkampf bereit, doch die Mädchen heulten in ihrem Zimmer, und ich werde nie erfahren, wie konkret seine Mordlust war. Vielleicht wäre es besser gewesen, wenn wir in der Küche weitergekämpft hätten bis zum K. o. So ging ich ins Kinderzimmer und beruhigte die Mädchen, während sich mein Mann mit unsäglich leidender Miene ins Schlafzimmer zurückzog. Er schnarchte bereits, als ich mich ins Bett legte.

Wolfgang zog am nächsten Morgen aus, in die leerstehende Wohnung seiner Mutter. Ich fand den Silberlöffel; er war hinter die Spüle gerutscht. Doch das änderte nichts an dem Schweigen zwischen uns, das ich mit keinem Wort mehr unterbrechen kann. Der Kampf geht weiter, und glauben Sie mir, er wird erbarmungslos sein. Gestern habe ich einen Brief von seinem Rechtsanwalt bekommen. Doch ich lasse mich auf keinen Kompromißvorschlag ein, schließlich habe ich viel Zeit, Wolfgang für unsere Ehe bezahlen zu lassen.
Meinetwegen können wir uns bis zum nächsten Weihnachtsfest mit Anwaltsbriefen bombardieren. Weihnachten ist ohnehin nicht meine Zeit, das werden Sie sicher verstehen.

Milena Moser
MAMAS FEST

23. Dezember

Liebes Tagebuch!

Vielleicht wird Weihnachten dieses Jahr nun doch nicht so ätzend wie befürchtet. Papa hat Besuch mitgebracht: Carola heißt sie und ist die Tochter eines Studienfreundes. Zufällig hat er sie in der Innenstadt gesehen, wo sie an einer Straßenecke ihren Auftritt hatte. Trotz der Schminke und allem hat er sie sofort wiedererkannt. Carola macht Straßentheater, kannst du dir das vorstellen? Sie war schon überall in Europa und sogar in Kalifornien, aber so ein verschlossenes Publikum wie hier hat sie noch nie erlebt. Na ja, es ist halt eine kleine Stadt. Liebes Tagebuch, wenn ich erwachsen bin, mache ich auch Straßentheater.

Mama hat wie blöd herumgeschrien, wegen dem Essen und daß nicht genug für alle da sei und wo soll Carola schlafen und wir sind auf Gäste gar nicht eingerichtet und blablabla. Manchmal ist sie wirklich unglaublich bieder. Schlimmer als alle Mütter, die ich kenne. Papa ist eigentlich ganz in Ordnung, obwohl er Lehrer ist. Man würde es nicht für möglich halten. Eigentlich wollte er Schauspieler werden, glaube ich, jedenfalls war er beim Studententheater, und es gibt ein paar wirklich wilde Fotos von ihm. Er hat heute noch Kontakt zur Theaterszene und bringt immer wieder mal irgendwelche Künstler mit nach Hause.

Die sitzen dann da und trinken bis morgens um zwei und reden, und wir dürfen aufbleiben, mein Bruder und ich, damit wir auch was profitieren. So lernen wir an einem Abend mehr als in einem halben Jahr in der Schule, sagt Papa, und wenn ein Lehrer so etwas sagt, dann muß es ja stimmen.

Abends.

Liebes Tagebuch.

Ich hasse meine Mutter, ich hasse sie, hasse sie! Immer muß sie alles verderben. Hat sie sich doch glatt geweigert, das Abendessen zu kochen, nur weil Carola noch ein paar Kollegen vom Straßentheater mitgebracht hat. Sie ist doch kein Gasthaus, hat sie geschrien, und sie hat nicht eingekauft, und überhaupt. Dann ist sie nach oben gegangen und hat die Türe zugeknallt. Aber Carola ist ganz toll. Sie hat sich einfach kurz hingestellt und ein Chili in die Pfanne gehauen, dazu hat sie ganz laut Sound laufen lassen, und im Handumdrehen war das Essen für acht Personen fertig. Und das ganz ohne Streß und Gehetze und blöde Sprüche. Papa und ich haben ihr geholfen. Es hat sogar Spaß gemacht. Papa hat ein Glas Wein getrunken und ist in der ganzen Küche herumgehüpft. Mama hat sich unterdessen in ihrem Zimmer eingeschlossen. Sie hat wieder ihre Migräne, hat sie gesagt. Sebi war bei ihr. Typisch. Daß er auch immer zu ihr halten muß! Er hat noch eigenhändig die Musik leiser gedreht, damit Mama schlafen kann. Manchmal frage ich mich wirklich, wie ich zu so einem Bruder komme. Lieber Gott, bitte mach, daß ich nie so werde wie meine Mutter. Laß mich lieber ein bißchen so werden wie Carola, wenn ich groß bin. Bitte.

Carola ist sooooooo tollllll! Liebes Tagebuch, du machst dir überhaupt keine Vorstellung. Sie ist zwar schon achtundzwanzig, sieht aber noch total gut aus. Sie ist klein, zierlich und dunkelhaarig, also genau das Gegenteil von mir, ich bin leider eher groß, üppig und blond, was ich von meiner Mutter geerbt habe. Carola trägt nur Schwarz, so hautenge Sachen aus Stretch, in denen sie Akrobatik üben kann. Natürlich kann sie sich das auch leisten. Vielleicht sollte ich versuchen, weniger zu essen.

Manchmal denke ich, wenn Mama nicht gewesen wäre, hätte aus Papa etwas werden können. Die Ehe hat ihn kaputtgemacht, das ganze Drum und Dran und die Kinder natürlich, mein Bruder und ich. Es blieb ihm doch gar nichts anderes übrig, als seine Träume zu begraben und eine sichere Stelle anzunehmen. Einer muß ja das ganze Geld heranschaffen.
Andererseits, die Mutter von Franziska zum Beispiel, und ich kenne noch andere, die schlagen sich auch allein durch. Ich meine, die sind geschieden und arbeiten, und das geht auch irgendwie, und die Mutter von Franziska hat sogar einen Freund. Wenn sie ihn wirklich geliebt hätte, Mama, meine ich, dann hätte sie sich scheiden lassen und ihm die Freiheit zurückgegeben. Finde ich wenigstens. Ich meine, ich kann ja nichts dafür, daß ich auf der Welt bin. Ich kann ja nicht gut von ihr verlangen, daß sie mich abtreibt, das geht nun mal nicht im nachhinein.

24.Dezember

Liebes Tagebuch.

Die Snowboard-Ausrüstung habe ich nicht bekommen. Macht aber nichts. Ich glaube, ich gebe den Sport auf. Ich

will sowieso lieber Schauspielerin werden. Von meinem Bruder habe ich eine CD bekommen (GunsN' Roses), von Papa vier Bücher, von Mama einen Wintermantel und von Oma und Opa die üblichen Gutscheine. Das beste Geschenk war von Carola: Sie hat mir ein Plakat geschenkt von ihrem ersten Programm, selbst gemalt. Ein winzigkleiner schwarzer Clown, der auf einem Regenbogen balanciert, das ist natürlich Carola. Das Plakat ist an den Rändern eingerissen und ein bißchen schmutzig, und in den Ecken sieht man hundert winzige Löcher von Reißnägeln. Das Plakat war schon überall, in ganz Südfrankreich, Italien und Spanien und Portugal.
Es war ein wunderschönes Weihnachtsfest! So anders als sonst! Da sieht man einmal, was es ausmacht, wenn richtige Künstler dabei sind. Kreative Menschen, meine ich.
Carola hat das Fest gerettet, eindeutig. Ich meine, normalerweise geht die Hälfte des Tages drauf, weil man beim Putzen und Aufräumen helfen muß und beim Dekorieren. Später zieht sich Mama zurück, um sich schön zu machen. Ihr einziger Ehrgeiz besteht darin, perfekt auszusehen, wenn sie ihr fünfgängiges Menü auf den Tisch bringt, das sie aus einer Frauenzeitschrift nachgekocht hat. Vom Baum gar nicht zu reden. Jedes Jahr wird neuer Designer-Baumschmuck gekauft, und jedes Jahr sieht der Baum furchterregender aus. Meine Mutter liest zu viele Frauenzeitschriften, ich glaube, das ist ihr Problem.

Carola hat uns mitgenommen in die Stadt. Sie hat so einen alten VW-Bus, den sie bemalt hat, so psychedelisch, im Seventies-Stil, top angesagt, sogar mein Bruder war beeindruckt.
»So einen ähnlichen Wagen hatte ich auch einmal«, meinte Papa ganz wehmütig, und dann, stell dir vor, liebes Tagebuch, kam heraus, daß es derselbe Wagen WAR, den

Papa nämlich im Jahre 1975 seinem Freund Kurt geschenkt hat, Carolas Vater. Das war das Jahr, in dem sie geheiratet haben. Meine Eltern natürlich.
Sebi ließ sich vor einem CD-Discount absetzen und verschwand. Unterdessen weiß ich auch, warum: Er hatte noch keine Geschenke. Jeder einzelne hat heute abend von ihm eine CD bekommen. Sogar Opa. Würde mich nicht wundern, wenn sie geklaut wären.

Papa und ich begleiteten Carola in die Fußgängerzone, wo sie ihren Auftritt hat. Vorher zog sie sich im Bus um und schminkte sich. Sie war einen Augenblick lang ganz nackt. Ich habe weggesehen, aber nicht schnell genug. Verglichen mit ihr habe ich jetzt schon einen Hängebusen, und ich bin erst vierzehn. Carola macht zuerst diese Nummer, in der sie minutenlang stumm dasteht wie eine Statue. Sie ist ganz weiß geschminkt und in weiße Tücher gehüllt und sieht aus, als ob sie aus Gips wäre. Die Leute bleiben stehen. Sie warten, daß etwas geschieht. Es geschieht aber nichts. Das macht sie nervös. Liebes Tagebuch, es ist so toll, was Carola in den Menschen dieser Stadt auslöst. Sie konfrontiert sie mit ihrer eigenen Unbeweglichkeit, mit ihrem eigenen Eingegipstsein – hey, das ist nicht schlecht formuliert. Ob ich vielleicht doch lieber Schriftstellerin werde?
Das Extremste ist aber, daß sie unter diesen paar Tüllstreifen ganz nackt ist. Und es war wirklich saukalt heute, eine Zeitlang hat es sogar geschneit, aber sie hat es überhaupt nicht gemerkt. Das ist die kreative Trance – ob ich so etwas wohl auch einmal erlebe?

Vielleicht könnte ich ein Stück für Carola schreiben. Wir könnten zusammen durch Europa reisen. In den Schulferien zum Beispiel. Morgen frage ich sie. Das heißt, viel-

leicht wäre es besser, wenn ich ihr schon etwas zeigen könnte. Sonst traut sie es mir womöglich gar nicht zu. Immerhin bin ich erst vierzehn. Ich muß mich aber beeilen. Wahrscheinlich reist sie schon bald wieder ab.
Mit Musik müßte es zu tun haben. Genau! Das ist die Idee! Ich schreibe eine Art Musical oder Oper, das ist international verständlich, und Carola singt auch und spielt Gitarre, und zwar genial gut! Zum Schluß haben die Leute auf ihren Absätzen mitgewippt, und Papa hat getanzt, er hat ihren schwarzen Samthut genommen und ist ganz nah beim Publikum vorbeigetanzt und hat so übertriebene Verbeugungen gemacht. Die Leute haben über ihn gelacht. Carola sagte nachher, sie hätte noch nie so viel eingenommen, und kaufte uns einen Falafel auf dem Weihnachtsmarkt. Unterwegs legte Papa einen Arm um ihre Schulter, und sie küßte ihn auf die Wange. Dazu mußte sie sich auf die Zehenspitzen stellen, das andere Bein hat sie seitlich ausgestreckt und bis über die Schulter hochgehoben. Solche Sachen macht sie dauernd, es sieht einfach toll aus. Es ärgert mich maßlos, daß Mama mir nie erlaubt hat, Ballettstunden zu nehmen, womöglich ist meine Zukunft versaut. Ich werde wohl doch lieber Schriftstellerin.

Als wir nach Hause kamen, war natürlich der Teufel los. Carola, die im Wohnzimmer auf dem Sofa schläft, hatte ihr Bettzeug nicht weggeräumt und auch sonst einiges herumstehen lassen. Eine halbe Flasche Rotwein ist ausgelaufen, und ein Brandloch war wohl auch im Teppich – na und? Ich verstehe nicht, was daran schlimm sein soll. Wie kann man sich wegen so etwas aufregen, während in Bosnien Menschen erschossen werden? Das hat Carola auch gesagt.
Ehrlich, früher ist mir nie aufgefallen, wie sehr Mama an diesen materiellen Details hängt. Es war richtig peinlich,

wie sie Carola angeschrien hat. »Die Gäste«, hat sie immer wieder geschrien, »die Gäste werden in weniger als einer Stunde hier sein, und es ist noch nichts gemacht, noch nichts, noch nichts!«
Die Haare hingen ihr ins Gesicht, ihre Haut war fleckig, und bei jedem Wort flogen winzige Spucketropfen von ihrer Unterlippe. Es war zum Sterben peinlich. Papa sagte gar nichts mehr, er flüchtete ins Bad, so ist er manchmal, aber diesmal konnte ich es ihm wirklich nicht übelnehmen. Ich blieb stehen, so ein bißchen hinter dem Türrahmen, ich wollte nicht unbedingt, daß sie mich sieht, Mama meine ich, aber irgendwie hatte ich das Gefühl, Carola beistehen zu müssen. Es war irgendwie meine Pflicht. Es war so peinlich! Und das, nachdem Carola uns erzählt hat, wie gastfreundlich sie in südlichen Ländern aufgenommen worden ist! Also Carola hat ganz toll reagiert. Sie hat sich überhaupt nicht beeindrucken lassen von dem Gekeife, ist gar nicht erst darauf eingegangen. »Ist ja gut, ist ja gut«, hat sie gesagt, ganz sanft. Dann hat sie Mama ins Bad geschickt. »Geh nur und mach dich schön«, hat sie gesagt, »bis die ersten Gäste kommen, ist alles bereit. Ich schwör's!« Dabei hat sie drei Finger hochgehalten und mir zugezwinkert.

Carola hat den großen Seesack aus dem VW-Bus geholt und die ganzen Requisiten im Wohnzimmer verteilt. Kerzen, Masken, Fächer, Stoffblumen, alles schwarz oder rot. Sie hat das ganze Zimmer umdekoriert. Die Abfälle hat sie kurzerhand mit dem Fuß unter das Sofa geschoben, sieht ja keiner. Dann ist sie in die Küche gegangen und hat das Frauenzeitschriftenmenü, das Mama schon vorbereitet hatte, mit Lebensmittelfarbe, Kuchendekoration und einem herzförmigen Ausstecher behandelt. Es war ein toller Erfolg! Oma und Opa waren ganz hingerissen von Ca-

rola, vor allem Opa, das wundert mich auch überhaupt nicht, niemand kann Carola widerstehen. Dabei hat sie noch nicht einmal geduscht oder irgend etwas, sie trug auch gar nichts Besonderes und sah doch hundertmal besser aus als Mama, die vergebens versucht hatte, ihre schlechte Laune und ihre Tränen mit Schminke zuzukleisters. Natürlich ist Carola auch um einiges jünger.
Carola war wahnsinnig lieb, sie hat das ganze Essen serviert und alles und nebenbei noch die Gäste unterhalten. Mama mußte nicht einmal aufstehen. Trotzdem hat sie den ganzen Abend kein Wort gesagt, und um halb elf ging sie schlafen. Oma und Opa sind noch nie so lange geblieben. Ich glaube, sie haben sich noch nie so gut amüsiert. Wir haben berühmte Filme nachgespielt und getanzt, und später saß ich neben Carola auf dem Sofa, sie hatte einen Arm um mich gelegt, mit der anderen Hand kraulte sie Papas Kopf, der auf dem Boden vor ihr saß und sich an ihre Beine lehnte.

Mama kam noch zweimal herunter, um sich über die Musik zu beschweren.

25. Dezember

Den ganzen Tag Streit. Den ganzen Tag. Es ist schrecklich. Liebes Tagebuch, am liebsten würde ich sterben. Oder weglaufen. Meinst du, Carola würde mich mitnehmen?
Mama ist absichtlich ganz früh aufgestanden und hat angefangen, aufzuräumen und abzuwaschen. Sie hat derart laut mit dem Geschirr geklappert, daß wir alle aufwachten, sogar ich in meinem Zimmer ganz oben unter dem Dach. Ich wundere mich nur, wie Carola das ausgehalten hat. Aber sie hat sich nichts anmerken lassen. Mama war es natürlich ganz egal, daß da noch jemand zu schlafen ver-

suchte. Sie weiß nicht einmal, daß Künstler ausschlafen müssen. Sie haben eben einen anderen Lebensrhythmus. Außerdem finde ich, nachdem Carola gestern den ganzen Abend geschmissen hat, ist es doch das mindeste, daß Mama heute aufräumt.

Ich habe versucht, so lange wie möglich im Bett zu bleiben, aber schließlich hatte ich doch Hunger. Also ging ich hinunter. Das nächste Mal verhungere ich lieber, das kann ich dir versprechen. Es war grauenvoll. Mama machte ihre »Schmerzensreiche Mutter«, das beherrscht sie wie keine zweite, dieses Zittern der Unterlippe, der gesenkte Blick, die matte Stimme: Mama ist nicht böse, nur traurig. Ich könnte sie umbringen, wenn sie so ist, wirklich, das könnte ich. Sebi scharwenzelt wie ein kleiner Hund um sie herum, schenkt ihr Kaffee ein und bietet ihr Brötchen an, aber sie kann nichts essen, keinen Bissen bringt sie jetzt herunter, danke, mein Schatz. Na ja, kann auch nicht schaden. Dünn ist sie ja nicht gerade. Papa reagiert normalerweise genauso, er läßt sich genau wie Sebi von dieser Darbietung beeindrucken. Aber seit Carola hier ist, ist er anders. Wahrscheinlich ist ihm wieder einmal bewußt geworden, was er alles aufgegeben hat für Mama. Damit sie ihre bürgerliche Ader ausleben kann. Sie hat wirklich keinen Grund, sich so aufzuführen, und ich glaube wirklich, er wird sich das nicht mehr lange bieten lassen. Carola hat so getan, als würde sie nichts merken, sie hat mit gutem Appetit gegessen und geschwatzt, und daß sie wenig geschlafen hat, hat man ihr auch nicht angesehen. Carola kann essen, was sie will, sie nimmt niemals zu. Das finde ich toll. Ich wünschte, ich wäre auch so.

Die erste, die es nicht mehr ausgehalten hat, war Mama. Dabei hat sie mit dem ganzen Theater ja angefangen. Papa

ist wieder ziemlich schnell verschwunden und Sebi auch. Liebes Tagebuch, manchmal habe ich den Verdacht, daß Männer nicht sehr konfliktfähig sind, jedenfalls in unserer Familie nicht.
Mama hat herumgetobt wie eine Verrückte, und zum Schluß, als ihr nichts Besseres mehr einfiel, hat sie Carola vorgeworfen, sie hätte sie aus dem Ehebett vertrieben und mit Papa geschlafen. Carola hat es nicht einmal abgestritten, das fand ich schon ziemlich cool. Aber dann hat sie gesagt, Mama sei selber schuld, wenn sie das Bett verlassen habe, sie hätte eigentlich sehr gern auch mit ihr...

Ich habe die Tür ganz leise hinter mir zugemacht und bin nach oben gegangen. In meinem Zimmer habe ich die CD aufgelegt, die Sebi mir geschenkt hat, und voll aufgedreht.
Ich habe mir ausgerechnet, wie lange ich sparen muß, um mir die Snowboardsachen zu kaufen.

Erwachsene sind widerlich. Immer müssen sie alles verderben. Und Carola ist auch nicht besser.

26. Dezember

Mama ist weg. Wahrscheinlich für immer. Hat ihre ganzen Sachen mitgenommen. Und außerdem einen Brief hinterlassen. Papa hat ihn vor lauter Wut zerknüllt und weggeworfen, aber ich hab ihn aufgehoben und glattgestrichen.

Liebe Familie

Diese paar Tage mit Carola haben mir die Augen geöffnet. Ich habe in den Spiegel geschaut und mich selber nicht er-

kannt. Bin ich das wirklich, diese kleinliche, nörgelnde, verbitterte Hausfrau? Kann es wirklich meine einzige Sorge sein, ob das Essen rechtzeitig auf dem Tisch steht? Nein. Ich muß hier raus, bevor es zu spät ist. Das kann einfach noch nicht alles sein. Schließlich war ich einmal eine recht vielversprechende Schauspielerin.
Ihr seid schon groß, ihr braucht mich nicht mehr. Und Carola ist ja so eine wertvolle Hilfe im Haushalt.
Macht's gut, ich melde mich.
Mama

PS. Da ich ihn seinerzeit bezahlt habe, nehme ich den VW-Bus...

Was Papa am meisten ärgert, ist wahrscheinlich, daß Carola auch weg ist. Das heißt, daß er den ganzen Haushalt allein machen muß. Mich hat der Brief nicht so sehr erstaunt. Ich wußte es schließlich als erste.
Ich konnte nämlich die ganze Nacht nicht schlafen, keine Sekunde lang. Immer und immer mußte ich an Carola denken, wie sie ins Elternschlafzimmer schleicht und sich nackt zwischen Papa und Mama legt. Dann mußte ich mir eine Hand vor den Mund halten, um nicht einfach zu kotzen. Liebes Tagebuch, ich will nie erwachsen werden. Erwachsene können nur noch daran denken, miteinander ins Bett zu gehen. Wie und wann und mit wem. Was anderes hat in ihrem Kopf keinen Platz. Ich hab mich oft gefragt, warum die Erwachsenen nicht mehr logisch denken können. Jetzt weiß ich es.
Wie auch immer, irgendwann bin ich wieder aufgestanden. Ich hatte den ganzen Tag noch nichts gegessen. Nach meinen Berechnungen mußte von der Götterspeise noch etwas übrig sein. Wenn nicht, würde ich mir ein paar Schokoladeschneemänner vom Weihnachtsbaum abschnei-

den. Na ja, ich geb's zu, ein bißchen hoffte ich, Carola wäre noch wach, hoffte, sie würde sich bei mir entschuldigen, mir erklären, sie habe das mit dem Bett nur erfunden, um Mama von ihrem Wahn zu kurieren. Aber im Grunde wußte ich sehr gut, daß es nicht erfunden war, und auf der Treppe traf ich Mama, die gerade dabei war, ihre Sachen in den VW-Bus zu laden.

»Wenn du erst einmal eine erwachsene Frau bist, wirst du mich verstehen«, flüsterte sie und sah mich dabei so ein bißchen traurig an, als könnte mir nichts Schlimmeres passieren. Langsam glaub ich das allerdings auch. Aber da ich eh nicht mehr vorhabe, erwachsen zu werden, sagte ich nichts. Ich half ihr, die Sachen im Bus zu verstauen. War nicht gerade wenig. Als letztes kam Carolas großer Requisitensack. War verdammt schwer, dafür, daß die ganzen Sachen noch immer unser Wohnzimmer dekorieren.

Carlene Thompson
SALZSÄULE

Betty Holcomb hatte an diesem Abend ihr Jungfrau-Maria-Gesicht aufgesetzt. In solchen Situationen sah sie sich insgeheim als Heilige Jungfrau, lauter Erbarmen und liebevolle, selbstlose Hingabe, gemischt mit abgeklärter Weisheit und zarter Schönheit. Allerdings würde sie diese Ähnlichkeit natürlich niemals offen eingestehen, weil man ihr das als frevelhaft oder gar als katholisch auslegen könnte.

An diesem Weihnachtsabend wollte sie James McFallan beistehen, dessen Frau am Nachmittag in ein exklusives Sanatorium eingeliefert worden war. Die Familie sagte, sie sei einfach nur müde und litte unter Streß und nervlicher Anspannung, aber die ganze Stadt wußte, daß Janet McFallan aus dem Fenster im zweiten Stock auf das schneebedeckte Dach geklettert war. Hätte das Dienstmädchen sie nicht noch rechtzeitig erwischt, hätte sie sich auf das Pflaster des Innenhofs hinuntergestürzt. Eine schwere Sünde, Selbstmord, dachte Betty, obwohl sie es sich zur Gewohnheit machte, über niemanden zu richten. O nein, Betty kümmerte sich um ihre eigenen Angelegenheiten und sorgte für ihre Familie, aber schließlich – wie sie zu sagen pflegte – gab es nun mal Recht und Unrecht.

Als sie mit ihrem Kombi vor dem Haus der McFallans hielten, sagte Earl Holcomb, daß sie James in seiner Trauer vielleicht lieber allein lassen sollten. Aber Betty sagte, gerade jetzt brauche er den Trost guter, alter Freunde. Mit flottem Schritt stapfte sie durch den knirschenden Schnee zur Haustür und klingelte dreimal, um auch ganz bestimmt gehört zu werden. In der Hand hielt sie ihre Liebesgabe, frischgebackene Zimtbrötchen, für die sie berühmt war. Als James mit eingefallenem, grauem Gesicht an die Tür kam, nahm Betty ihn heftig in die Arme und trat beiseite, damit Earl ihm feierlich die Hand schütteln konnte. Dann legte Betty ihren Mantel, den Schal und die durchsichtigen Plastikstiefel ab und marschierte nach hinten in die wunderschöne gelb-weiße Küche, um für die Männer Kaffee zu kochen.

»Es zerriß einem das Herz, sie dort zurückzulassen«, sagte James gerade, als Betty ins Arbeitszimmer kam; mit Kaffee und Zimtbrötchen auf Janets bestem Silbertablett. »Und noch schlimmer war es, allein in das kalte, leere Haus zurückzukommen.« Er machte ein Gesicht, als wollte er um Entschuldigung bitten.

Betty schenkte Kaffee ein und reichte James mit einem sanften Lächeln eine Tasse. Earl, fand sie, konnte sich selbst versorgen; für James brach sie zum Kaffee eins von den weichen Hefebrötchen ab. »War es schlimm für sie, allein zurückgelassen zu werden?«

»Nein. Ich glaube, ihr war das ganz gleichgültig. Natürlich, sie stand unter Beruhigungsmitteln, aber ich glaube, es steckte mehr dahinter. Sie wirkte...« Er legte eine Pause ein und schaute auf seinen Schoß hinab. »Sie wirkte fast erleichtert.«

Über James' gesenkten Kopf hinweg wechselten Betty und Earl einen schnellen, bedeutungsvollen Blick. Dann kuschelte sich Betty in einen tiefen Sessel neben dem Kaffeetisch. Ihre molligen Füße reichten nicht ganz bis zum Boden. Das machte ihr zu schaffen. Janet McFallan kam immer bis zum Boden, wenn sie in diesem Sessel saß.

»Hat sie etwas gesagt, irgendeinen Grund dafür angegeben, warum sie... das getan hat?« fragte Earl zögernd.

James hielt den Kopf immer noch gesenkt. Er schloß kurz die Augen. »Nein. Sie hat kein Wort gesagt. Vielleicht sagt sie nie wieder etwas.«

»James McFallan, du sollst dich was schämen!« Betty bedachte ihn mit einem strengen Blick. »Du mußt Vertrauen haben, vor allem jetzt in dieser Jahreszeit. Wenn du verzweifelst, hat sie keinen Anreiz, wieder gesund zu werden.«

»Ich weiß einfach nicht weiter, Betty. Ich bete jetzt schon so lange, und es hat nichts genützt. Ihr habt vielleicht nichts davon gewußt, aber Janet ist seit Monaten krank.«

Betty hatte das sehr wohl gewußt – ihr großer Kreis intimer Busenfreundinnen hatte das ausgiebig besprochen –, aber sie schaute bei dieser Nachricht unschuldig erstaunt drein.

»Trotzdem darfst du die Hoffnung nicht aufgeben. Die Hoffnung kann Berge versetzen.«

»Der Glaube.«

Betty schoß einen Blick zu Earl hinüber. »Was?«

»Es ist der Glaube, der Berge versetzt.«

»Glaube, Hoffnung, Willenskraft – das ist alles dasselbe«, sagte sie und warf ihm einen vernichtenden Blick zu. »Das steht alles in der Bibel.«

»Sicher«, murmelte Earl durch sein zweites Zimtbrötchen hindurch und dachte, daß Betty in bezug auf die Bibel furchtbar besserwisserisch geworden war, seit sie vor zwei Jahren damit begonnen hatte, die erste Klasse der Sonntagsschule zu unterrichten.

James lächelte müde, und Betty stellte mit leiser Wehmut fest, daß er noch genauso gut aussah wie damals in der High-School, als sie so verknallt in ihn gewesen war. »Ich weiß eure Anteilnahme zu schätzen«, sagte er, »und Janet auch; davon bin ich überzeugt.«

Taktvoll sagte Betty, das sei doch das mindeste, was sie für ihre besten Freunde tun konnten, aber insgeheim hegte sie

Zweifel, ob Janet Gebete zu schätzen wußte. Nicht, daß Janet nach ihrer Heirat nicht in die Kirche gegangen wäre – sie war immer da, aufreizend aufgedonnert, mit ihrem bildschönen kleinen Mädchen im Schlepptau. Aber manchmal sah Betty, wie sie mitten in der Predigt einen komischen Zug um den Mund bekam, und einmal, als Reverend Dean davon predigte, wie Lots Weib sich nach ihrer Heimatstadt umsah und dafür zur Salzsäule erstarrte, war Janet aufgestanden und aus der Kirche gegangen. Über diesen Vorfall war noch wochenlang geredet worden.
James stand auf und schlenderte zum Kamin hinüber. Der Kaminsims war mit Immergrün geschmückt, und darüber hing Janets Porträt. Es war zwar noch früh am Abend, aber im Raum herrschte düsteres Winterzwielicht, abgesehen von einer kleinen grünen Lampe, die auf dem Schreibtisch brannte. In der Dunkelheit leuchteten Janets blonde Haare aus dem Porträt hervor, und ihr dunkelblaues Gewand verschmolz mit dem schattigen Dunkel, was den Elfenbeinschimmer ihres Gesichts und der halbentblößten Brüste betonte. Betty Holcomb hatte das Bild immer schon für vulgär gehalten; sie konnte sich nicht vorstellen, sich halbnackt malen zu lassen. Das Bild war natürlich vor der Ehe entstanden. Betty war sich sicher, daß James McFallan für eine solche Darstellung seiner Frau kein Geld ausgeben würde, auch wenn er ihr erlaubt hatte, das Bild in seinem Arbeitszimmer aufzuhängen.
»Sie war eine schöne Frau, nicht wahr?« sagte James und sah zu den blauen Augen empor. »Wißt ihr, sie war erst achtzehn, als das hier gemalt wurde.«
»Das hat sie in New York machen lassen, gleich nachdem sie dort angekommen war, stimmt's?« fragte Earl und langte nach dem nächsten Zimtbrötchen, aber Bettys kalter Blick ließ seinen Arm mitten in der Luft erstarren.
»Ja. Wißt ihr, ich glaube, damals war sie sehr viel glück-

licher. Das war nämlich ihr Traum: nach der High-School nach New York zu gehen. Sie wollte Schauspielerin am Broadway werden.«

Betty kämpfte sich in ihrem Sessel weiter nach vorn und goß eine zweite Tasse Kaffee ein. »Die meisten Mädchen träumen vom Weggehen, aber nicht viele setzen es in die Tat um«, sagte sie und langte bei Milch und Zucker großzügig zu.

»Janet schon. Ihre Familie war außer sich – wißt ihr noch, wie ihre Mutter immer Anfälle bekam, wenn Janet etwas tat, was ihr nicht gefiel? Sie lag tagelang danieder, nachdem Janet gegangen war, und ihr Vater drohte, nach New York zu fahren und sie an den Haaren zurückzuschleifen. Aber nur, weil sie Janet so liebten. Es war für sie unerträglich, daß sie von ihnen ging. Und dann war ich noch da.« Er zog den rechten Mundwinkel hoch, bemühte sich um ein Lächeln. »Ich habe sie ebenfalls geliebt, aber auch darum hat sie sich nicht geschert.«

Er schaute in die Flammen, die im Kamin loderten, und Betty drehte sich das Herz im Leib um. Mit einem kleinen Schnaufen stemmte sie sich aus dem Sessel hoch, trat zu James und tätschelte ihm den Arm. »Junge Mädchen wissen nicht, was sie wollen, und erst recht nicht, was gut für sie ist. Es war ganz richtig, daß du ihr nachgefahren bist.«

»Ich weiß nicht. Vielleicht hätte ich sie dort lassen sollen. Vielleicht ginge es ihr heute gut, wenn ich sie nicht zurückgeholt hätte.«

»Unsinn«, verkündete Betty. »Du kannst dir nicht die Schuld für das anlasten, was ihr passiert ist. Du hast richtig gehandelt. Es gehört sich nicht für ein Mädchen, allein auf sich gestellt in der Weltgeschichte herumzugondeln. Also, in ihrem Alter wäre ich gar nicht auf die Idee gekommen, allein irgendwo hinzugehen. Ich wollte nichts weiter, als Earl heiraten und Kinder bekommen.«

Earl blieb der Mund offenstehen. Er dachte daran, wie Betty sich vor neunzehn Jahren mit gepacktem Koffer zu Janet auf den Bahnsteig gesellt hatte, um hinter ihr herzuzockeln und mit der schönen, selbstbewußten Janet als Mentorin nach New York zu ziehen. Janet hatte sie – nicht sehr höflich – nach Hause geschickt. An dem Abend, sechs Monate später, als Janet krank und geschlagen aus New York zurückkehrte, hatte Betty – vor lauter Triumph einem Schlaganfall nahe – mit Earl drei Flaschen billigen Wein geleert; danach hatten sie aus einem spontanen Impuls heraus die Staatsgrenze überquert und sich trauen lassen. Bei der Erinnerung an diesen Abend fiel Earls rotes Gesicht in sich zusammen, und er griff nach dem nächsten Zimtbrötchen.

James lächelte Betty liebevoll an und legte ihr leicht den Arm um die fleischigen Schultern. »Du warst schon immer eine vernünftige Frau, Betty.«

Freude schoß ihr durch den Körper. »Na ja, ich habe mich immer darum bemüht. Mir ist nur daran gelegen, eine gute Ehefrau und Mutter zu sein.«

»Wenn Janet doch nur auch daran gelegen wäre.« James seufzte. Sein Arm glitt von ihren Schultern, und er trat an eins der hohen Fenster, schob die Vorhänge auseinander und blickte auf den Schnee hinaus; ein Lichtschein aus dem Zimmer brachte ihn zum Glitzern. Betty sah zu, wie sich James' Körper unter dem teuren Anzug bewegte. Dann betrachtete sie Earl, dessen kahler Schädel die Lichtstrahlen der Lampe auf sich zog.

»Ich wollte nicht, daß sie nach New York geht«, sagte James, mehr zu sich selbst als an sie gerichtet. »Ich habe sie angefleht, hierzubleiben und mich zu heiraten, aber da war nichts zu machen. Ich habe sie gefragt, ob ihr diese Stadt, ihre Familie, ihre Freunde, *ich* – ob ihr das alles wirklich so wenig bedeutet, daß sie sich so einfach davon-

machen kann, an einen Ort, von dem sie gar nichts weiß. Sie sagte, das könne sie sehr gut.«
Betty schnalzte mißbilligend mit der Zunge.
»Ich habe ihr in New York Zeit gelassen. Ich dachte, daß sie nach ein paar Wochen, einem Monat, Angst bekommen und nach Hause zurückkehren würde. Aber das hat sie nicht getan, deshalb bin ich ihr schließlich nachgereist. Und was ich dort vorgefunden habe...«
»Ja?« Bettys Knopfaugen funkelten.
»Als ich dort ankam, fand ich sie in einem schrecklichen Apartment, in dem sie mit einem anderen Mädchen zusammen wohnte. Das Apartment war ein einziger Sauhaufen – Janet sagte, sie habe viel zuviel Spaß, um sich um Hausarbeit zu kümmern. Sie zog mit einem Maler herum – nicht mit *dem,* der das Porträt gemalt hat, sondern einem, den sie über ihn kennengelernt hatte. Ich habe ihn gesehen. Lange Haare, einen Phönix auf den Arm tätowiert, mit einem Haufen hochtrabender Vorstellungen von Kunst und Schönheit – ein mieses Klischee, mehr war er nicht. Aber sie hielt ihn für ein Genie. Bezeichnete ihn als *Avantgarde.* Und ein avantgardistisches Genie.«
»Janet war in *so* jemanden verliebt?« Betty war nahezu atemlos.
James verkrampfte sich. »Nein, ganz und gar nicht. Sie hat sich nur vergnügt.« Aber seine Stimme war schwach und hatte einen bitteren Unterton; er erinnerte sich daran, wie Janet ihm in diesem schäbigen, kalten Apartment erzählt hatte, daß sie schwanger sei, in ein paar Tagen ihren Künstler heirate und nie mehr nach Hause zurückkehre. Er hatte argumentiert, seine Liebe vorgebracht. »Gekränkte Eitelkeit«, hatte sie trotzig gesagt. »Zu anderen Gefühlen bist du nicht fähig, James – nichts als gekränkte Eitelkeit.« Und er erinnerte sich an sie, wie blaß und fassungslos sie gewesen war, als der Künstler verschwand.

»Siehst du, er hat dich und das Kind gar nicht gewollt«, hatte er ihr gesagt und ihre Angst und Scham geschickt als Keil verwendet, um damit so schnell und heftig wieder in ihr Leben einzudringen, daß sie als Mrs. James McFallan auf dem Weg nach Hause war, noch bevor sie so recht begriffen hatte, was da vor sich ging.
Er drehte sich vom Fenster weg und wandte sich an Betty, flehte sie förmlich an. »Ich habe ihr alles gegeben, was ich konnte. Wir sind hier bei meinen Eltern eingezogen, und meine Mutter hat den Haushalt geführt, bis sie vor drei Jahren starb. Nach ihrem Tod hatten wir das ganze Haus für uns. Janet hatte mich und Melissa und ihre Vereinsarbeit, aber das war ihr nicht genug.«
»Es hätte ihr genug sein müssen«, fauchte Betty.
»Trotzdem, es hat erst letztes Jahr damit angefangen, daß sie wirklich seltsam wurde.« Er geriet ins Stocken und drehte den großen Diamant- und Onyxring an seinem Finger hin und her. »Es begann um Silvester herum.«
Earl spürte, wie ihm die Farbe in sein ohnehin schon rotes Gesicht stieg, als er sich den letzten Silvesterabend ins Gedächtnis zurückrief. Die Verbindung von Silvestersekt und Janet McFallan in einem enganliegenden, satinglänzenden roten Kleid war zuviel für ihn gewesen, und als sie jemandem den Mantel holte, war er ihr ins Schlafzimmer gefolgt. Leise kam er von hinten an sie heran und fuhr ihr mit der Hand den bloßen Rücken hinunter, und sie wirbelte herum, traf auf seine feuchten Lippen. Sie zappelte in seinem Griff und trat ihm zuletzt mit aller Kraft auf den Fuß.
»Was soll das, zum Kuckuck?« keuchte er.
»Das könnte ich dich fragen.«
»Was hast du gegen mich?«
»Zum einen habe ich geglaubt, du wärst James' Freund … und meiner.«
»Dafür sind Freunde ja da, Janet«, sagte er und fand es

abscheulich, daß er vom Sekt immer so eine winselnde Stimme bekam. »Freunde sind dazu da, einander zu lieben.«
Sie hatte versucht, an ihm vorbeizukommen, aber er packte sie an der Schulter. »Hör mal, du brauchst die Nase gar nicht so hoch zu tragen. Hier in der Stadt weiß jeder, daß du schwanger warst, wie du aus New York zurückgekommen bist.«
Ihre Augen waren dunkel geworden, und zuerst hatte er geglaubt, sie würde es abstreiten. Aber sie sah ihn nur kühl an und sagte: »Na und?«
»Na – ich könnte ja vielleicht auf den Gedanken kommen, es deiner Tochter zu sagen.«
Er sah Angst in ihren Augen aufflackern, als sie an Melissa dachte. Wie Earl stolz zu erklären pflegte, war er kein Psychiater, aber selbst er konnte erkennen, daß dieses Mädchen aus zarterem Holz geschnitzt war als ein Durchschnittskind. Künstlerisch; das war sie. Künstlerisch und hochgradig nervös. Janet beschützte sie wie eine Tigermutter ihr Junges, und er konnte sehen, daß er sie damit gründlich aufgerüttelt hatte. Sie fuhr sich mit trockener Zunge über die roten Lippen. »Du sagst es ihr nicht, wenn?«
»Wenn mir etwas Entgegenkommen gezeigt wird.«
Ihre Affäre begann am nächsten Tag, im ›Elmhaven Inn‹ draußen an der Route 32. Janet war gekommen, elegant gekleidet, die Augen unter den langen, getuschten Wimpern weit aufgerissen, und vier Stunden lang hatte Earl alle Wollust und Ressentiments ausgetobt, die sich bei ihm aufgestaut hatten, seit sie ihn im Sportunterricht als Square-Dance-Partner abgelehnt hatte, weil er schlecht roch.
Nervös schaute sich Earl im Zimmer um. Er wünschte sich, James würde ihm einen Bourbon oder Scotch anbieten, wie er es normalerweise tat, aber James stand da wie ein

Ölgötze, mit dem Rücken zum Fenster und Betty an seiner Seite, und schaute nur einfach zu ihm hoch.

»Vielleicht hat der Abschied von Melissa sie so durcheinandergebracht«, sagte Betty. Das hoffte sie sehr. Es war typisch für Janet McFallan, ihr kostbares kleines Mädchen nach Princeton zu schicken, nur um allen anderen zu zeigen, daß sie es sich leisten konnte und das Kind gescheit genug war, um dort aufgenommen zu werden. Das einzig Verwunderliche für Betty war gewesen, daß sie das Mädchen letzten Januar so plötzlich weggeschickt hatte, mitten im Collegejahr.

»Vielleicht war's das – wer weiß?« James hob ratlos die Hände. »Ich konnte es nicht glauben, daß sie Melissa nach Princeton gehen lassen wollte, aber sie hat darauf beharrt. Sie hat sie vor vier Tagen sogar noch ermutigt, zum Skiurlaub nach Aspen zu fahren und Weihnachten nicht hier bei uns zu verbringen.« Er ging zu seinem Schreibtisch, und Betty ließ den Blick über seinen schlanken, harten Körper schweifen, heftete die Augen dann wieder schnell auf sein Gesicht. »Eines Nachmittags, kurz nachdem sie nach Hause gekommen war – von weiß Gott wo sie ihre Nachmittage verbrachte –, hat sie alle ihre Kleider auf die Straße geschmissen und sie mit dem Schild *Zu verkaufen* versehen.«

Betty dachte an den Tag zurück. Als sie Janets wunderbare Kleider in einem Haufen auf der Straße liegen sah, hatte sie gelacht, daß ihr die Tränen über die rundlichen Wangen gelaufen waren. Und sie hatte Earl, der erst spät von der Arbeit nach Hause gekommen war, dazu gebracht, noch mal dort vorbeizufahren und sich das selbst anzusehen. Jetzt allerdings schüttelte sie betrübt den Kopf und umhüllte James mit teilnahmsvollen Blicken.

James setzte sich, zog eine Schreibtischschublade auf und fuhr abwesend fort. »Dann war da ein Tag im Sommer, als

sie mit Louise Carlos einen Einkaufsbummel machte.« *Eingebildete Ziegen*, dachte Betty. *Mich haben sie nie gebeten, zum Einkaufsbummel mitzukommen. Kein einziges Mal in über zwanzig Jahren.* »Janet ging in einem Kaufhaus auf die Toilette, und da sie nicht wiederkam, hat Louise nach ihr gesehen. Janet hatte an diesem Tag ihre ganzen Schminksachen mitgenommen, und sie wusch sich das Gesicht, schminkte sich, wusch es dann wieder ab. Das hat sie so oft gemacht, daß ihr Gesicht schon ganz wund war. Es brauchte Tage, um wieder zu heilen.«
Er legte eine Pause ein, damit der Horror seine Wirkung tun konnte, und Betty dachte: *Wie typisch für Janet, daß ihr Gesicht sie zum Durchdrehen bringt. Sie hat sich immer für so verdammt hübsch gehalten.*
»Ich weiß einfach nicht, was schiefgelaufen ist«, sagte James schließlich. Er holte einen 38er Revolver aus der Schreibtischschublade und drehte ihn hin und her, so daß der Feuerschein auf den Chrombeschlägen tanzte. »Der hat meinem Vater gehört«, sagte er verträumt. »Vor fast zwanzig Jahren hat er ihn mir gegeben. Ich habe ihn nur ein einziges Mal benutzt.«
Bettys Atem schoß pfeifend in ihre Lunge. »James, du willst doch nicht etwa …«
James sah sie verständnislos an und lächelte dann traurig. »Mich umbringen? Natürlich nicht, Betty. Ich wollte dir keine Angst einjagen. Ich habe nur daran gedacht, was für ein Glück es doch war, daß Janet nicht zum Revolver gegriffen hat, anstatt aufs Dach zu klettern.«
»Gepriesen sei Gott, der Herr«, sagte Betty schwach, während James weiterhin über die Waffe strich.
Das Schweigen zog sich in die Länge, und schließlich sagte Earl, dessen Hemd jetzt schweißdurchtränkt war, es sei Zeit zum Gehen. Betty widersprach nicht. Ihr schwirrte der Kopf von der Atmosphäre dieses Abends, und sie war

ganz vertieft in ihre Überlegungen, wen sie alles anrufen und über Janet informieren mußte. Im Geiste probte sie bereits ihren Bericht: das große, einsame Haus; der gutaussehende James, der am Boden zerstört war und im vom Feuerschein erhellten Arbeitszimmer einen Revolver streichelte; sie selbst als Trostspenderin, während er sie mit einem Blick ansah, in dem mehr als nur freundliche Bewunderung lag. Sie würde mindestens bis Mitternacht an der Strippe hängen.

»Wenn du etwas brauchst, ganz egal, was…« sagte Betty an der Tür und brachte sich damit fast selbst zum Weinen.

James nickte stumm; er war offenbar zu keinem Gefühl mehr fähig. Aber Earl sah nicht den zutiefst von Haß erfüllten Blick, den James ihm nachsandte, als er zu seinem Kombi stapfte. Und er sah auch nicht das leichte, verschlagene Lächeln, das dem Wagen bis zum Ende der Straße und um die Ecke folgte. Die Konsequenzen würde er jedoch morgen früh zu spüren bekommen, wenn die Bücher, die er für die McFallan-Gesellschaft führte, einen Verlust von fünfzigtausend Dollar aufwiesen, die im Verlauf des letzten Jahres verschwunden und auf geheimnisvolle Weise diese Woche auf dem Konto der Holcombs wieder aufgetaucht waren.

James schlenderte in sein Arbeitszimmer zurück und goß sich einen großen Brandy ein. Glaubte dieser Idiot tatsächlich, daß er mit Janet eine Affäre haben konnte, ohne daß er etwas davon erfuhr? Aber das war noch gar nicht das schlimmste. Am meisten ärgerte ihn, daß Janet sich von ihm zu einer so ruchlosen Verbindung zwingen ließ, denn nichts konnte ihn davon überzeugen, daß sie es freiwillig getan hatte. Nein, wenn James sich alles richtig ausklamüsert hatte, dann hatte Earl auf irgendeine Weise Melissa bedroht, und Janet würde alles tun, um ihre uneheliche Tochter zu schützen, selbst wenn es darauf hinauslief, daß

sie *ihn* demütigte, James B. McFallan, den Mann, von dem sie glaubte, daß er sie vor all den Jahren vor Schmach und Schande bewahrt hatte, und der sie nur selten daran erinnerte, daß sie bei ihm in der Schuld stand – nur bei den seltenen Gelegenheiten, wenn ihre verdammte Unabhängigkeit sich wie ein wütender Hengst aufbäumte.
So war das auch heute morgen gewesen, als sie ihm gesagt hatte, daß sie ihn ungeachtet aller Folgen nach Neujahr verlassen würde. Da war ihm seine kalte Geduld gerissen, und er hatte beschlossen, ihre Aufmüpfigkeit ein für allemal zu brechen. Deshalb hatte er ihr nach dem Frühstück ein kleines, flaches Kästchen überreicht, das in Goldpapier eingepackt war. »Frohe Weihnachten, meine Liebe«, hatte er zuckersüß gesagt. »Ich weiß, das wird eine Überraschung für dich sein.«
Als Janet das Kästchen aufmachte, fand sie einen vergilbten Zeitungsausschnitt aus der ›New York Times‹ vor, datiert aus jener Zeit, als sie, zwei Wochen zuvor, aus New York als seine Frau zurückgekehrt war. Der Artikel war kurz und betraf einen unbekannten Mann von etwa fünfundzwanzig Jahren, den man mit einem 38er Geschoß im Kopf aus dem East River geborgen hatte: Die Fische hatten an seinem Gesicht ihre Arbeit getan, und die Fingerabdrücke waren nicht mehr abzunehmen, aber am Arm hatte er einen Phönix eintätowiert, und eine ungenannte Quelle ließ verlauten, daß er eine unbestimmte Ähnlichkeit mit einem jungen Maler habe, der vor etwa einem Monat auf geheimnisvolle Weise aus Greenwich Village verschwunden sei.

Aus dem Amerikanischen
von Cornelia Krutz-Arnold

Uta-Maria Heim

DER HAUPTGEWINN

Drei Tage vor Heiligabend erfuhr Melitta, daß ihre Schwiegermutter Camelia in der Glücksspirale fünfhunderttausend Mark gewonnen hatte. Mit anderen Worten, eine halbe Million! Melitta erfuhr es von Altbundeskanzler Kraut persönlich, der das Los in die Höhe hob und epileptisch lächelte. In diesem Moment brannte die Bildröhre durch. Oder war es der Stecker des Videorecorders, der mit einem heiseren Stöhnen aus der Wand sank, während sich das Kabel, einer Schlange gleich, in lasziven Wellen an der Wand entlang aufbäumte?

Stromausfall. In der Küche brannte die Milch an. Aber Melitta hatte es deutlich gehört: »Frau Camelia Hintze in 0815zwo Saugstedt...« Oh, Scheißescheißescheiße. Die Alte würde ihnen nie was abgeben. Niemals. Dabei war Luigi seit Erfindung der Zeitschaltuhr dauerarbeitslos. Aber Camelia hatte ihren Kleinsten immer gehaßt. Er war ein Unglück, Produkt eines ebensolchen Stromausfalls, die Verschmelzung der verunfallten Gene eines debilen Elektrikers mit einem Starkstromkasten. Im Bett war Luigi eine Wucht. Das hatte er von seiner Mutter. Ansonsten war er zu nichts zu gebrauchen, worin er seinem Vater gleichkam. Alles in allem war Melittas Ehe sehr glücklich.

Das wollte sie sich nicht durch einen durch zwei dividierten Hauptgewinn zunichte machen lassen. Denn wenn Luigi von der halben Mille erfuhr, pürierte er seine Mama. Oder was hatte er mit seinem Papi gemacht, als der im Lotto mit Hilfe einer gedopten Zusatzzahl sieben Richtige

hatte? O Luigi! »Einen zweiten Mord in der Familie können wir uns nicht leisten«, verkündete Melitta dem männlichen Part ihres Hochzeitsfotos, auf dem sie von ihrer vorehelichen Tochter Mercedes gedoubelt wurde, Produkt einer Schulbankliebe. Es war stockschwarz.
»Ich weiß«, erwiderte Luigi kleinlaut, »aber wer ist damals auf die Idee gekommen, sich einen nackigen kleinen Köter aus dem Tierheim zu holen, hä? Und schau dir jetzt mal sein Fell an. Herkules, hierher. Brav, Herkules. Da sag mal einer, daß ihm Papi nicht bekommt.«
Die Dunkelheit senkte sich wie ein Sack über Melittas Bewußtsein. In der Küche brannte die Milch an. Darin wurden Papis Augen flambiert, die giftgrün aus dem Topf blinzelten. Davor saß Herkules. Er hatte Schluckauf und stank aus dem Maul. Über alledem wurde Weihnachten.

Camelia drapierte die Jahresendflügelfigur gerade so, daß sie ihrem verblichenen Gatten in den Unterleib stierte. Verblichen war der Gatte bloß auf dem Foto – in Tat und Wahrheit trieb er sich in den südlicheren Gefilden des postkapitalistischen Westens herum. So stand's zu vermuten... Nach dem Mauerfall war Papi mal kurz Zigaretten holen gegangen; und das war auch der Grund, weshalb kein Mensch an seine zwei Millionen Lottogewinn herankam, nicht einmal der allernächste. Solange Papi nicht von Amts wegen tot war, durfte keiner ihn beerben, und das stank Camelia. Zumal der Alte seine Mäuse nicht anfaßte.
Seitdem sie Strohwitwe war – und zwar mit soviel Stroh, daß es ein fünfstöckiges Mietshaus anfüllte –, haßte Camelia Weihnachten. Das fiel nicht weiter ins Gewicht, weil es eine ganze Menge anderes gab, das ihr auch nicht nahestand. Ihr Sohn Luigi zum Beispiel. Der war schon zu Mauerzeiten in die Kirche gegangen; aber nicht, um zu opponieren, sondern weil er an Gott glaubte. Das war eine

Schande fürs ganze Viertel gewesen, das direkt vom Vorkrieg in den Nachkrieg überging und bar aller Illusionen war. Luigi war es auch, der die Jahresendflügelfigur wieder ENGEL taufte, was Melitta, die blöde Ziege, ganz SCHNAFTE fand. An Heiligabend würden sie sich, wie in jedem Jahr, wieder an Mamas Eßtisch vollfressen, flankiert von zwei geistesschwachen Gören im Alter zwischen zwohundertzwanzich und zwokommazwo Monaten. Aber Mama würde sich diesmal was einfallen lassen...
Sie knipste adrett das Tiwi an. Prompt erschien der Altbundeskanzler. Ihn sah Camelia ausgesprochen gern, besonders, wenn er gelbe Kärtchen gen Licht hob. »So«, sagte Kraut, »nun wollen wir mal unseren zweiten Hauptgewinn...« (Dann kam ganz lange nichts mehr.) Kraut kniff die Brauen zusammen. »Also der geht an... Frau Melitta äh Hinze äh Hintze, schon wieder mit Teeeh...«
Blackout. Wosch. Spot an. Ja, da ist sie! »Sind Sie dran, Frau Hintze? Können Sie mich hören?«
Dann erlebte Camilla ihren ersten seichten Schlaganfall. Er tat wohl wie ein Gläschen Goldbrand.

Luigi, der wegen des damals wütenden Orkans seinen Namen hatte, erschien, und Melitta ließ das Telefon läuten. So ereilte sie nicht die Nachricht, die sie von dem abgehalten hätte, was ihr nun ins Haus stand: eine imposante Erektion. Camelia, die leicht verwirrt darniederlag, hätte sie beneidet. Melitta jedoch hatte, es mag das dreizehntausenddreizehnte Mal gewesen sein, plötzlich keinen Bock mehr. Sie sah Geldscheine vor sich flimmern, die allesamt auf Camelias Konto tanzten, an das Melitta nicht herankam. Nicht mal an Schwiegerpapis Lottomillionen kam sie heran, weil Luigi, der Trottel, dessen sterbliche Überreste dem Hund verfütterte. Aber auch sonst, sagte Luigi, wäre man nicht erbberechtigt gewesen. Das war es ja. Dieses verfluchte

Testament! Sie hatten nicht an das Testament gedacht. Und demnach war Camelia Alleinerbin. Wenn Schwiegerpapi – erwiesenermaßen – mausetot und begraben war. Luigi rächte sich und ließ Herkules die Zähne fletschen.
Melitta würde auch diese Weihnacht in Bettelarmut verbringen. Nicht genug, daß der Alte sowieso irgendwann für tot erklärt wurde und Schwiegermama die zwei Mille sicher waren. Nun hatte sie auch noch fünfhunderttausend dazugewonnen! Melitta fühlte sich finanziell auf immer kastriert. Ein grober Neid fraß sich in ihr fest, von dem sie wußte, daß er ungesund war. Noch immer mühte sich Luigi auf ihr. Orgastisch durchzuckte sie die Erleuchtung: Luigi mußte die Alte an Heiligabend erledigen. Schlagartig gingen im gesamten Block die Lichter wieder an.

Mercedes haßte ihre Familie, und ihre Familie haßte sie. Als ihr in der Glotze die Fresse von Altkanzler Kraut begegnete, hätte sie sowieso schon kotzen können. Als er dann auch noch verkündete, daß sowohl Mutti als auch Omi Hauptgewinne hatten, zählte das Mädel zwei und zwei zusammen: macht eine Million! Mercedes Hintze war ein entschlußkräftiges Mädel mit einem starken Unterkiefer und gesunden Zähnen, deren rosarotes Fleisch sie allmorgendlich massierte. Ihr war sofort klar – die Familie mußte weg, und zwar subito und inklusive des Säuglings. Da Mercedes ihre Nächsten aus gesamtgesellschaftlichen Motiven ablehnte, sah sie ihrer unausweichlichen Tat mit abstrakter Gelassenheit entgegen. Zuvorderst würde sie ja nicht ihre Familie, sondern das Unrecht des Kapitals vernichten; und was ist der Mord einer Bank gegen das Betreiben einer Bank?
Mercedes war ein herrlich altmodisches Mädchen. Mit ihren Ansichten war sie exakt zwanzig Jahre zu spät dran. Das war es auch, was sie so unausstehlich machte. Und im Zweifelsfall so unberechenbar. Als Tatzeit wählte sie den

Heiligabend aus. Da war der ganze Klüngel auf einem Haufen. Natürlich würde Mercedes die drei Millionen, die sie insgesamt erbte, Greenpeace spenden.

Von den drei Generationen umfassenden Geldgelüsten des weiblichen Anteils seiner Sippe hatte Luigi keinen blassen Schimmer. Er widmete sich dem, was sich für einen Mann geziemte: Dem Säugling und dem Hund. Daß nun auch noch die Festtage nahten, brachte ihn an den Rand eines Nervenzusammenbruchs. Nicht genug, daß er seiner Frau zu Willen sein mußte; die Last der vollen Hausarbeit drückte ihm zudem in die schmalen Schultern, quetschte ihm die Rippen und hinterließ ein Hämatom am Bauchnabel. Oh, Scheißescheißescheiße. Freilich würden Melitta und Mercedes wieder keinen Finger rühren, wenn er bei Camelia das Mahl richtete. Luigi ersoff in Selbstmitleid und vergaß dabei nicht, den Säugling zu stillen. Das war es, was seine Frau an ihm liebte: Seine absolute Unfähigkeit, die Dinge, unter denen er litt, zu verändern. Der Mord an seinem Vater hatte letztlich auch in dieses Raster gepaßt: Fleischereiwerkzeuge mußten angeschafft werden, ein neuer Gefrierschrank mußte her, der im Keller Platz versperrte und ein Loch ins Haushaltsbudget fraß.
Luigi war saudumm und sah gut aus. Insofern war er der perfekte Ehemann. Das würde sich an diesem Weihnachten ändern müssen. Das schwor sich Luigi. Er sagte den Termin beim Kosmetiker ab. Buchte statt dessen einen Informatikkurs. Mit diesen ersten emanzipatorischen Schritten kam plötzlich eine saumäßige Wut in ihm hoch. Er fragte sich, ob das andere Männer vor ihm auch schon erlebt hatten. Auf einmal sehnte er sich nach Berufstätigkeit. Nach der Ausgewogenheit eines Singledaseins. Luigi schwebten radikalere Lösungen vor.

Als Camelia wieder zu sich kam, hatte sie eine Vision. Sie sah ihre Nächsten vor sich, blutüberströmt, und von oben rieselten Geldscheine. Dabei hatte sie keine Ahnung, wie unoriginell ihre seherische Kraft war. Auch ansonsten wußte Camelia vieles nicht. Zum Beispiel, daß auf einen Hirnschlag oft ein zweiter folgt. Anstatt auf ihr eigenes drohendes Ableben zu achten, bereitete Camelia die Schlachtung der Hintzes mit Teeeeh vor. Lange genug war sie bettelarm gewesen.
Seitdem Hintze senior von hinnen gegangen war, mußte Camelia wieder selbst einkaufen. Zu Weihnachten stellte sich das als rechter Streß heraus. Zum Glück hatte sie Luigi, der zwar zu nichts nütze war, aber am Heiligabend kochen würde. Und der selbstverständlich alle Zutaten dafür mitbrachte, inklusive der zwei Schachteln Karo, die Camelia hinterher brauchte. So konnte sie sich ganz darauf konzentrieren, jene Gegenstände aufzutreiben, die für die Beseitigung ihrer Verwandtschaft von Nutzen waren. Irgendwie paßte das Ansinnen wunderbar zur Heiligen Nacht – und Camelia packte eine präsenile Fröhlichkeit, die sie beim Erwerb einiger diskreter Gegenstände köstlich beflügelte.

Die Familienverhältnisse der Hintzes konnten getrost als zerrüttet gelten. Das alles war aber gar nichts gegenüber dem Seelenzustand von Karl-Heinz. Karl-Heinz Hintze war Camelias leibhaftiger Mann und als solcher Go West! gegangen. Der Teufel wollte es, daß er Mercedes just am Heiligabendmorgen in jenem Bordell am Ku'damm wiedertraf, in dem er arbeitete. Einst war Karl-Heinz Elektriker gewesen. Jetzt kam er langsam in die Jahre. Es war nicht einfach für einen alleinstehenden Mann, sich selbständig zu ernähren. Das tropische Klima bekam ihm schlecht. Westberlin war für ihn die Rettung gewesen.

Bis zu jenem Morgen, an dem er Mercedes sah. Sie hatte sich das Blondhaar nach hinten gekämmt und sah unschuldig aus wie eine gesamte Schulklasse. Karl-Heinz witterte, daß er bei ihr keine Chancen hatte. Als Lover nicht und als Opi nicht, niemals. Würde sie ihn wiedererkennen? Karl-Heinz packte Heimweh, nach Zuständen und Menschen, die es seit Jahren nicht mehr gab. Er wollte Verwandtschaft. Familie. Er wollte endlich wieder ordentlich unterdrückt sein. Sehnte sich danach, getreten zu werden. Von der Frau, den Kindern, den Enkeln. Hoffte, daß ihn wenigstens der Hund biß. Wenn sich schon sonst keiner um ihn scherte.
Luigi hatte sich einen Hund gekauft. Karl-Heinz haßte Hunde. So strich der Alte um die Gartenhecke und fragte sich, wie man sich in solchen Fällen Zutritt verschafft. Es war klar, daß ihn keiner zurückhaben wollte. Karl-Heinz ahnte nicht, daß er unter einem landläufigen Syndrom litt. Unter einer Art Weihnachtsfieber, das die Gestrauchelten und Gestrandeten aller Länder an diesem Tag an die heimischen Pforten zurücktreibt. Für gewöhnlich steht dort keiner, der einen empfängt. Luigi tat es schon deshalb nicht, weil er damit beschäftigt war, einer Ente tüchtig das Fell abzuziehen. Karl-Heinz sah es durch das erleuchtete Fenster. Hätte man ihn hineingelassen, wäre die fällige Weihnachtstragödie auf das zerschundene Vater-Sohn-Verhältnis beschränkt geblieben. Denn Melitta hatte sich zum Joyrobic verdrückt, während Camelia, die nur vier Kilometer weiter an der Ausfallstraße einer Rennpiste wohnte, die Zündkerzen an ihrem Christbaum auswechselte.
Herkules, dem die Kälte langsam auf den Magen schlug, sträubte am Eingang sein Nackenfell. Es hatte exakt die Höhe der Türklinke. Auf Karl-Heinzens wiederholtes Läuten öffnete immer noch keiner. Herkules knurrte. Ihm war nach warmem Menschenblut. Durch das Küchenfenster

sah Karl-Heinz, wie sein Sohn tief in den Hintern der Ente hineingriff und dort quellendes Gedärm und weitere Sauereien herauszog. In Karl-Heinz erwachte der Vaterinstinkt. Er hätte seinem Sohn jetzt gern geholfen. Das endlich brachte ihn auf die einzige, alles schlagende Idee.

Das idiotische Landleben würde auch an dieser Weihnacht wieder in die Schlagzeilen kommen. Dafür hatte Melitta gesorgt. Nachdem sie drei Stunden lang mit ihrer Schwiegermama telefoniert hatte und diese auch nach dem achtfachen Na? Na? nichts von ihrem Hauptgewinn offenbart hatte, quetschte sich Melitta aus ihrem Joyrobic-Dress und ging hinüber in die Küche, um Luigi zu nerven. »Zieh dir bitte etwas an«, empfahl der Gatte, ohne hinzusehen, »du wirst dich erkälten.«
»Hörst du nicht, wie der Säugling schreit«, entgegnete Melitta, um ihren Mann an der ganz persönlichen Stelle zu treffen.
»Das ist nicht der Säugling«, erwiderte Luigi, um eine Zehntelnuance zu ruhig, »das ist Herkules, der den Briefträger frißt.«
Melitta spähte hinaus und sah ihren totgeglaubten Schwiegervater abziehen, unverrichteter Dinge. Wie hätte sie ihn erkennen sollen? Luigis Nerven sandten in Überschallgeschwindigkeit vibrierende Signale nach draußen. Die Küche war so voll davon, daß Melitta eine Entenhaut bekam.
»Deine Mama hat in der Glücksspirale gewonnen.«
Nichts. Niente. Luigi popelte an der Entenbrust herum. Melitta stellte zu ihrem Entsetzen fest, daß ihre Oberflächenspannung sich jener des nackten Tieres annäherte. »Einen Hauptgewinn. Fünfhunderttausend Mark!« Noch immer nichts. »Das ist eine halbe Million, du Trottel!« Melitta hämmerte aufheulend auf Luigi ein, der wiederum wimmernd auf die Ente eindrosch.

»Das ist schön«, wisperte er schließlich.
Melitta war einem Nervenzusammenbruch nahe. »Ist das alles, was du dazu zu sagen hast?« Ihr Unterkiefer verlor sich in Schmollbewegungen. »Nun, wenn deine Mama eines Tages nicht mehr wäre, gehörten die zweieinhalb Mille uns.«
Luigi, der fest an seinen Vatermord glaubte, während er damals doch nur einen ersoffenen Penner von der Parkbank gepflückt hatte, nagte an seinem Schuldgefühl. Er wollte die zweieinhalb für sich. Für sich ganz allein. Das war es, wonach er sich wirklich sehnte. Das war der Urgrund hinter den Dingen.

Inzwischen allerdings häuften sich die Unstimmigkeiten. Karl-Heinz zum Beispiel hatte nicht gewußt, daß Camelia das Säuglingsgebrüll sowie den verwesten Gestank aus dem Gaumen des Hundes nicht mehr ausgehalten und mit klirrenden Fahnen das Weite gesucht hatte. Sie war ausgezogen, um das Fürchten zu lernen. Am meisten fürchtete sie sich vor sich selbst. Karl-Heinz konnte auch nicht wissen, daß Luigi die Ente nur deshalb daheim richtete, weil er bei Camelia keinen Dreck, keine Geruchsbelästigung und keine akustische Umweltverschmutzung verursachen durfte. In Bälde würden alle, mit Ausnahme des Hundes, aus den Gemächern Luigis verschwunden sein.
Aber auch Mercedes geriet ganz unversehens aus dem Rennen. Ihre Mordabsichten (während des Heiligabendmahls wollte sie radikal alle Familienmitglieder ganz traditionell mit einer Kalaschnikow erschießen, pah, das war nicht mal ein mittlerer Dreispalter) gerieten ins Hintertreffen, als Gustav aus der Greenpeacegruppe Gutsow anrief, man wolle eine Spontanlichterkette gegen die Vergeudung von Bienenwachs auf den Christbäumen durchpowern. Die Tarifautonomie der Bienen war allemal wichtiger.

Während die selige Mercedes also pausbäckig in einem Lichtermeer schwamm, sah der als Weihnachtsmann verkleidete Karl-Heinz gerade noch die Heckscheinwerfer von Luigis Familienkarosse in der Kurve aufblitzen. Den roten Anzug plus Bart hatte er sich bei der Agentur Weihnachtsschweif geliehen, einer Animierfirma zur Beglükkung alleinstehender Damen zum Fest. Und dauernd piepste nun das Funktelefon. Um seiner Agentur Genüge zu leisten und die Leihgebühr für die Kostümierung abzudienen, hatte Karl-Heinz bis Mitternacht fünfzehn frigide Frolleins durchzubumsen. Ein besseres Alibi hatte sich der Alte gar nicht vorstellen können; doch nun war mit den holden Plänen Pumpe.
Da erkannte der Opi, daß mit den Voraussagen der Meteorologen nicht zu spaßen war: Es hatte geschneit, und deutlich senkte sich die Dämmerung in den von Luigis Reifenspuren geplätteten Neuschnee. Karl-Heinz brauchte nur hinterherzulaufen, und er würde seine Sippschaft versammelt finden!

Es war ungesund, zur Nacht eine fette Ente zu speisen. Das gestopfte Tier stopfte. Etwas von dem triefenden Fett geriet in Melittas Muttermilch – der Säugling kotzte und kolabierte. Luigi, der die cholesterinhaltigen Augen abgepumpt und verfüttert hatte, wurde von Gattin und Mutter an dem jeweils ihnen zugewandten Ohr gezogen. Schnell hatten Melitta und Camelia ihren gemeinen Disput vergessen. Die Summen auf den Konten zählten nicht mehr. Das einzige, das zählte, war die gemeinschaftliche Bestrafung des Sohnes und Gatten.
O weh! Längst war der Säugling gesundet, als man endlich wieder zum weihnachtlichen Mahl schreiten konnte. Luigis Ohren glühten wie Rotkraut. Er hatte die Faxen wahnsinnig dicke und schon verschiedentlich geheult. Camelia

fing's an, vom Essen ein ganz klein wenig schummrig zu werden. Mit Karl-Heinz, dem fast gar erloschenen, nahte, ebenso ungeahnt, der zweite Hirnschlag. Dennoch genoß die Schwiegermama ihren Heimvorteil, als sie sich nun noch den zweiten Likör reinpfiff.
Luigi indes war vollkommen frustriert. Soeben hatte er die Gesamtverantwortung für das Mahl übernommen, und das war der Dank. Während er die abgegessenen Teller zusammenstellte und auf deren oberstem die Gebeine sammelte, erigierte in ihm jenes Haßgebräu, das er bereits kannte, bis es hart war wie ein Eiszapfen. Er erdolchte damit erst seine Gattin, dann seine Mutter. Der Säugling schlief.
»Stimmt es«, säuselte Melitta, die nun zum Querangriff überging und den geschirrgeplagten Gatten keines Blinzelns mehr würdigte, »Schwiegermama, daß du eine halbe Million gewonnen hast?!«
»Aber die hast DU doch gewonnen«, gab Camelia seelenruhig zurück und stierte auf ihre gepflegten Hände, aus denen langsam das Blut wich. Just in diesem Moment fing der Weihnachtsbaum Feuer. Luigi hatte alle Hände voll zu tun, den Brand möbelschonend zu löschen, während sich die zwei Frauen in aller Herrgottsruhe in den Haaren lagen. Schließlich war der Fall dann geklärt, und die beiden Widersacherinnen lagen einander heulend in den Armen. Sie suhlten sich im Hauptgewinn.
»Ich gebe zu«, flennte Melitta, »daß ich dir Arsen ins Kraut geschüttet hab, Schwiegermama, aber nur ein ganz kleines bißchen.«
»Danke, mein Herz«, entgegnete Camelia gerührt, » genau die Menge brauch ich.« In der Tat – ihr zweiter, diesmal lebensbedrohender Hirnschlag hatte sich flugs wieder verflüchtigt.
Luigi stand tatenlos in der Küche und spülte. Nebenan kuschelten sich die beiden Frauen in die Sitzecke und planten

einen gemeinsamen Urlaub. Miami oder Australien – das war die Alternative, wenn man Touristinnenkiller buchen wollte. Ein bißchen Kitzel sollte schon dabeisein.

Die Lichterkette, die von einer abgewickelten Duftkerzenfirma aus Sachsen-Anhalt gesponsert wurde, war ziemlich schnell abgebrannt. Mercedes bleckte ihr gesundes Gebiß und ging doch noch die Kalaschnikow schultern. Gustav winselte ihr nach wie ein angeschossenes Hündchen. Da tönte das Heulen des Herkules zu Hause aus anderen Tiefen! Der vierbeinige Kannibale litt unter Entzug. Wie schon erwähnt, wurde an ihn ein seiner Leidenschaft erlegener Suffkopp verfüttert, der Karl-Heinz auf einer Parkbank gedoubelt hatte. In der jüngst in ihm heimgegangenen Ente hatte Herkules der Alk gefehlt. Daher biß er Mercedes fast gar über den Haufen; und nur eine infolgedessen auslaufende Flasche Goldbrand, Jahrgang 1989, konnte das Schlimmste verhindern. Als Mercedes allerdings wieder auf zwei Beinen stand und ihre roten Pausbacken aufblies, war der böse Halunke entwichen. Er zog eine gehörige Fahne hinter sich her.

Der Säugling brüllte, und Luigi stillte. In Camelias Haushalt war Stille Nacht eingekehrt. Melitta verteilte die Geschenke: Sie borgte ihrer Schwiegermama bei der Agentur Weihnachtsschweif ein Häschen aus. Und Karl-Heinz, der die Spur verloren hatte und bei sackartiger Dunkelheit im fallenden Tiefschnee einherhoppelte, rieb sein Funktelefon und kam willig angestolpert. Au Backe! Fast wäre Karl-Heinz von Herkules über den Haufen gerannt worden, der das gleiche blutige Ziel hatte. Kalaschnikow-Mercedes folgte in einigem Abstand.
Bevor die Protagonistinnen der Weihnacht wacker zur weiblichen Tat schritten, hatte der Statist Luigi einen

Emanzipationsanfall. Er biß sämtliche Stromkabel durch! Bestimmt hätte Luigi in dieser Nacht noch Herausragendes geleistet und zweitausend Jahre männliche Weihnachtsbelastung wütend von sich geworfen, wäre ihm in jener Sekunde nicht bewußt geworden, daß er immer noch unter denselben beschissenen Strukturen litt, an denen dereinst schon Josef zugrunde gegangen war. Der hatte hinter Maria auch nie irgendein Land gesehn. Sondern immer bloß dreckige Windeln gewaschen, während sie sich im Gloriolenschein sonnte. Oh, Scheißescheißescheiße. Weihnachten, so dämmerte es Luigi plötzlich, war nichts als eine furiose Metapher auf die Ungleichheit der Geschlechter. Sein abgebrochenes Germanistikstudium kam wieder zum Vorschein. Ebenso ein verschwiemeltes Proseminar in Familiensoziologie. Luigi tat sich so fürchterlich leid, daß er nicht einmal mehr weinen konnte.
Ansonsten: Stromausfall. Zwei giftige grüne Augen glotzten Camelia entgegen, die im Schaumbad hockte und des Schweifs ihres weihnachtlichen Liebhabers harrte. Sonst war alles dunkel. Ein Knurren wurde vernehmbar, ein Geifern, ein Schlecken. War es das lüsterne Schleifen und Klimpern einer durchgeladenen Kalaschnikow? Das Schlingen und Stöhnen eines kannibalistisch-alkoholisierten Hunds? Das Würgen und Lechzen eines vor Rache brünstigen Ehemanns?
Nichts davon. Camelia sah Visionen von Geldscheinen vor sich. Es war der Hirnschlag, der kam und sanft an ihre Schläfen pochte.

Nicht alle entschliefen in jener Heiligen Nacht so selig und von Wohlduft umgeben. Mercedes fiel draußen im weiten Feld in die Arme ihres Großvaters, den sie, Opi! Opi! schreiend, nach getaner Arbeit in den Schnee zwang. Dort zerbiß

sie ihm die Halsschlagader, weil auf Inzest noch immer Mord stand.
Herkules wurde dafür noch in der Nacht erschossen. Mercedes jedoch starb an einem Schnupfen, der nicht die Folge ihrer kalt berechneten Tat war, sondern jene einer Bienenwachsallergie, welche sie sich bei der Lichterkette spontan zugezogen hatte.
So blieben die Schlagzeilen vom Lande an jener Weihnacht aus. Die sorgfältig von den Medien vorinszenierte Familientragödie fand nicht statt. Denn freilich hatte die Glücksspirale auch diesmal nicht dem Zufall vertraut. Die von Altbundeskanzler Kraut in persona verlesenen Hauptgewinner der durch zwei gesplitteten Million waren durch ein kompliziertes Computerverfahren des Bundesnachrichtendienstes ermittelt worden. Die beiden führenden Medienkonzerne, die nicht namentlich genannt werden möchten, hatten mit je einer Hälfte des Preisgelds in die Zukunft investiert. Vergeblich – bis zum nächsten Mal.
Melitta und Luigi aber blieben ein glückliches Paar. Als sie am Weihnachtsmorgen – Luigi mit dem Säugling auf dem Arm – aus dem Wald herausschritten, sahen sie wirklich ein wenig wie Maria und Josef aus. Luigi trug seinen neuen Kamelhaarmantel. Er hatte die Abscheulichkeiten der Mehrfachbelastung vergessen, und die Wirren der Christnacht hingen ihm nur noch als träge Schatten in den Augenwinkeln. Einem genaueren Beobachter als dem unsrigen wäre allerdings der Lauf der Kalaschnikow, die Luigi unterm Kamel geschultert hatte, niemals entgangen. Und irgendwo im winterlichen Feld färbte das Blut den Schnee rot – das war der Farbtupfer, der dem ganzen heimatlichen Gemälde noch gefehlt hatte und der bis ins Frühjahr hinein erhalten blieb.

DIE AUTORINNEN

Helga Anderle
lebt als freie Journalistin, Übersetzerin und Autorin in Wien; Erzählungen und Kurzkrimis in Literaturzeitschriften, Magazinen und Anthologien im In- und Ausland.
1995 erschien ihr Buch ›Sag beim Abschied leise Servus. Wiener Mordgeschichten‹ (Frankfurt am Main).

Sabine Deitmer
geboren 1947 in Jena, aufgewachsen in Düsseldorf, lebt in Dortmund; erfolgreicher Einstieg ins Krimigewerbe mit der konsequenten Entsorgung männlicher Auslaufmodelle in Form von Kurzgeschichten. Es folgten bislang drei Romane mit der Dortmunder Kommissarin Beate Stein. ›Dominante Damen‹ wurde 1995 mit dem Deutschen Krimipreis ausgezeichnet. Zuletzt erschien der Band ›Die schönsten Männer der Stadt. Balzgeschichten‹ (Fischer Taschenbuch 13620).

Sarah Dunant
lebt in London; Journalistin und Schriftstellerin; längere Aufenthalte in den USA, in Mittel- und Südamerika; arbeitet für Zeitungen und Zeitschriften, Rundfunk und Fernsehen und schreibt Kriminalromane. Für *Fatlands* (dt. ›Fette Weide‹) wurde sie 1993 in England mit dem *Silver Dagger Award* ausgezeichnet. ›Mit Haut und Haaren‹ (1995; 2001) liegt als Fischer Taschenbuch 15228 vor.

Auf deutsch erschien zuletzt: ›Als Anna verschwand‹. Roman (München 2000).

Christine Grän
geboren 1952 in Weiz/Österreich; arbeitete als Journalistin in Bonn; von 1981 bis 1984 lebte sie in Gaborone/Botswana als freie Autorin und Leiterin einer Lodge, seit 1985 wieder in Bonn. Mehrere Kriminalromane um die Bonner Klatschkolumnistin Anna Marx, Hobbydetektivin. Storybände, Romane und Drehbücher. Marlowe-Preis 1994.
Zuletzt erschien: ›Hurenkind‹. Roman (München 2001).

Uta-Maria Heim
geboren 1963 in Schramberg/Schwarzwald; lebt als Autorin in der Nähe von Stuttgart. 1992 und 1994 Deutscher Krimipreis. 1994 Förderpreis Literatur des Kunstpreises Berlin. 2000 Glauser-Preis für ›Engelchens Ende‹.
2002 erschienen im Berliner Taschenbuch Verlag die Romane ›Ruth sucht Ruth‹ und ›Schwesterkuss‹.

Christa Hein
geboren 1955 in Cuxhaven, Studium der Literaturwissenschaft in Kiel; unterrichtete von 1982 bis 1990 in den USA, an der Indiana University in Bloomington; lebt in der Hessischen Rhön und in Italien. Wurde einem breiten Publikum bekannt durch ihren Roman ›Der Blick durch den Spiegel‹ (Frankfurt am Main 1998; München 2000).
Zuletzt erschien: ›Scirocco‹. Roman (Frankfurt am Main 2000).

Hedwig Kellner
geboren 1952 in Cloppenburg, nach dem Studium der Mathematik und Kunst (Lehramt) zwei Jahre in Bots-

wana und Kenia als Entwicklungshelferin an afrikanischen Schulen; lebt heute als Unternehmensberaterin und Autorin erfolgreicher Sachbücher in Halstenbek. Zuletzt erschien: ›Denken statt Schuften‹ (München 2001).

Edith Kneifl
geboren 1954 in Wels/Oberösterreich; lebt, nach längeren Auslandsaufenthalten in Griechenland und den USA, als Psychoanalytikerin und freie Schriftstellerin in Wien. Mehrfach ausgezeichnet für ihre Kriminalromane ›Zwischen zwei Nächten‹, ›Triestiner Morgen‹ und ›Ende der Vorstellung‹.
Zuletzt erschien: ›Auf den ersten Blick‹. Roman (München 2001).

Janet LaPierre
geboren in Iowa, aufgewachsen in Arizona/USA; studierte Literaturwissenschaft und unterrichtete mehrere Jahre an einer High-School; lebt heute als Schriftstellerin in Berkeley/Kalifornien und schreibt Kriminalromane, von denen mehrere auch auf deutsch erschienen sind; zur Zeit vergriffen.

Milena Moser
geboren 1963 in Zürich, hat eine Buchhändlerlehre absolviert und immer schon geschrieben, zunächst für Schweizer Rundfunkanstalten. 1991 erschien ihr erster Roman, ›Die Putzfraueninsel‹, mit dem sie einen Bestsellererfolg landete und dessen TV-Verfilmung preisgekrönt wurde. Viele weitere erfolgreiche Titel.
Zuletzt erschien: ›Artischockenherz‹. Roman (München 2001).

Ingrid Noll
geboren 1935 in Shanghai; Kindheit in Nanking/China; nach dem Studium der Germanistik und Kunstgeschichte in Bonn als Hausfrau, Mutter und Mitarbeiterin in der Arztpraxis ihres Mannes tätig; lebt als freie Autorin in Weinheim. Glauser-Preis 1994.
Zuletzt erschien: ›Selige Witwen‹. Roman (Zürich 2001).

Uta Rotermund
geboren 1955 in Dortmund, Autorin und Schauspielerin. Zehn Jahre Journalistin für den ARD-Hörfunk, u.a. erste Moderatorin der Kinderhörfunksendung ›Lilipuz‹, WDR, Moderatorin Radio Bremen, ›Journal am Abend‹. Zahlreiche Texte für Buch und Medien, Glossen für den WDR, satirische Fernsehkolumnen. In den 90ern bekannt geworden durch die Figur der Dr. Irmgard Többel-Schleierkraut in ›Liebe Sünde‹ auf Pro 7.
Seit 1996 wieder auf der Bühne als Solokabarettistin mit dem immer aktuellen Programm ›Können Männer denken?‹

Anne Sievers (Pseud.)
wuchs im Bergischen Land auf und verbrachte während ihrer Schulzeit einige Jahre in Bolivien, wo ihr Vater als Ingenieur tätig war; anschließend studierte sie Jura in Frankfurt am Main und Genf und spezialisierte sich als Anwältin auf Wirtschaftsstrafrecht. Anne Sievers ist verheiratet und hat fünf Kinder. Sie lebt in der Nähe von Fulda und schreibt, nunmehr unter ihrem bürgerlichen Namen **Eva Völler**, erfolgreiche Unterhaltungsromane.
Zuletzt erschien: ›Das Chaosweib‹. Roman (Bergisch-Gladbach 2001).

Carlene Thompson
geboren 1952 in Parkersburg, West Virginia/USA; studierte englische Literatur und unterrichtete von 1983 bis 1989 an der Universität von Rio Grande in Ohio. 1991 veröffentlichte sie ihren ersten Roman, ›Schwarz zur Erinnerung‹ (Fischer Taschenbuch 14227), dem viele weitere folgten. Carlene Thompson lebt heute als freie Autorin auf einer Farm in West Virginia und nimmt sich herrenloser Hunde an.
Auf deutsch erschien zuletzt: ›Glaub nicht, es sei vorbei‹. Roman (Krüger, Frankfurt am Main 2002).

Gabriele Wolff
geboren 1955 in Düsseldorf; lebte von 1975 bis 1994 in Köln; seit 1994 Oberstaatsanwältin in Neuruppin, von 1999 bis 2001 abgeordnet ins brandenburgische Justizministerium in Potsdam. Mit ihren Kriminalromanen um die Staatsanwältin Beate Fuchs wurde sie bekannt (siehe auch Seite 2). Nominiert für den Glauser-Preis 2001 in der Sparte Kurzkrimi für ihre Erzählung »Unter Palmen so grün« in der Anthologie ›Mord im Grünen‹ (Hildesheim 2001). Gabriele Wolff ist Mitglied der Karl-May-Gesellschaft und publiziert dort auch.
Zuletzt erschien ihre Forschungsarbeit über Karl Mays Ehe-Bewältigungstext »Frau Pollmer, eine psychologische Studie« (1907): »Ermittlungen in Sachen Frau Pollmer«. In: Jahrbuch der Karl-May-Gesellschaft 2001, hg. von Claus Roxin, Helmut Schmiedt, Reinhold Wolff und Hans Wollschläger, S. 11–307 (Husum 2001).

Gisa Margarete Zigan
geboren in Beelitz bei Potsdam; unterrichtete nach dem Staatsexamen in Germanistik und Anglistik an Universität und Gymnasien, danach Hausfrau und Mutter; Teil-

zeitbeschäftigung in der Erwachsenenbildung; seit 1986 freie Autorin von Jugendbüchern, Erzählungen und Glossen für Printmedien und Rundfunk, lebt in Dortmund. 1990 Literaturförderpreis Ruhrgebiet. Heute aktiv im Internet, siehe www.litclub.de
Zuletzt erschien: ›Cyberlu‹. Roman (Frankfurt am Main 1999).

NACHWORT

»Weihnacht! Welch ein liebes, liebes, inhaltsreiches Wort! ... auch für den Zweifler bedeutet es eine alljährlich wiederkehrende Zeit allgemeiner Festlichkeit, der Familienfreude und der strahlenden Kinderaugen.«* »Ich war aus dem Seminar entlassen und konnte gehen, wohin es mir beliebte. Ich ging gleich mit der Schwester – – – in die heiligen Christferien – – – ohne Talg für die Weihnachtsengel – – – es waren das sehr trübe, dunkle Weihnachtsfeiertage. Ich habe wohl überhaupt schon gesagt, daß grad Weihnacht für mich oft eine Zeit der Trauer, nicht der Freude gewesen ist. An diesen Weihnachtstagen löschten heilige Flammen in mir aus, Lichter, die mir wert gewesen waren.«**

In diesem Spannungsfeld zwischen kindlicher Glückserwartung und deprimierender Realität wird alljährlich ein Fest gefeiert, das für Frauen durch Backorgien, Einkaufsstreß, geheuchelte Freude über das neueste Entsaftermodell und Schwiegermutters Besuch sowie das Vermeiden atmosphärischer Störungen geprägt ist; denn die Arbeit an der Fassade ist und bleibt Frauensache. Weihnachten ohne Selbstgebackenes, Weihnachtsbraten und Bastelwerk der lieben Kleinen ist eben keins, und während der

* Karl May in ›Weihnacht!‹, Band XXIV der gesammelten Reiseerzählungen, S. 1, Fehsenfeld, Freiburg i. Br. 1897

** Karl May in ›Mein Leben und Streben‹, Selbstbiographie, S. 102, Fehsenfeld, Freiburg i. Br. 1910

Rest der Familie Weihnachten für eine Jahreszeit hält, die über sie kommt wie ein Platzregen oder ein Gewittersturm, weiß die Tochter der einsamen Mutter und die Gattin des bescherenden Weihnachtsmannes genauso wie die Mutter anspruchsvoller Sprößlinge, daß Weihnachten nichts als ein Werk ihrer erschöpfenden Bemühungen ist. Kein anderes Ereignis – sieht man einmal von dem Hochzeitstag ab, den die Herren der Schöpfung nicht ohne Grund zu vergessen pflegen – beleuchtet greller die Kluft zwischen Wünschen und Wirklichkeit; es verwundert nicht, daß die Statistiker erhöhte Selbstmordquoten und steil ansteigende Raten von Gewaltkriminalität im sozialen Nahbereich zu verzeichnen haben. Das Fest der Liebe wird zum Schlachtfeld – und zum literarischen Thema von Autorinnen, die ihren bösen, komischen und sezierenden Blick auf die kriminellen Untiefen eines Familienfestes richten, das wohl nur noch für Supermarktbetreiber und Schokoladenproduzenten eine segensreiche Wirkung entfaltet.

So lautete der Text meiner Einladung an die Autorinnen des vorliegenden Bandes, ihren Beitrag zur literarischen Bewältigung eines kollektiven Traumas zu leisten. Lag es daran, daß die Einladung im Monat November, also einer kritischen Phase der physischen und psychischen Annäherung an das Fest, ausgesprochen wurde, oder gab es andere, tief verborgene Ursachen für die ungeahnt positive Resonanz? Nagt vielleicht in jeder von uns der Wunsch, die Scheinidylle zu zertrümmern, weil die Realität unserer Beziehungen – zur Mutter, zum Vater, zum Ehemann oder Geliebten, ja, auch zu sich selbst – das ersehnte Fest überhaupt nicht zuläßt?
Alle Geschichten, so unterschiedlich sie auch sind, handeln von gestörten Beziehungen. Da bricht eine alte Frau

den Kontakt zu ihrer Umwelt ab und greift zu radikalen Mitteln, als plötzlich ein kirchlich organisiertes Seniorenprogramm zwecks gemeinsamer Weihnachtsfeier die selbstgewählte Einsamkeit bedroht. Eine Professionelle steigt aus und wird bürgerlich, plant als spießigen Kulminationspunkt ihres Ausbruchs die Verlobung unter dem Tannenbaum, – nur um zu erkennen, daß sie den falschen Mann (Obermacho) und falschen Zeitpunkt (eben gerade Weihnachten) gewählt hat. Ein junger Mann – schnoddrig, cool, ein armer Teufel – erzwingt sein Weihnachtsfest nebst Ente und weißem Tischtuch mit Methoden, derer sich auch ein Bankräuber bedient: seine kaputte Seele, die er der Ablehnung durch seine Mutter verdankt, wird dadurch nicht heil. Im Gegenteil. Pubertierende Kinder, die weder sich noch die Welt verstehen, hassen am Fest der Liebe besonders intensiv: die anderen, von denen sie sich nicht verstanden fühlen. Langgehegte Rachepläne gegen kalte, brutale Vaterfiguren werden just an Weihnachten in die Tat umgesetzt, und das Erschrecken über Parallelen zwischen dem eigenen Leben und dem der immer schon verachteten Mutter entlädt sich in einer wie absichtslosen Tat.

So gleichartig der psychologische Untergrund all dieser Geschichten, so unterschiedlich sind sie in ihrer Gestaltung; es gibt kleine Psychodramen, maliziös gefärbte Ironie wie auch tragikomische Grotesken. Es ist alles dabei, die lakonische Distanz angesichts eines auf Versatzstücke reduzierten Weihnachtsfestes im »Club«, das harmlos wirkende Geplapper einer gestreßten Hausfrau, die zu grandiosen Gesten der Befreiung in der Lage ist, der unaufdringliche Ton des Erzählens, wie auch bösartig genaue Schilderungen: bis hin zum satirisch übersteigerten Furioso des Jeder-gegen-jeden spannt sich der Bogen der Formenvielfalt.

Meine anfänglich vorhandene Befürchtung, eine Vielzahl von Beiträgen könnte eine die Geflügelschere schwingende, sich ihres Mannes, wahlweise Schwiegermutter, entledigende Heldin zum Gegenstand haben – obwohl oder weil es sich um einen reizvollen Gegenstand handelt –, haben die Autorinnen souverän widerlegt. Weihnachten ist eben doch ein vielschichtiges Phänomen...

Und noch ein Urteil mußte ich revidieren; Weihnachten entfaltet nicht nur für Supermarktbetriebe und Schokoladenproduzenten eine segensreiche Wirkung: angesichts der bewiesenen Kreativität dürfte der Satz auch für Kriminalautorinnen Geltung beanspruchen.

Gabriele Wolff, Neuruppin, im März 1994